픽션으로부터 멀리,
낮으로부터 더 멀리

# 픽션으로부터          멀리,
# 낮으로부터                     더 멀리

박대겸 소설집

# 차례

김화진(소설가)

박대겸의 이야기에는 외로운 사람들이 등장하는 것 같다. 그들이 혼자일 때, 누군가와 함께일 때, 사람일 때, 사람이 아닐 때, 시간 속에 있을 때, 뒤틀린 시간 속에 있을 때. 그들이 느끼는 감정은 '지금의 나를, 아무도 모른다'인 것처럼 보인다. 박대겸은 지독한 고독을 쓰면서 우리가 고독 속에 잘 있을 수 있도록 약간의 즐거움을 떨어뜨려 주는데, 그건 소설 속에서 들려오는 이런 말이다. "정말 좋아하는 작가는 연구할 수가 없겠더라고. 그냥 즐겨야지." 이 목소리는 망망대해의 부표 같다. 헨젤과 그레텔이 어두운 숲에서 길을 잃지 않기 위해 떨어뜨려 둔, 빛나는 조약돌 같기도 하다. 드문드문 놓인 그 목소리는 아마도 '소설 좋아'라고 읽히는데, 작가가 숨겨 둔 이 마음은 고독 속을 헤매는 우리에게 용기를 준다. 즐거움이라는 용기를 손에 쥐고 헤맬 때, 그것은 더 이상 헤매는 것이 아니게 된다. 우리는 헤매지 않고 누빈다. 너무 고요한 우주와 너무 시끄러운 내 방 사이를, 소설과 소설 사이를. 그의 소설을 읽는 동안 자유롭게 고독해진 나는 들뜬 목소리로 중얼거린다. "무슨 괴물들 숲에 있는 것 같아."

# 추천사

## 김윤하(번역가)

    박대겸의 『픽션으로부터 멀리, 낮으로부터 더 멀리』를 끝까지 일독한 후 첫 단편으로 돌아가, 캄캄한 우주를 홀로 배회하는 지구연합군을 다시 만나고 나서야 그가 누군가에게 전송되기를 간절히 바랐던 메시지의 수신자가 바로 나였음을 깨달았다. 자신의 글을 읽는 이가 이 넓디넓은 우주 어딘가에 한 명이라도 있다면 그것이 곧 자신의 '생존 신고'가 될 것이라고 믿지만, 자신의 메시지를 온전히 전달받는 수신자가 존재할 확률은 어쩌면 백만분의 일, 천만분의 일에 불과함을 절감하는 이가 보내는 간절한 생존 신호. 이 단편집의 소설들 면면에는 소설이 가진 힘을 절실히 믿는 저자가 자신의 소설로 생존 신호를 보내듯이 공들여 빚어낸 명징하고 다채로운 소설 언어의 스펙트럼이 있다. 취소선을 그었던 문장을 기어코 다시 고쳐 쓰는 과정을 반복하는 지난한 일래버레이션으로 조각되었을 그 스펙트럼의 빛은 결국 소설에 대한 믿음을 작가와 공유하는 독자에게 가닿고야 만다.

한 음 한 음이 명료하게 들리는 연주(articulation)를 듣는 듯한, 박대겸의 잘 조탁된 문장을 읽다 보면 어느 순간 전체 구조를 그리며 각 문장을 그 구조의 결구로 읽게 된다. 작품의 세부에서 구조를 감지할 수 있는 독서는 독자의 상상력을 역동적으로 활성화하여 독자 역시 창조적인 작업에 동참하게 한다. 상상력을 에너지로 삼은 작가와 독자의 이런 협동 작업은 단편소설 규모에서는 매우 드문 독서 경험이다. 그런데 이 단편집은 활성화되는 상상력의 영역이 독자가 지금까지 읽은 다른 소설 언어까지 광범위하게 확장된다는 점이 더욱 놀랍다. 이 단편집의 문장들은 때때로 다른 소설에 대한 기억을 소환해 그 언어와 공명하거나 혹은 불협화음을 내는데, 이 공명과 대립 과정 자체가 문맥의 깊이를 만들고 문체의 요소를 이루기 때문이다. 소설 언어의 스펙트럼이 작가와 독자가 공유하는 세계문학의 장을 통과하여 굴절되면서 그 문맥의 숨겨진 층위들이 다각도로 드러나는 것이다.

기껏해야 '는가?' 같은 불완전한 물음의 응답만 받을

수 있음을 절감함에도 여전히 언어가 가진 힘과 수신자의 존재를 믿는 작가는 자신의 책이 작가의 것이면서 독자의 것임을 의식하는 작가일 것이다. 낯선 이가 암흑 속에서 전송한 한 줄 한 줄이 나의 상상력 안에서 빛을 얻어 다채로운 스펙트럼을 펼치며 나를 향한 메시지가 되는 독서 경험을 부디 많은 독자가 할 수 있기를 바라며, 세계문학의 우주를 홀로 유영하던 같은 '지구[소설]연합군'인 독자들이 보내는 '생존 신호'를 수신한 작가가 보내올 다음 메시지를 고대해 본다.

마치
내가 빛이
된 듯이

내 목소리를 듣는 사람이 있을까. 이토록 캄캄한 우주에서.

　부질없는 발버둥은 아닐까. 어차피 내가 탄 탈출용 우주선은 지구와 점점 멀어지고 있는데.

　시간이 얼마나 흘렀을까. 일주일? 열흘? 산소 변환 공급기를 제외하면 우주선 안의 모든 전자 기기는 작동을 멈췄고, 이제는 시간조차 확인할 수 없어.

　이 우주선에서 사용할 수 있는 건 수동 변기, 그리고 무한정 쌓여 있는 것만 같은 식사 대용 알약 APM뿐. 하지만 APM도 결국엔 사라지겠지. 3년이 지나고 5년이 지나고 10년이 지나면.

한 평 남짓한 좁디좁은 우주선 안에서 할 수 있는 일이라고는 먹고, 자고, 싸는 것뿐. 더불어 지금 하고 있는 이 부질없는 일. 새카만 모니터에 나조차 볼 수 없는 글을 키보드로 두드리는 일. 그러고 나서 마치 의식을 치르는 기분으로, 작동할 리 없는 전송 버튼을 눌러. 활자화되기는커녕 디지털화되지도 않은 글이, 누군가에게 전송되기를 바라는 간절한 마음으로.

나에게 배정된 이 노란 우주선은 처음부터 마음에 들지 않았어. 동그랗고 샛노란, 그저 037이라는 숫자로만 표시된 단조로운 디자인의 탈출용 우주선. 이건 그냥 병아리 같은 유치원생을 위해 만들어진 게 아니었을까. 아무리 이제 갓 승선한 신병이라고는 하지만.

어차피 사용할 일은 없으리라 확신했어. 그때까지 지구연합군이 이계의 적과 싸워서 패배한 적은 단 한 번도 없었으니까. 설마 입선하고 처음 맞이한 전투에서 그렇게 처절하게 박살이 나리라고는, 그래서 다급히 037호를 타고 지구로 돌아가리라고는 전투하기 직전까지도 상상하지 못했어. 더군다나 잔혹한 위왁시아 놈들이 탈출용 우주선들마저 양전자포로 싸그리 격추시키는 바람에….

귀환에 성공한 사람이 얼마나 있을까. 모르긴 몰라도 한 손에 꼽기도 어렵지 않을까.

살아남았다는 점에서 나는 운이 좋았지.

격추당한 우주선에 부딪히는 바람에 전자기기가 전부 먹통이 되고 진행 방향도 완전히 어긋났다는 점에서 운이 나빴다고 볼 수도 있겠지만.

온통 새까맣기만 한 우주에 홀로 있다 보면 시간이라는 개념은 아무 필요가 없어. 해야 할 일도 없고 하고 싶은 일도 없어. 만나야 할 사람도 없고 만날 수 있는 사람도 없어. 그저 배가 고프면 APM을 먹고, 잠이 오면 눈을 감지.

가끔은, 아니 실은 눈을 감을 때마다 매번, 그냥 영원히 눈을 감았으면 좋겠다는 생각을 해. 이대로 눈을 뜨지 말길, 그래서 우주 속에서 평온하게 숨을 거둘 수 있길.

전투가 개시되기 바로 전날 밤, 함장님은 함내 방송으로 모든 군인들에게 이렇게 외쳤어.

전투에서 이긴다는 것은, 살아남는다는 것을 의미한다! 우리는 승리한다! 반드시 살아남는다!

나뿐만 아니라 함내에 있던 모든 군인들이 각자의 위치에서 함성을 터뜨렸지. 막연하게만 느껴지던 전투라는 관념이 눈앞에 나타난 것만 같았어. 순식간에 얼굴이 상기되면서 가슴이 쿵쾅거렸지. 이제 곧 전투가 시작된다,

죽음의 경계를 넘나드는 시간을 맞이할 것이다, 하지만 우리는 반드시 이길 것이다, 무사히 귀환할 수 있을 것이다!

어쨌거나 나는 살아남았어. 살아남아서, 이렇게, 아무것도 보이지 않는 모니터에, 글자가 제대로 적혔는지 확인할 수도 없는 모니터에, 떠오르는 말을 무작정 입력하고 있지.

나는 이긴 것일까? 살아남은 나는, 이긴 것일까? 언제까지 이 행위를 반복할 수 있을까. 쓰는 나조차 볼 수 없는 문장을 하염없이 키보드에 두드리는 행위를.

내가 쏘아올린 메시지를 수신하는 사람이 있으면 좋겠어. 백만 분의 일, 천만 분의 일의 확률에 불과할지도 모르지만, 아니, 사실상 불가능한 일이겠지만, 그럼에도 불구하고, 이 넓디넓은 우주 어딘가에 있을 그 누군가에게, 나의 말이 전달될 수 있으면 좋겠어. 나의 글이, 나의 마음이, 전달될 수 있으면 좋겠어.

나는 살아 있다고. 처절했던 전투에서 살아남아 우주를 배회하고 있다고.


어째서 태양계의 행성 중 생명체가 존재하는 행성은 지구밖에 없는 걸까. 화성이나 목성에는 왜 생명체가 존재하지 않는 걸까. 그 덕에 태양계를 넘보는 이계 종족과의 전투는 항상 지구연합군의 몫이야. 만약 화성이나 목성에 생명체가 존재했다면, 그래서 태양계 연합군이 존재할 수 있었다면, 위왁시아 놈들과의 싸움에서도 지지 않을 수 있었을 텐데.

어쩌면 그 전에, 태양계 내에서의 전투가 치열했을지도 모르지. 운이 없었으면 이미 다른 행성의 속성(屬星)이 됐을지도 모르고.

싸우지 않고선 살아갈 수 없는 생명체들. 먹기 위해 싸우고, 종족을 번식하기 위해 싸우고, 때론 자연과 싸울 때도 있지만, 어떨 때는 그곳에서 더 이상 살 수 없어서 싸우기도 하고, 어떨 때는 조금이라도 더 편하게 살고 싶어서 싸우기도 하지. 그도 아니면 그저 싸우고 싶어서 싸우기도 하고.

지구연합군의 우주 전사(戰史)에 처음으로 기록될 이번 패배. 이 패배를 밑거름으로 2차 전투에서는 승리할 수 있을까. 잔혹한 위왁시아 놈들을 태양계 밖으로 몰아낼 수 있을까. 지금 지구연합군에 2차 전투를 준비할 만큼의 군인이 있을지 모르겠어. 부족하다면 새로 모집해야 할 텐데 과연 제때 충원할 수 있을지도.

하지만 실시간으로 중계됐을 이번 패배를 보고 지구

연합군에 지원할 군인이 얼마나 될까. 함장이나 부함장급의 군인도 턱없이 부족할 테고. 이런 직책은 무엇보다 경험이 아주 큰 자산인데 그런 경험 있는 함장급 군인들이 얼마나 남아 있을까. 퇴역 장군들을 다시 모아야 하는 건 아닐까.

그나저나 나는 아직 살 만한 게 아닌가. 그래서 앞으로 벌어질 지구연합군의 전투를 걱정하고 있는 게 아닌가.

애초에 군인이 되지 않았더라면.

군인이 되었어도 지구연합군에 지원하지 않았더라면.

문법에서나 중요하지, 가정법. 이미 일어나 버린 현실에서는 아무 짝에도 쓸모없어. 나는 군인이 되었고, 지구연합군에 지원했고, 홀로 살아남아, 외롭고 쓸쓸하게, 우주를 떠돌고 있어.

며칠이나 지났을까. 한 달? 두 달? 목이 말라. APM 말고 그냥 물을 마시고 싶어. 세수도 하고 싶고 머리도 감고 싶어. 욕조에 따뜻한 물을 받아 그 안에 몸을 푹 담글 수 있으면 좋겠어. 이것들이 그리 큰 욕심은 아닐 텐데, 지금 나로서는 이런 사소한 욕구조차도 해소할 수 없어.

추워. 숨을 내쉴 때마다 하얀 입김이 나올 정도야. 조금이라도 빛이 있으면 좋을 텐데. 태양빛이 보이지 않은 건 벌써 며칠 전 이야기. 037호에 준비되어 있던 방한복을 껴입기는 했지만 떨어지는 우주선 안의 온도를 견디기에는 역부족이야. 수백 개나 쌓여 있는 APM처럼 방한복도 여러 벌 있었으면 좋았을 텐데. 그러면 조금이라도 더 오래 버틸 수 있을 텐데.

근데 생각해 보면 이상한 일이지. 어째서 APM은 이렇게나 많이 쌓여 있는 걸까. 탈출용 우주선에 타서 자동 항법 시스템을 작동시켰을 때, 지구까지 걸리는 시간은 대략 3주 정도였어. 그렇다면 그 정도 시간에 맞게 알약이 준비됐어야 하는 게 아닐까. 왜 이렇게 알약이 많지. 더군다나 물은 한 병도 없고. 혹시 다른 우주선에 나눠졌어야 할 알약이 나에게 몰려 있었던 건 아닐까. 반대로 나에게 있어야 할 물병은 다른 우주선에 쌓여 있고.

모르겠어, 뭔가 사정이 있었겠지. 단순히 행정적인 착오였을 수도 있고. 다 부질없는 생각들이고 의문들이지. 지금으로선 그저 다리를 쭉 뻗고 누울 수만 있으면 소원이 없겠어. 맛있는 음식을 잔뜩 먹을 수 있으면 좋겠어. 지금까지 내가 쓴 글을 읽어볼 수 있으면 좋겠어.

아니, 아니. 지금 내가 진정으로 바라는 건 딱 하나, 체온을 가진 그 누구라도 내 옆에 있었으면 하는 것. 서로 이야기를 나눌 수 있는 그 누군가가 곁에 있었으면 하는 것.

방한 장갑을 낀 채로 키보드를 두드리니 타자 속도가 느려진 것 같아. 어차피 아무 글자도 보이지 않으니 마구잡이로 쳐도 상관없을 텐데.

어쩌면 방한 장갑이 문제가 아닐지도 몰라. 어느 순간부터 사고 속도가 느려지고 있다는 걸 알아챘으니까. 하나의 생각, 하나의 문장을 떠올리고 나서, 그 다음 문장을 떠올리기까지의 시간이 점점 늘어나고 있어. 이렇게 한없이 늘어나다가 결국엔 멈추는 시간이 찾아오겠지. 내 사고는 과연 어떤 문장을 떠올리다가 정지할까. 내 문장은 과연 어떤 낱말을 입력하는 중에 중단될까.

사고 속도뿐 아니라 호흡도 점차 느려지고 있어. 산소 변환 공급기가 작동을 멈춘 걸까. 지금까지 문제없이 잘 작동됐잖아. 숨을 들이쉬고 내쉬는 게 힘들어. 이산화탄소의 비율이 늘어난 건 아닐까.

이렇게 모든 것이 차츰 느려지다가 끝내 멈추고 말겠지.

나의 삶은.

나의 전투는.

나의 여정은.


는가?

이제는 눈을 감았는지 떴는지 구분하기도 어려워. 눈

이 점점 침침해지고 있어. 하긴, 볼 게 없으니 눈이 자신의 존재 이유를 상실하고 있는 건지도 모르지.

그나저나 방금 본 건 뭐였지? 잘못 봤나? 분명 어떤 글자가 모니터에 잠깐 떠올랐다가 사라진 것 같은데. 꿈이었나? 환각이었나?

헛것을 봤겠지. 어차피 모니터는 작동을 안 하잖아. 얼마나 글자가 보고 싶었으면 헛것이 다 보이고.

근데 어떤 글자였더라. 분명 어떤 두 음절의 글자가…. '는가'였나?

다짜고짜 '는가'라니. 아무 의미도 없잖아.

했는가, 의 는가도 될 수 있고, 보았는가, 의 는가도 될 수 있고, 앉았는가, 의 는가도 될 수 있어. 그뿐만이 아니지. 먹었는가, 도 있고, 자고 있는가, 도 있고, 깼는가, 도 있고, 보이는가, 도 있고, 살아 있는가, 도 있어.

살아 있는가.

살아 있는가!

그래, 나 여기 살아 있다! 아직까지 버티고 살아 있다!

눈 뜬 시간보다 눈 감고 있는 시간이 훨씬 많긴 하지만 살아 있다! 가끔 입을 벌려 아, 아, 아, 내 목소리를 듣기도 하고, 읽을 수 없는 글자를 키보드로 두드리기도 하면서 살아 있다! 고독하고 고독하고 고독하고 고독하고 고독한 채로 살아 있다!

단 한 순간, 찰나의 순간, 는가, 라고 말한 당신은 누구인가.

꺼진 모니터인가. 이계의 생명체인가. 오른쪽 창문 두시 방향에 보이는 별빛인가. 설마 나를 찾아 나선 지구연합군인가. 혹여 우리 함대를 전멸시킨 위왁시아 군은 아닌가. 누구라도 좋다, 그 누구라도. 는가, 당신은 도대체누구인가. 그저 환각일 뿐인가. 망상에 불과하단 말인가.

혹시, 기적은 아닐까.

는가, 살아 있는가? 나는, 살아 있다.

는가, APM은 충분히 있는가? 나는, 아직 충분하다.

는가, 불편한 점은 없는가? 나는, 모든 점이 불편하지만, 견딜 수 있다.

는가, 현재 어디에 있는가?

그렇지만 이 질문에 숨이 턱 막히고 말아. 답을 할 수없으니까. 내가 현재 어디에 있는지 알 수 없으니까. 오른쪽 유리창을 보아도 인지 가능한 행성은 없고, 정면의 유리창을 보아도 마찬가지이고, 왼쪽의 유리창을 보아도…마찬가지인 줄 알았는데, 저게 뭐지? 왼쪽 유리창 밖으로노랗고 동그란 빛이 보여. 나와 같은 방향으로 진행하는,저게 뭐지? 나는 좌석에서 몸을 일으켜 왼쪽 유리창에 눈을 갖다 대고, 저게 뭐지? 노랗고 동그란 빛, 아니, 우주선, 그 안의 조그마한 유리창을 통해 창밖을 바라보고 있는….

그건 나였어. 영락없는 나의 모습. 추위에 오들오들 떨며 떡진 머리에 창백해진 얼굴로, 그럼에도 뭔가를 찾아보겠다고 눈을 번득이고 있는 나의 모습.

우주에서 내 모습이 반사되어 보인다는 말은 즉, 지금 거울별 옆을 지나고 있다는 이야기. 눈에 비치는 모든 것을 고스란히 반사해 주는 거울별을, 전설로만 전해져 내려오는 거울별을, 지금 내가 목격하고 있다는 이야기.

현재 어디에 있느냐고? 나는 지금 거울별 옆을 지나고 있어. 노란 빛을 뿜는 037호를 타고, 거울별 옆을 지나고 있어.

아니 잠깐, 노란 빛을 뿜는다고? 이 037호가?

그럴 리가 없는데.

나는 다시 고개를 돌려 유리창 밖을 봤어. 그럴 리가 없을 텐데, 내가 탄 우주선은 빛을 발산하는 우주선이 아닐 텐데, 거울별을 통해 보이는 037호는, 분명 노랗게, 반짝반짝 빛나고 있어. 캄캄한 우주를 유영하며, 그 어떤 별보다 강한 빛을 발하고 있어. 휘황하게 빛나며 날고 있어.

거울별의 존재가 전설로만 전해져 내려오는 이유는

그 별을 목격한 사람이 아무도 없기 때문이지. 그저 이야기를 통해서만, 거울처럼 모든 빛을 반사하는 별이 있다고 전해지기 때문이지.

하지만 역시 이야기는 이야기일 뿐이고 전설은 전설일 뿐, 실제의 거울별은 전해들은 내용과는 달라. 지금 내가 보고 있는 거울별은, 노란 빛을 내며 날고 있어. 나와 같은 방향으로, 같은 속도로, 날아가고 있어.

그래서 마치 내가 거울별이 된 것처럼 보여.

그래서 마치 내가 빛이 된 것처럼 보여.

덩달아 까맣기만 하던 모니터도 노랗게 빛나고 있어. 전송 버튼을 누르면 나의 마음을 누군가에게 전해주기라도 할 듯, 눈부시게 빛나고 있어.

문득 이런 질문이 모니터에 보이는 것 같아.

지금 무엇을 하고 있는가?

무엇을 하고 있느냐고?

나는 지금 키보드를 두드리고 있어.

눈부시게 빛나는 모니터 위에.

언젠가는 당신에게 전해질지도 모를 이야기를 써나가고 있지. +

소리가
또 시작
되었다

소리가 또 시작되었다.

쿵 쿵 쿵 쿵 쿵.

오늘로 어느덧 사흘째. 잠들 즈음만 되면 천장이 울려 댄다.

이제 막 걸음마를 시작한 아기가 걸음마를 연습하며 일곱 평 남짓한 원룸 이곳저곳을 돌아다니는 것 같은 소리다.

하지만 이건 그냥 비유다. 내가 사는 원룸은 4층 건물의 4층인데, 어떤 아기가 이 밤중에 옥상을 걸어 다닌단 말인가.

머리맡에 놓아둔 스마트폰을 켜 시간을 확인해 보았

다. 오전 1시 6분. 일어날 시간에 알람을 맞춰두고 12시 50분쯤 잠자리에 누웠다가 선잠이 든 상태에서 깨버렸다. 벌써 사흘째 반복되는 일이다. 매일 이렇게 늦은 밤 나를 잠 못 들게 하는 사람은 누구란 말인가.

쿵 쿵 쿵 쿵 쿵.

그런데 이 소리에는 이상한 점이 두 가지 있다. 우선 템포. 앞서도 비유했듯 이 소리는 걸음마를 막 시작한 아기가 한 발 한 발 힘주며 걷는 것과 유사한 템포로 울린다. 이 밤중에 어떤 부모가 옥상에 올라가 아기 걸음마를 연습시키겠는가. 그렇다고 누군가 운동을 하고 있는 것 같지도 않다. 이것이 두 번째 이상한 점인데, 저렇게 한 차례 소리가 나고 나면 짧게는 30초에서 길게는 2~3분 정도까지 아무 소리도 나지 않는다. 아무 일도 없었던 것처럼 고요해진다. 그러다가 다시, 쿵 쿵 쿵 쿵 쿵, 소리가 들려온다. 소리가 나는 지점도 다양하다. 현관 쪽에서도 울리고 화장실 쪽에서도 울리고 내가 누워 있는 침대 바로 위에서도 울린다.

그러고 보니 지난 주말, 주인집에서 전화가 왔다. 아기 울음소리를 들은 적이 없냐는 것이었다.

- 글쎄요, 잘 모르겠는데….

- 잘 한번 생각해 보세요. 아기 울음소리가 들린다고

연락해 온 집이 있거든요.

　- 저는 들은 적이 없는데요. 언제 그랬다는 겁니까?

　- 바로 몇십 분 전에 들었다고 하던데.

　- 그럼 제가 집에 없을 때였던 것 같네요.

　- 그런가요? 아무튼 혹시 무슨 소리라도 듣게 되거든 꼭 연락주세요.

　- 근데 뭐 때문에 그러시죠?

　- 다른 게 아니고, 여기 사는 사람들 대부분 학생이고 재택근무 하는 세입자들도 많은데 다른 집에 방해 주면 안 되잖아요. 그래서 제가 사람 받을 때도 그런 것들 고려해서 받거든요.

　나는 나중에라도 아기 소리가 들리면 연락을 주겠다고 말하고 전화를 끊었다.

　실은 거짓말을 했다. 주인집에서 전화 오기 불과 이십 분쯤 전에 아기 울음소리를 들었던 것이다. 바로 옆집에서 나는 소리였다. 자그마하던 울음소리가 복도를 타고 울렸다. 나는 현관문 쪽으로 다가가 외시경을 통해 바깥 상황을 살펴보았다.

　내가 알기로 옆집엔 이사 온 지 한 달도 안 된 젊은 커플이 산다. 결혼을 했는지 그냥 동거 중인지는 모르겠으나 아기가 없는 것만은 분명하다. 커플이 이사 오는 날 우연히 마주쳤는데, 아기는 물론이고 아기와 관련된 물건 또한 없었기 때문이다. 무엇보다 아기가 있었다면 진작부터 아기 울음소리가 났을 것이다.

현관에선 한 여자가 우는 아기를 안은 채 계단을 내려가고 있었고, 그 뒤를 따라 옆집에 사는 커플이 내려가고 있었다. 커플의 친구가 자기 아기를 데리고 놀러왔다가 돌아가는 길인 것 같았다.

쿵 쿵 쿵 쿵 쿵.

근데 설마 그때 봤던 아기가 지금 옥상에서 걷고 있는 건 아니겠지? 엄마 품에 있던 걸 보면 아직 발을 내딛지도 못할 거야.

그렇다면 도대체 무엇 때문인가. 사흘 동안 매번 같은 시간에 누운 것도 아닌데 왜 잠들 만하면 저런 소리가 나는 건가.

어제는 몇 시에 잤더라? 12시가 되기 전에 잠든 것 같은데. 그제는 몇 시에 잤지? 그제 밤엔 영화 한 편 보다가 잤던가. 아닌가, 그게 월요일이었나. TV를 본 것 같기도 하고….

모르겠다. 화요일 밤에 뭘 했고 수요일 밤에 몇 시에 잤는지가 뭐가 그리 중요하다고. 어차피 술 마시고 들어오지 않는 이상 평일 밤은 거기서 거기다. 이제 소리도 더

안 들리는 것 같다. 얼른 자자. 내일도 일어나자마자 출근
준비를 해야 한다.

+ × + × +

쿵 쿵 쿵 쿵 쿵.

나흘째다. 오늘도 어김없다.

실은 누워서 10분 정도 기다렸다. 설마 오늘도 천장이
울리진 않겠지, 하는 생각을 하면서. 벌써 2시가 다 된 시
간임에도, 쿵 쿵 쿵 쿵 쿵, 마치 날 기다렸다는 듯이 울려
댄다.

오늘은 금요일이었고, 나는 N에게 문자메시지를 보냈
다. 7시 반에 자주 가는 고깃집에서 보자는 답문이 왔다.
N은 7시 40분에 도착했다.

- 씨발, 진짜 더러워서 일 못 해먹겠네.

- 왜? 무슨 일인데?

N은 부동산에서 공인중개사로 일하고 있다.

- 아니, 한 달쯤 전에 증축해서 리모델링 끝낸 원룸이
하나 있거든. 근데 거기 주인이 왜 이렇게 방이 안 빠지
느냐고 존나 지랄을 하는 거야. 진짜 어이가 없어서. 지가

방값을 그렇게 비싸게 놓고 있으니까 방이 안 나가는 걸, 자꾸 나보고 지랄을 하잖아.

지금 내가 살고 있는 방을 구해준 사람이 N이었다.

N은 고등학교 때 같은 반 친구다. 고등학교 졸업 후 10년 동안 소식을 모르고 지내다가 부동산에서 우연히 만났다. 그다지 친한 사이가 아니었기에 부동산에서 처음 봤을 땐 서로 알아보지 못하다가, 방 보러 다니면서 이런저런 이야기를 나누던 중 우리가 동창이라는 사실을 알게 되었다. 이 방을 시세보다 저렴하게 구할 수 있게 된 것도 N 덕이 컸다.

그간 있었던 이야기를 주고받다 보니 어느덧 불판 위에는 고기가 몇 점 남아 있지 않았다.

- 야, 근데 요새 밤마다 집 천장에서 이상한 소리가 들린다?

- 무슨 소리?

나는 테이블 빈 곳을 주먹으로 탕 탕 탕 탕 탕, 두드렸다.

- 천장에서 그런 소리가 난다고? 너네 집 꼭대기 층 아니야?

- 그러니까 이상하다는 거지.

N은 전혀 아는 바가 없었다.

- 근데, 옛날에 이 집에서 무슨 다른 일 있었던 건 아

니지?

- 무슨 일?

- 누가 여기서 사고를 당했다든지.

N은 입속에 있던 것들을 뿜어내며 웃어댔다.

N과는 자리를 옮겨 맥주를 몇 잔 더 마시고 노래방까지 가서 고래고래 고함을 지르다가 12시가 되기 전에 헤어졌다. N이 여자친구가 보고 싶어졌다며 택시 할증이붙기 전에 일어서자고 했던 것이다. N과 만나는 1년 반동안 종종 있는 일이었기에 그냥 그러려니 했다.

N은 택시에 오르기 전, 야, 누가 뭐하고 있는지 옥상에 한번 올라가봐, 라고 말했다. 나는 N이 탄 택시가 작아지는 것을 보았다. 그 후 동네를 한 시간 남짓 배회하다가 집으로 들어왔다.


쿵 쿵 쿵 쿵 쿵.

나는 침대에서 벌떡 일어났다. 가만히 누워 참고만 있을 수는 없었다.

슬리퍼를 신고 문밖으로 나갔다. 슬리퍼 소리를 최대한 줄인 채 조심스레 한 계단씩 올라갔다. 옥상 문 앞에다다랐고, 크게 심호흡을 한 번 한 뒤 문을 열었다.

끼기기기긱.

철문이 열리며 시끄러운 마찰음을 냈다. 밤이라 소리가 더욱 크게 들렸다.

달빛 덕에 옥상은 환했다. 빨래를 널 수 있게 만들어 둔 빨랫줄이 아래로 늘어져 있었고, 옥상 바닥엔 누가 피우고 버렸는지 담배꽁초가 바람을 타고 데굴거렸다.

그리고 아무도 없었다.

옥상을 천천히 한 바퀴 돈 뒤 어깨를 으쓱 하고는 건물로 들어와 옥상 문을 닫고, 계단을 내려와 방 안으로 들어왔다.

잠자리에 다시 누웠다. 눈을 감으니 방금 봤던 을씨년스러운 옥상 풍경이 눈앞에 그려졌다. 옥상엔 아무도 없었다. 눈을 뜨니 이번엔 천장이 떡하니 버티고 있었다. 다시 무슨 소리가 들릴 것만 같았다. 나는 긴장한 채로 귀를 기울이고 있었지만 아무 소리도 들리지 않았다.

한동안 잠을 이룰 수 없었다.

✦ ✕ ✦ ✕ ✦

쿵 쿵 쿵 쿵 쿵.

사흘 만에 다시 천장에서 소리가 났다.

뭐야, 주말이라고 쉬다가 이제 평일이라고 다시 나타

난 건가, 아기 귀신?

나는 그 소리를, 걸음마를 막 시작한 아기 귀신이 내는 소리라고 생각하기로 했다. 그게 마음이 편했다.


그제 N에게서 연락이 왔다.

- 주인집에 물어봤는데 4층 다른 집에서는 아무 소리도 안 난대.

잠시 후, 주인집에서 직접 전화를 해왔다.

- 무슨, 소리가 난다는 거죠?

밤에 잠들 만하면 쿵쿵대는 소리가 난다고 말했다.

- 누가 밤에 옥상에서 줄넘기라도 하나 보네요. 혹시 모르니까 내가 다른 집들 연락해서 그런 사람 있으면 그러지 말라고 할게요.


일요일엔 어머니께 전화가 왔다. 늘 하는 이야기들이었다. 밥은 잘 먹고 다니는지, 하는 일은 힘들지 않은지, 회사 사람들과는 잘 어울리는지. 잘 지내고 있다고 적당히 둘러댔다.

- 며칠 전에 TV 보니까 무슨 의학 박사가 나와서 오이가 머리에 그렇게 좋다고 하더라. 공부 잘하고 머리 좋은 사람들의 공통점을 찾아봤더니 어렸을 때 오이를 많

이 먹었다고 하면서.

  - 전 이제 다 컸잖아요.

  - 그래도. 챙겨 먹어봐봐.

  그날 저녁 시장에 가서 오이를 사왔다.


  쿵 쿵 쿵 쿵 쿵.

  아기 귀신이 내가 누워 있는 곳 위를 걷고 있었다. 슬며시 눈을 뜨고 천장을 보고 있으려니, 어? 천장이 조금 낮아진 것 같았다.

  나는 침대에서 일어나 천장을 향해 팔을 뻗어보았다. 손끝이 천장에 닿았다. 애초에 방 천장이 낮은 편이기는 했다. 하지만 일전에 몇 번 팔을 뻗었을 땐 손끝이 닿을 듯 말 듯한 높이였다. 이번엔 쉽게 닿았다.

  뭐지? 정말 낮아졌나?

  나는 다시 팔을 뻗어보았다. 이번엔 손바닥이 천장에 닿았다.

  쿵 쿵 쿵 쿵 쿵.

  천장의 울림이 손바닥을 타고 몸으로 전해졌다. 소름이 돋았다. 나는 다시 잠자리에 누워 이불을 머리끝까지 덮었다.

  시간이 흘렀고, 이마에 땀이 맺혔으며, 더 이상 아무

소리도 들리지 않았다. 쿵쿵, 심장 뛰는 소리만 들렸다. 쿵쿵, 심장은 쉬지 않고 뛰었다.


이튿날 저녁, N이 집으로 찾아왔다.

– 천장이 낮아졌다니, 그게 무슨 소리야?

– 봐봐, 이렇게.

나는 천장을 향해 팔을 뻗었고, 그러나 천장은 손끝에 닿을 듯 말 듯했다.

– 이상하네, 어제는 안 이랬는데.

– 이 건물 집들 원래 천장이 좀 낮잖아. 그건 계약하기 전에 내가 너한테 말해준 거고.

나는 다시 팔을 뻗어보았다.

– 어제는 손바닥이 천장에 닿았는데.

N은 입을 다문 채 나를 빤히 쳐다보았다.

– 왜?

– 요새도 천장에서 쿵쿵대는 소리 들려?

– 어제도 들렸어. 잠들 만하면 매일매일 들려. 주말만 빼고.

– 그거 혹시 네 기분 탓 아니야?

– 그냥 소리만 들리는 게 아니라 공기가 팡팡 울리는 게 느껴진다고. 팡팡.

- 그러니까. 네 기분 탓 아니냐고.

- 어떻게 매일 밤마다 그런 기분을 느끼냐. 하루 이틀도 아니고.

- 근데 그렇잖아. 다른 집에선 아무 소라도 안 들린다고 하는데 너만 들린다고 하고. 옥상에도 올라가 봤다면서. 근데 아무도 없었다며. 그리고 상식적으로 생각해 봐. 천장이 낮아질 리가 있냐. 그러면 건물 자체가 무너지지.

N은 거기까지 말하고 입을 다물었다. 나도 입을 떼지 않았다.

N은 잠시 서 있다가 나중에 또 무슨 일 있거든 연락 달라고 말하고 나서 집에서 나갔다.

입 밖으로 내뱉지는 않았지만 N은 분명 날 정신이 이상한 사람 보듯 쳐다봤다. 잠시 스쳐간 눈빛이었지만 충분히 느낄 수 있었다.


쿵 쿵 쿵 쿵 쿵.

새벽 3시가 넘은 시간이었고, 아니나 다를까 잠이 들 법하니까 천장이 울려댔다.

N이 그렇게 나가고 나서 잠시 멍하니 앉아 있다가 기분 전환이라도 할 겸 유튜브에서 예능 프로그램을 여러 개 찾아보았다. 한참을 정신없이 웃다 보니 마음이 조금

편안해진 것 같았다. 그렇게 새벽 3시가 되었고, 이제는 아무 소리도 나지 않을 것 같았다. 숙면을 취할 수 있을 것 같았다.

하지만 내 예상은 보기 좋게 빗나갔고, 쿵 쿵 쿵 쿵 쿵, 씨발 좀 조용히 하라고! 나는 침대에서 벌떡 일어나 주먹으로 천장을 때렸다. 천장은 어느새 6단 책장 높이만큼 내려와 있었다.

아기 귀신! 너 때문에 내가 잠을 잘 수가 없다고!

쿵쿵쿵, 나는 천장을 때렸다.

너 때문에 내가 머리가 이상한 사람 취급이나 받고 있다고!

한참을 때리다 보니 주먹이 빨갛게 달아올랐다. 바닥에 주저앉아 숨을 몰아쉬었다.

도대체 나보고 어쩌라고!

✛ ✕ ✛ ✕ ✛

수요일 저녁 10시. 쿵 쿵 쿵 쿵 쿵. 다시 천장이 울리기 시작했다.

이제는 자포자기의 심정이 되었다. 혹시나 하는 마음에, 그리고 지난밤에 잠을 별로 자지 못해 일찍 잠자리에 누웠으나 얼마 안 있어 천장에서 소리가 났다. 머리가 지 끈거렸다.

어쩌면 N의 생각이 맞는지도 모른다. 상식적으로 봤 을 때 위에서 누가 구른다고 집 천장이 내려올 리가 없다. 설마 그렇게 허술하게 집을 지었으려고. 그리고 만약 부 실시공이었으면 천장이 내려오기 전에 그냥 무너졌을 것 이다.

하지만 지금 내 눈앞에 보이는 상황은 도대체 뭔가. 천장이 옷장과 맞닿아 있다. 환각 같은 게 아니다.

침대에서 일어나 한쪽 팔을 올려보았다. 까치발을 하 면 팔꿈치가 닿을 듯 말 듯한 높이까지 내려온 상태였다. 그나마 옷장 때문에 더 이상 내려오진 않았지만 옷장이 언제까지 버틸 수 있을지 모른다. 이렇게 천장이 내려오 고 있는 상황을 실제로 체감하고 있는 것이다.

이것도 병인가? 머리가 이상해지면 허공에 3D 입체 영상으로 천장을 만들 수 있고 그걸 실제로 느낄 수도 있 는 건가?

쿵 쿵 쿵 쿵 쿵.

이렇게 생생하게 진동을 느낄 수 있는데?

머리가 아프다. 참을 수 없을 만큼 머리가 아프다. 이 런 경우 '멘붕'이라는 말을 쓸 수 있겠지. 그러나 난 멘탈

이 붕괴되는 상황을 넘어 생활이 붕괴되는 위기에 처했다. 천장이 내려앉으면서 삶 자체가 무너지고 있는 것이다.

꼬르르르륵.

이런 상황에서도 배꼽시계는 눈치 없이 제 할 일을 한다. 저녁을 샌드위치로 때워서 그런 것 같다. 요즘 전반적으로 식욕이 없기도 하다. 밤마다 천장이 내려앉는데 어떻게 밥을 맛있게 먹을 수 있겠는가.

뭘 좀 먹어야겠는데.

불을 켠 후 주방 쪽으로 갔다. 냉장고 문을 열고 먹을 만한 게 있는지 살펴보았다. 지난 일요일에 산 오이가 눈에 띄었다.

지금처럼 머리 아플 때 먹으면 아픈 게 좀 가시려나.

쿵 쿵 쿵 쿵 쿵.

이번엔 주방 쪽에서 소리가 났다. 아이고 머리야, 손으로 이마를 짚었다. 아기 귀신이 날 따라다니면서 걸음마 연습을 하는 것 같았다.

난 냉장고에서 오이를 하나 꺼내 깨끗이 씻어 한입 먹었다. 아삭. 어? 오이가 맛있네? 오이를 절반쯤 먹고 나니 머리 아픈 게 좀 가시는 것 같았다. 남은 절반마저 다 먹고 나니 허기도 가셨다. 고개를 들어보니 심지어 천장이 조금 높아진 것 같기도 했다. 팔을 뻗어보니, 어라? 천장은 손목 정도 높이로 올라가 있었다.

방금 전까지만 해도 팔꿈치 높이였잖아! 혹시 오이 때문에 그런가? 그러고 보니 쿵쿵대는 소리도 사라졌어!

냉장고에서 오이를 하나 더 꺼내 먹었다. 천장이 원래 높이로 돌아가길 바라는 마음으로 두 개째 오이를 꼭꼭 씹어 먹고 다시 팔을 뻗어보았다. 천장은 아까와 마찬가지로 손목 높이에 있었다. 어깨를 한 번 으쓱, 하고는 양치질을 하고 불을 끄고 다시 잠자리에 누웠다.

머리는 더 이상 아프지 않았다. 허기도 완전히 가셨다. 쿵쿵대는 소리도 들리지 않았고, 모처럼 숙면을 취할 수 있었다.


목요일이 되었고, 쿵 쿵 쿵 쿵 쿵, 소리가 다시 시작되었다. 매일 밤마다 소리와의 전쟁이다.

하지만 난 더 이상 두려움에 떨지도 않고, 고통에 몸부림치지도 않는다. 나에겐 오이가 있기 때문이다.

일요일에 한 묶음에 세 개 들이 오이를 샀다가 어젯밤에 두 개를 먹었으니 하나밖에 남지 않은 상황에서, 오늘은 한 묶음에 다섯 개 들이 오이를 사 왔으니 이제 냉장고엔 총 여섯 개의 오이가 있다. 든든하다. 생각만으로도 배가 부르고 머리가 개운해지는 기분이다.

천장은 하루 만에 옷장 높이로 다시 내려앉았다. 나는 입꼬리를 슬쩍 올리며 냉장고에서 오이 하나를 꺼내 씻었다. 의자에 앉아 아삭, 한입 먹었다. 딱히 배가 고픈 건 아니었지만 오이를 먹으면 머리가 아프지 않을 것이고 심지어 머리가 좋아지기까지 할 것이다. 아삭, 무엇보다 더 이상 천장이 내려오지 않을 것이다.

쿵 쿵 쿵 쿵 쿵.

아삭, 그렇게 굴러봤자 소용없어 아기 귀신. 내가 이렇게 오이를 먹고 있는 한 넌 더 이상 내려올 수가 없다고.

쿵 쿵 쿵 쿵 쿵.

아삭, 나의 오이를 받아랏!

쿵 쿵 쿵 쿵 쿵.

아삭, 근데 오늘따라 왜 이렇게 소리가 많이 나지?

나는 자리에서 벌떡 일어났고, 쿵, 천장에 머리를 박았다. 툭, 바닥에 오이가 떨어졌다. 아이고 머리야, 정수리를 문지르며 의자에 주저앉았다.

오이를 먹고 있는데 왜 천장이 더 내려왔지?

그럼 옷장은?

나는 옷장 쪽으로 눈을 돌렸다. 옷장은 여전히 천장과 맞닿아 있었다. 그렇게 맞닿은 채로, 천장의 무게에 눌려 찌그러져 있었다. 책장과 책장에 꽂혀 있던 책들도 압축

된 상태였다. 나는 바닥에 떨어진 오이를 주워 싱크대 안으로 집어 던졌다.

쿵 쿵 쿵 쿵 쿵.

언제까지 그렇게 구를래, 아기 귀신! 나를 압착시켜 죽일 생각인가!

내가 왜 이런 데서 스트레스를 참아가며 살아야 하는지 모르겠다. 이제 더 이상 여기서 못 살겠다. 내일부터라도 당장 집 알아보고 이사 가든지 해야겠다.

+ × + × +

쿵 쿵 쿵 쿵 쿵.

안녕, 나는 무심한 어투로 천장을 보고 인사했다.

내가 너 때문에 못 살겠다 못 살겠어. 그래서 이사 가려고. 너무 섭섭해 하지는 말고. 네가 그렇게 괴롭히는데 어떤 인간이 제정신으로 버틸 수 있겠냐. 너 때문에 없던 병이 다 생길 지경이야.

쿵 쿵 쿵 쿵 쿵.

내 말 듣고 있기는 하나 보네? 너 N 알지? 아까 저녁에 걔 만나서 이사 가야겠다고 말했어. 그러니까 뭐라고 하는 줄 알아?

- 근데 그 가격에 그만한 집 구하기 어려울 텐데.

·N은 부동산 앞에서 담배 연기를 내뱉으며 말했다.

- 그러니까 부탁 좀 할게. 이 집에서는 진짜 도저히 못 살겠어.

N은 담배를 크게 빨아들였다.

- 내가 신경 써서 알아는 볼게. 요새 비수기라 집이 잘 안 나와서 문제기는 하지만.

근데 더 문제가 뭔지 알아? 나는 천장을 향해 물었다. 이 집이 우선 빠져야 된대. 그래야 전세금도 받고 이사도 나갈 수 있대. 그때까진 꼼짝없이 너랑 같이 지내야 해.

흐흐흐흐흐. 지금 나 웃고 있는 거 들리냐? 으아아아 아, 나도 모르겠다. 씨발, 나보고 어쩌라고! 얼른 집이 빠져야 여기서 나갈 수 있는데. 그래야 네가 그렇게 구르는 소리도 안 들을 테고.

아기 귀신, 넌 내가 불쌍하지도 않냐? 밤에 잠도 제대로 못 자지, 그러니 당연히 직장 일에도 집중을 못 하지, 그나마 한 명 있던 동네 친구는 날 이상한 사람 취급하지. 이게 네가 원하던 결과였냐? 이렇게 돼서 기분 좋아? 아무튼 이 집 빠지면 나도 여기서 나갈 거야. 그럼 소원대로 이 집은 완전히 네 게 되겠네.

쿵 쿵 쿵 쿵 쿵.

그래, 네 거야 네 거. 누가 들어올지 모르겠지만 너 때문에 밤마다 고생깨나 하겠다.


이튿날인 금요일. 점심 식사 후 커피를 마시며 졸음을 깨고 있는데 N에게서 문자가 왔다.

[지금 일하는 중이지? 나, 너네 집 보러 간다.]

졸음이 확 가시는 것 같았다. 한 시간 뒤 N이 다시 문자를 보내왔다.

[야, 또 집 보러 간다. 왠지 금방 나갈 것 같은데?]

40분 뒤 N이 다시 문자를 보냈다.

[오늘 무슨 날이냐? 오는 손님마다 원룸 구하네. 또 간다!]

30분 뒤, 이번엔 N에게 전화가 왔다.

- 지금 손님 모시고 집 보러 갈 거라고 전화했어.

- 사람이 많이 오나 보네?

- 이 동네에서 이 일한 지 햇수로 5년째인데 오늘 같은 날은 처음이야. 지금이 벌써 몇 번째냐.

- 집 본 사람들은 뭐래? 별로래?

- 딱히 마음에 안 들어 하는 것 같진 않은데?

그날 오후에만 총 여섯 명의 손님이 집을 보고 갔다. 아무도 계약은 하지 않았다.

N은 퇴근 후 애인과 데이트 하러 가는 길에 내게 전화를 걸었다. N의 말에 따르면 성수기 때도 한 집만 이렇게 많이 보여줬던 적은 없다고 했다. 오늘 보고 간 손님 중에 계약할 사람이 있을 것 같다는 말도 덧붙였다.

- 일을 몇 년 하다 보니 집 보여주고 나서 손님 표정만 봐도 대충 감이 오더라고. 이 사람은 계약하겠구나. 아니면 안 하겠구나, 그런 거.

그날 밤에도 여지없이, 쿵 쿵 쿵 쿵 쿵, 천장이 울렸다. 그래, 마음껏 뛰고 굴려라. 여기서 살 날도 이제 며칠 안 남았다. 아기 귀신 너랑 볼 날도 얼마 안 남았고. 막상 이사 가면 너 그리워하는 거 아닌가 몰라. 크크크크.

나는 모처럼 깊이 잠들 수 있었다.

토요일엔 세 명이 집을 보고 갔다. 천장은 울리지 않았다.

일요일엔 부동산이 쉬었고 아기 귀신도 쉬었다.

월요일엔 네 명이 집을 보고 갔고 천장에서 소리가 났다. 천장은 이제 목 정도 높이의 냉장고까지 내려왔다. 방 안에서 돌아다니기 위해선 무릎과 허리를 구부린 채 엉거주춤한 자세를 취해야만 했다. 어차피 아침에 출근해서 저녁에 들어오니 집에 있는 시간은 그리 많지 않았다. 집에선 주로 인터넷을 하거나 유튜브를 보거나 밥을 먹거나 잠을 잤다.

화요일엔 다섯 명이 집을 보고 갔다. 이제 며칠만 참으면 될 것 같았다. 비수기임에도 불구하고 하루에도 사람들이 몇 명씩 찾으니 집은 곧 나갈 것이고, 전세금을 돌려받으면 다른 집으로 이사 갈 수 있을 것이다.

수요일엔 세 명이 집을 보고 갔다. N이 이유를 모르겠다며 전화로 푸념했다.

- 무슨 이유?

- 두 가지가 있어.

- 하나는?

- 비수기인데도 원룸 구하는 사람이 왜 이렇게 많은 건지.

- 다른 하나는?

- 너네 집이면 가격 대비 괜찮은 편인데 왜 이렇게 계약하려는 사람이 없는지.

- 조금만 더 고생해라. 내가 금요일에 술 한잔 살게.

목요일엔 네 명이 집을 보고 갔고 금요일에도 네 명이 집을 보고 갔다. 금요일 저녁엔 N과 함께 삼겹살에 소주를 먹었다. 토요일엔 세 명이 집을 보고 갔고 일요일엔 부동산이 쉬었다.

　지난주 금요일부터 열흘 동안 총 서른두 명이 집을 보고 갔고 아무도 계약하지 않았다. 토요일, 일요일을 빼고 매일같이 천장이 울렸다. 천장은 이제 가슴 높이까지 내려앉은 상태였다.

＋　×　＋　×　＋

　다시 월요일이 되었고, 쿵 쿵 쿵 쿵 쿵, 울림은 여전했다. 오늘도 네 명이 집을 보고 갔지만 아무도 계약하지 않았다.

　[집을 내놓는다고 바로바로 나가는 게 아니야. 맘에 드는 집 구하기 어려운 거랑 마찬가지거든.]

　N이 문자를 보내왔다. 나는 아무 대꾸도 하지 않았다.

　[집 내놓은 지 아직 2주도 안 됐잖아. 보통 한 달 정도는 걸린다고 보면 돼.]

　그래서 뭘 어쩌란 말인가. 쿵 쿵 쿵 쿵 쿵, 밤마다 천장이 이렇게 울려대는데. 그것도 모자라 이젠 가슴 높이까지 내려온 상태다. 다른 집은 안 그런데 왜 내가 사는 집만 이 모양일까. 다른 사람이 보러 올 땐 괜찮은데 왜 내가 있을 때만 이런 걸까. 내 머리가 정말 이상해졌나. 천장은 어디까지 내려올까. 계속 내려오다가 결국 날 깔아 뭉개버릴까. 그렇게 압사당하는 것이 나의 운명인가.

N이 위로조로 문자를 보내기는 했지만 나는 이미 체념한 상태였다. 이 집은 안 나갈 것이다. 집 보러 온 사람들도 이 집에 드리운 불길한 기운을 느낀 것이다. 결국 계약 기간이 만료될 때까지 여기에서 살아야 할 것이다. 계약 기간이 끝나도 집이 안 나가면 전세금을 돌려받지 못할 수도 있다. 그러면 계속 이 집에서 살아야 한다.

아니지, 그 전에 압사될지도 모른다. 2주 만에 천장이 절반쯤 내려왔으니 2주 후면 완전히 바닥까지 주저앉을 것이다. 그리고 이런 기사가 나겠지. 어느 30대 남성, 집 안에서 의문의 죽음을 당하다. 자살인가, 타살인가. 그를 죽음으로 몰고 간 것은 무엇인가. 기자가 찾아오면 N은 이렇게 말하겠지. 그 친구, 며칠 전부터 천장에서 발 구르는 소리가 난다느니, 천장이 내려온다느니 하는 얘기를 했어요. 정신적으로 고통이 많았던 것 같아요. 그의 죽음의 원인은 과연 무엇인가.

화요일엔 동네의 허름한 모텔에 갔다. 왜 진작 이 생각을 못 했지? 3만 원이라는 돈이 아깝기는 했지만 오늘 하루만은 아무 스트레스 없이 잠을 잘 수 있을 것이다. 샤워를 하고 TV를 보다가 잠자리에 누웠다. 얼마 지나지 않아 옆방에서 신음 소리가 들려왔다. 방음이 제대로 되지 않는 건물이었다. 일부러 그렇게 만들었는지도 모른다.

침대에 누운 채로 TV를 다시 켰다. 채널을 돌려 무슨 말인지 알아들을 수 없는 외국어가 들리는 채널에서 멈췄다. 신경에 거슬리지 않는 수준으로 볼륨을 줄인 채 이불을 머리끝까지 뒤집어쓰고 눈을 감았다.

수요일엔 24시간 찜질방에 갔다. 평일인데도 사람이 적지 않았다. 간단히 목욕을 한 후 TV를 보다가 수면실로 들어갔다. 눈을 감고 가만히 누웠다. 이따금 사람들이 소곤대는 소리가 들렸지만 크게 거슬리지는 않았다.

문제는 코 고는 소리였다. 특히 세 명 정도가 심했는데, 서로 앞서거니 뒤서거니 하며 박자도 맞추고 화음도 맞춘다고 느껴질 정도였다. 나는 베개와 매트리스를 들고 일어나 다른 수면실로 자리를 옮겼다. 코 고는 소리는 어디에나 있었다. 코를 막아버리고 싶었다.

목요일엔 다시 집에서 잤고, 쿵 쿵 쿵 쿵 쿵, 아기 귀신은 이틀 동안 못 본 날 반기기라도 하듯 신나게 굴렀다. 천장은 다시 머리 높이까지 올라가 있었다. 하지만 저렇게 굴러대니 언제 다시 가슴까지 내려올지 모를 일이다.

N은 화요일부터 문자를 보내지 않았다. 손님이 없는

것 같지는 않았다. 방 환기 차 조금 열어둔 창문이 약간 더 열려 있거나 약간 더 닫혀 있거나 했다. N에게 따로 물어보지도 않았다. 계약도 못 하고 있는데 나한테 일일이 연락하기도 마뜩잖을 것이다.

금요일엔 회사 사람들과 회식을 하고 새벽 2시쯤 들어왔다. 만취한 것도 아니었는데 그날따라 이상하게 길을 헤맸다. 매일같이 다니던 동네 골목길이 미로처럼 느껴졌다.

씻고 잠자리에 누웠더니, 쿵 쿵 쿵 쿵 쿵, 기다렸다는 듯 천장에서 소리가 났다. 문득 뭔가 해야겠다는 생각이 들었다. 침대에서 벌떡 일어나 옥상으로 향했다.

아기 귀신아, 제발 나랑 이야기 좀 나누자. 형이 너한테 할 말이 많아. 옥상에 올라가는 동안 그렇게 중얼거렸다.

옥상문을 끼기기기긱, 열고 주위를 둘러보았다. 아무도 없었다. 나는 천천히 옥상 이곳저곳을 맴돌았다. 머릿속으로는 천장이 울릴 때의 템포를 되새겨 보았다.

달이 없어 더욱 캄캄한 밤하늘.

공기가 흐르는 소리도 들릴 것 같은 조용한 밤.

나는 걸음마를 막 시작한 아기처럼 한 발 한 발 힘주어 걸었다. 입으로, 쿵 쿵 쿵 쿵 쿵, 소리를 내며 옥상 곳곳을 걸어 다녔다. 4층에 발 구르는 소리가 제대로 전달될지 궁금했다. 쿵 쿵 쿵 쿵 쿵, 시끄러우면 어디 아무나 한번 올라와 보시지.

10분 남짓 걸었으나 아무도 옥상에 올라오지 않았다. 다시 집으로 들어가 보니 천장이 어깨 높이만큼 내려와 있었다. 나는 침대에 누워 눈을 감았다. 천장에선 아무 소리도 들리지 않았다.

토요일, 일요일이 지났다. 이틀 동안 천장은 조용했다.

N에게선 여전히 연락이 오지 않았다. N이 집을 드나드는 흔적이 느껴지기는 했지만 나도 모르는 척을 했다.

주말 동안 천장은 다시 머리 높이 정도로 올라갔고 월요일 밤이 돌아왔다. 때가 된 것이다.

나는 눈을 감은 채 소리가 시작되기만을 기다리고 있었다. 초조한 마음. 그러다가, 쿵 쿵 쿵 쿵 쿵, 기다리던 소리가 들렸다. 나는 감고 있던 눈을 떴다. 침대에서 일어나 재빨리 옥상으로 올라갔다. 끼기기기긱, 문을 열고 옥상을 살폈다. 아무도 보이지 않았다. 문을 닫은 후 천천히 옥상 가운데로 다가갔다.

잠시 후, 쿵 쿵 쿵 쿵 쿵, 귓가에서 소리가 울리는 것 같았다. 쿵 쿵 쿵 쿵 쿵, 입으로 소리를 내보았다. 그러고 나서, 쿵 쿵 쿵 쿵 쿵, 옥상을 걸어 다녔다. 금요일 밤에 했던 일을 반복했다. 거침없이 옥상 곳곳을 걸어 다녔다.

그렇게 몇 분을 걷고 있으려니 복도 쪽에서 누군가 올

라오는 기척이 느껴졌다.

나는 우뚝, 걸음을 멈췄다.

잠시 후 옥상 문이 끼기기기긱, 열렸다.

한 남자의 얼굴이 보였다. 옆집 남자였다. 그는 옥상으로 나와 주위를 두리번거렸다. 그러다가 나와 정면으로 눈이 마주쳤다.

멈칫.

하지만 그는 잠시 후 이렇게 혼잣말을 했다.

- 아무도 없네.

그러고 나서 문을 닫고 건물 안으로 들어갔다.

나는 우두커니 그가 있던 곳을 바라보았다. 한동안 멍하게 서 있었다. 때마침 쌀쌀한 바람이 불어왔다.

문득 불길한 기운이 느껴졌고, 나는 재빨리 옥상에서 나와 집으로 내려가 보았다.

집은 완전히 주저앉아 있었다. +

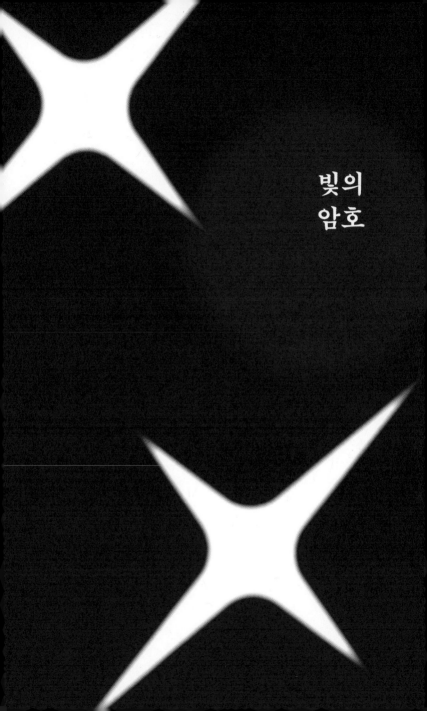

빛의
암호

부질없는 도보는 그만두자, 어차피 그가 원하는 장소에는 다다를 수 없을 테니, 라고 썼다가 줄을 그어 지우고 그 아랫줄에, 걸음을 내딛어라, 일어설 수 있다면, 계속 생각하라, 눈 뜰 수 있다면, 이라고 쓰여 있다. 너는 저 문장이, 줄이 그어진 문장 또한, 어떤 맥락에서 돌출했는지 파악할 수 없다. 의식의 흐름 같은 건가, 라는 생각이 잠깐 들었지만, 그 아래위로 어떤 흐름을 보여줄 만한 구절들이 드러나지 않는다. 걸음을 내딛자, 계속 생각하자, 좋은 말이야, 근데 아무 방향성이나 목적성 없이 걷거나 생각하는 게 과연 올바른 일일까, 라고 의문을 품으며, 캄캄한 교통호를 바라보고 있던 그날을, 그날 함께 경계 근무를 섰던 후임병을 떠올린다.

글을 쓴다는 것, 머릿속에 떠오른 문장을 받아 적는다는 것, 방금 쓴 문장에 볼펜으로 쭈욱 취소선을 긋고 앞서와 상반되는 의미를 새로 적는다는 것, 혹은, 앞서 쓴 문장에 흘려 머릿속에서 제대로 언어화하지도 않은 추상이 볼펜 끝을 따라 구체화한다는 것, 끝나지 않을 것만 같은 일련의 흐름에 잔뜩 상기했다가도 어느새 돌연 신기루처럼 사라지고 마는 것.

온다, 라고 너는 말한다. 교통호 멀리서 흔들거리며 다가오는 손전등 불빛. 네 작은 속삭임에 맞은편 교통호를 보고 있던 후임병이 초소 밖으로 나가 K2 소총 개머리판을 바닥에 대고 총을 세운 채 무릎을 굽힌 자세로 암구호를 댈 준비를 한다. 벌써 교대 시간인가, 라고 생각하며 너는 손목시계를 확인했다가, 아직 아니구나, 그럼 순찰자겠네, 라고 생각하는 순간, 흔들거리며 다가오는 손전등 불빛이 꺼져버린다.

뭐였을까, 그때 봤던 건, 환하게 빛나다가 별안간 사라졌던 건. 오전에 시오리코가 보낸 문자메시지 때문에

옛 기억이 떠오른 너는, 침대에서 나와 책상 서랍을 모조리 뒤진 이후, 책장 위에 올려둔 몇 개의 네모난 종이 상자, 뚜껑에 먼지가 보얗게 쌓인 종이 상자 속에서 포켓용 수첩을 겨우 찾아낸다. 뭐였더라, 잘못 본 건 아니었을 텐데, 어디 있지, 걔가 분명 뭐라고 적어뒀던 것 같은데, 아, 여기다, 걸음을 내딛어라, 일어설 수 있다면, 계속 생각하라, 눈 뜰 수 있다면, 그래 이런 식으로 적혀 있었던 것 같아. 하지만 너의 눈길은 곧장 그 바로 윗줄로, 그러려고 취소선을 그은 것은 아닐 텐데, ~~부질없는 도보는 그만두자, 어차피 그가 원하는 장소에는 다다를 수 없을 테니~~, 라는 문장으로 옮겨간다. 그가 원하는 장소? 이게 어디지? 그는 또 누구야? 라고, 정작 그 문장을 처음 봤을 때에는 한 번도 품어보지 않은 의문을, 취소선이 그어진 이유와 더불어, 수년이 지난 오늘에서야 새삼 품어본다.

뭔데? 뭐 보는 거야? 라고, 언뜻 들으면 일본인이 하는 말이라 알아채기 어려울 만큼 한국인과 유사한 발음으로 말하면서, 뒤늦게 잠에서 깬 시오리코가 너에게 다가온다. 일어났어? 아, 이거, 군대 있을 때 누구한테 받은 건데, 라고 말하는 네 등에 시오리코가 가슴을 대고 고개를 네 어깨 쪽으로 빼내 수첩을 바라본다. 손전등 불빛이 흔들리며 다가오다 갑자기 꺼져서 순찰자가 우리 몰래 접근하려나 보다, 하고 생각했는데 그 후로 그들은 나타나지 않았다, 우리가 봤던 건 무엇이었을까, 라고 시오리코는 수첩에 적힌 문장을 정확한 발음으로 또박또박 읽는다.

하지만 아니었어. 손전등을 끄고 몰래 다가올 줄 알았는데 1분이 지나고 2분이 지나도록 오는 사람은 없었어. 교통호로 나갔던 후임병이 다시 초소로 들어오더니, 순찰자 오는 거 아니었습니까? 라고 묻기에, 오다가 갑자기 사라졌네, 라고 답했더니, 저도 불이 꺼지는 것까지는 봤는데 말입니다, 라고 말하고 잠시 입을 다물었다가, 혹시, 하고 다시 입을 뗐어. 혹시 뭐? 라고 물으니까, 혹시 북한에서 넘어온 거 아닙니까, 라고 말하기에, 헛소리 하고 자빠졌네, 라고 딱 잘라 말했다가, 귀신 본 거야 귀신, 옆에 빈 초소에서 목매달고 죽었다는 귀신, 이라고 무심히 덧붙였어.

너는 핸드폰으로 시선을 옮기며 생각했다. 평소, 중요한 문자메시지가 올라 치면 네 몸은 소스라칠 만큼 정확한 육감으로, 육감이라고밖에 표현할 수 없는 어떤 감각으로, 시오리코와 헤어질 무렵에 생겨 그 이후로도 계속 지속되고 있는 어떤 감각으로, 이제 곧 문자메시지가 올 것임을 알아채고 핸드폰에 정신을 집중시킨다. 그렇게 오늘 오전, 일요일이라 알람을 맞추지도 않았고 평소에 깨는 시간도 아닌 즈음에, 불현듯 잠에서 깨 핸드폰을 보고 있노라니 여지없이 문자메시지가 와서 곧장 그 내용을 확인했던 것이다. 이름이 저장되어 있지 않아 열한 자리의 핸드폰 번호가 그대로 찍혀 있는 문자메시지에는, 정말 오랜만에 보는 시오리코라는 이름과 함께, 시오리코가 그런 식으로 알려줄 것이라고는 상상하지도 못한, 재희라는 이름이 담겨 있었다.

*진리가 있다면 우리는 그것을 선험적으로 알고 있을 것이다. 진리가 있다는 것을 우리는 선험적으로 알고 있지만 언어로 표현하지 못한다. 선험적으로 알고 있지만 언어로 표현할 수 없는 진리를 표출하기 위해서 우리는 어떤 방법을 사용할 수 있을까. 어떤 방법을 사용해도 진리를 표출할 수 없다면 진리를 선험적으로 알고 있다는 것이 무슨 소용이 있을까. 만약 진리가 무용하다면 과연 그것을 존재한다고 말할 수 있을까. 무용한 진리는 어떤 의미가 있을까.*

재희는 그날 함께 근무를 섰던 후임병의 이름이다. 그리고 전역하고 몇 년 만에 네 꿈에 나타난 사람 또한. 그동안 연락은커녕 단 한 번도 만난 적 없는 재희와, 꿈에서 너는 편한 말투로 호형호제하며 술을 마시고 있었다. 무슨 얘기를 한참 떠들어대다가 어느 순간부터 그날 홀연히 사라진 손전등 불빛에 대해 이야기하기 시작한 재희는, 난 당연히 소초장이 거기까지 왔다가 똥이 마렵다든지 느닷없이 심경에 변화가 생겼다든지 아무튼 알 수 없는 이유로 돌아갔다고 생각했다니까, 근데 그날 소초장이랑 같이 근무 섰던 사람 누구였더라, 라고 말하며 잠시 고개를 갸웃거리다가, 오래돼서 이제 이름도 기억이 안 나네, 나보다 1년 선임이었는데, 형 걔 이름 기억나? 라고 물었지만 네가 아무 말이 없자, 아무튼 바로 다음 날인가, 라고 이어서 말하더니, 걔한테 물어보니까, 까지 말하고 나서 목소리 톤을 살짝 바꾸더니, 뭐야, 너도 분대장님이랑 똑같은 거 물어보네, 어제 소초장 몸이 안 좋대서 순찰 별로 못 돌았어, 15초소 근처에는 가지도 않았어, 라고 말하고 나서 다시 자신의 본래 목소리로 돌아가서, 이렇게 말하더라고, 라고 말하며 테이블에 있는 소주잔을 혼자 한 잔 들이켰다가, 이거 뭐 군대 괴담도 아니고 아무것도 아닌데, 라고 말하며 다 식은 부대찌개를 한 숟갈 떠먹더니 술집 주방 쪽을 향해, 이모! 여기 부대찌개 좀 데 워주세요! 라고 소리치고 나서 너를 빤히 바라보며, 그날 봤던 손전등의 정체가 뭘까, 환하게 빛나다가 단숨에 꺼 진 불빛이 뭐였을까, 가끔 궁금하긴 해, 형 말대로 진짜 귀신이었을까, 설마 우리 둘 다 잘못 본 건 아닐 테고, 라 고 말한다.

그날, 너는 근무 교대를 하고 어깨에 K2 소총을 멘 채 20여 분을 걸어 대기초소로 돌아온다. 교통호를 따라 돌 아오며 스쳐 지나간 여섯 개의 초소, 사흘이 멀다 하고 지 나치기에 평소라면 신경 쓰지도 않았을 여섯 개의 초소 가, 그날따라 유독 너의 머릿속에 잔상으로 남는다. 캄캄 할 뿐인, 누군가 구석에 잔뜩 쭈그리고 앉아 있다가 벌컥 뛰쳐나와도 이상하지 않을 법한, 텅 비어 있는 초소들.

북한에서 총기 발사가 있었다고 한다. 우리 소초 관 할 지역에선 들리지 않았는데 근방의 다른 사단에서 포 착한 것 같다. 덕분에 후반야라서 밤을 꼴딱 새우며 야간 경계 근무를 서고 아침 식사 후 취침 없이 곧장 주간 경 계 근무까지 서야 했다. 주간 경계 근무 때는 야간 경계 근무 때 비워두는 14초소에 들어가 있었다. 며칠 전 보

았던, 14초소를 지나 15초소로 오던 중에 사라진 손전
등 불빛이 떠올라 졸음이 깨면서 으슬으슬한 느낌이 들
었다. 오후가 돼서야 경계 태세가 풀려 소초로 돌아올 수
있었다. 늦은 점심을 먹고 몇 시간 못 잔 상태로 다시 야
간 근무를 서야 할 참이다. 비몽사몽. 수면 부족은 비가
올 때보다 화창한 날에 나를 더 괴롭힌다. 분대장님에게
말을 걸려다 말았다.

　북한에서 넘어온 사람은 아니라 했고, 라고 방 안을
서성이며 독백하듯 말하는 시오리코에게, 설마 그렇게 환
하게 손전등 켜고 넘어오진 않겠지, 빛이 거의 없어서 밤
이 얼마나 어두운지 체감할 수 있는 GOP 같은 곳에서,
라고 너는 수첩을 보면서 말한다. 순찰자가 거기까지 왔
다가 마음이 바뀌어서 돌아간 거 아니야? 라고 별안간
생각났다는 듯 네 얼굴을 쳐다보며 조금 큰 목소리로 묻
는 시오리코에게, 혹시나 해서 그날 근무 끝나고 소초 돌
아가서 소초장이랑 같이 순찰 돈 애한테 혹시 15초소 쪽
으로 왔냐고 물어봤는데, 그날은 소초장이 컨디션이 별
로 안 좋아서 거기까지 안 가고 주로 대기초소랑 그 근방
의 초소만 돌았다고 했어, 라고 너는 고개를 살짝 들어 올
려 시오리코를 바라보며 말한다. 그럼 자기 말대로 정말

귀신이었을까? 근데 귀신이 손전등 들고 다니는 것도 말이 안 되잖아, 라고 다시 침대로 돌아가며 말하는 시오리코에게, 그래도 그나마 그게 제일 말이 되는 것 같아서, GOP니까 왠지 죽은 군인도 많았을 것 같고, 라고 너는 시선을 다시 수첩으로 옮기며 대답한다.

너는 재희를 생각한다. GOP에서 전역하기 전까지 대략 서너 번쯤 함께 경계 근무를 섰던 재희를 생각한다. 소설 구절 하나 암송해도 되겠습니까, 라고 묻고는 몇십 초에 걸쳐 중얼중얼 문장을 암송하던 재희를 생각한다. 너머리 엄청 좋네, 라고 말하면, 암기력은 좋은 편인데 창의력은 떨어지는 편입니다, 라고 말하던 재희를 생각한다. 분대장님, 실례지만 뭐 하나만 물어봐도 되겠습니까, 제가 요즘, 같이 근무 서는 선임들한테 물어보는 건데, 분대장님은 만약 오늘 전쟁이 나서 당장 죽게 되면 뭐가 제일 억울할 것 같습니까? 라고 물어보던 재희를 생각한다. 다른 애들은 뭐라고 하던데? 라고 묻는 너에게, 별로 억울할 거 없다는 사람도 있었고, 부모님께 효도 못 해서 억울할 것 같다는 사람도 있었고, 대학교 못 다녀본 게 억울할 것 같다는 사람도 있었고, 아무튼 다양했습니다, 라고 대답하던 재희를 생각한다. 그럼 너는 뭐가 억울할 것 같은데? 라고 묻는 너에게, 조금의 지체도 없이, 마치 그 질문이 나오기만을 기다렸다는 듯 단숨에, 저는 여자랑 연애한 번 못 해본 게 억울할 거 같습니다, 라고 대답하는 재희를 생각한다.

그래서 자기는 뭐라고 대답했어? 라며 네가 하던 말을 듣던 시오리코가 묻는다. 그러게 그때 뭐라고 했더라, 라고 구시렁대며 기억을 되새겨 보지만 너는 아무것도 떠오르지 않는다. 다른 사람이 했던 말은 기억하면서 정작 본인이 했던 말은 기억이 안 나? 라고 말하며 너를 쳐다보는 시오리코. 그녀의 입가에 웃음이 머물러 있다.

그럼, 질문을 바꿔서, 이마 도우?

뭐가?

지금 여기서 오늘 당장 죽으면 뭐가 억울할 거 같아?

그건 생각할 것도 없지.

뭐?

너랑 더이상 같이 못 있는 게 제일 억울하지.

그렇게 말하며 자리에서 일어나 침대로 다가가는 너는, 벽에 기댄 채 이불을 감싸고 앉아 있는 시오리코를 끌어안는 너는, 아직 간밤의 땀 냄새가 채 가시지도 않은 이불 위에서 시오리코와 또다시 몸을 섞는 너는, 시간이 흘러 나중에, 시오리코와 함께 보낸 밤, 함께 지내던 시절을 추억하게 될 것이다, 저녁 어스름 방안으로 비쳐 들어오던 잔광을, 침대 위에서 각별히 따사로웠던 온기를, 그날의 대화 이후 재희가 너에게 준 수첩에 유달리 관심을 보이던 시오리코를, 여기 적힌 암호 무슨 뜻인지 풀어냈어! 라고 들떠서 소리치던 시오리코의 모습을, 떠올리게 될 것이다, 회상하게 될 것이다.

*마음이란 무엇일까. 느낀다는 건 무엇일까. 기쁨, 슬픔, 즐거움, 괴로움, 초조함, 행복, 고통, 사랑 등을 느낀다고 할 때 이것을 느끼는 곳은 어디인가. 구체적으로 우리 몸 어디에서 이런 감정을 느끼는가. 마음은 어디에 있는가. 뇌인가. 마음은 뇌 안에 있는 것인가. 그렇다면 결국 감정이란 뇌의 작용이란 말인가. mind가 마음으로도 정신으로도 해석되는 이유는 그 때문일 테지. 내가 소초장에게 느끼는 감정은? 요쿄챻롬쟈자바칸돕. 내가 그에게 느끼는 감정은? 부디, 마음이 내게 힘을 주기를! 정신이 내게 힘을 주기를!*

자기야, 근데 이건 무슨 뜻이야? 이런 한국어 있어? 라고 물으며 시오리코가 너에게 수첩을 내민다. 시오리코가 가리킨 곳에는, 요쿄챷툠쟈자바칸튭, 이라는, 구절인지 문장인지 알아볼 수 없는, 외국어라기보다는 차라리 외계어에 가까운 글자의 나열이 있다. 한국말 아닌 것 같은데, 뭐지, 라고 잠시 생각에 잠겼다가, 아, 이거 영어로 키보드 친 거 그대로 한국어로 옮긴 것 같은데, 라고 말하고 나서 너는 책상 위 노트북을 켜서 요쿄챷툠쟈자바칸튭, 이라 발음하며 알파벳 모드로 한 자 한 자 키보드를 눌러본다. 하지만 dyzyciwfyawiwkqkzkeeyq, 라고, 영어로도 도통 해석할 수 없는 알파벳이 나열되자, 이건 아닌가 보네, 그럼 뭐지? 라고 별로 궁금하지도 않으면서 굳이 의문문으로 말하며 시오리코를 바라본다. 그러니까 암호 같은 거구나, 오모시로소오, 풀어보고 싶어! 이래봬도 나 에도가와 란포 읽는 사람이야, 라고 연속해서 말하며 시오리코가 다시 수첩을 가져가더니, 반드시 풀어주겠어! 라며 평소에 잘 드러내지 않던 의지를 불태운다.

*간밤 근무 때는 분대장님과 대화를 많이 나누었다. 날이 풀리면서 얼어 있던 땅이 녹아 교통호가 질퍽질퍽했다. 전투화 수입하느라 보낸 황금 같은 나의 휴식 시간. 분대장님은 입대 전에 일문학과 학생이었다고 했다. 일본 문학보다는 일본 애니메이션을 더 좋아해서 선택*

한 전공이라고 했다. 일본 포르노에서 자주 들을 수 있는 몇 가지 표현도 알려주었는데 제대로 기억나지는 않는 다. 딱히 보고 싶은 마음도 없다. 나는 보는 것보다는 기 억을 떠올리며 자위하는 편을 선호한다. 근무 설 때마다 다른 선임들에게 물어본 질문도 해 보았다. 잠깐 생각하 더니 다른 선임들은 뭐라고 대답했는지 물어서 몇 가지 알려주었다. 하지만 내 대답을 들은 분대장님은, 넌 뭘 그런 쓸데없는 걸 묻고 다니냐, 라고 말하더니 아무 대답 도 하지 않았다.

요즘 그 수첩 자주 보는 것 같네, 뭐 재밌는 내용이라 도 있어? 라고 너는 시오리코에게 묻는다. 꼭 그런 건 아 닌데, 한글 글씨도 예쁘고, 구성이 특이하잖아, 왼쪽에는 그날 있었던 일들이 있고, 오른쪽에는 생각이라고 해야 하나 사유라고 해야 하나, 그런 것들이 있고, 라고 대답하 며 시오리코는 다시 수첩을 뚫어져라 쳐다본다, 그때까지 만 해도 몇 페이지 읽지 않은 그 수첩을, 너는, 오늘 오전 에 재희의 장례식 장소를 알리는 시오리코의 문자메시지 를 받고 나서야, 너는, 처음부터 한 장 한 장 읽어본다.

죽음에 대해 두려움을 느끼는 이유는 나쁜 삶을 살고

있기 때문이다. 우리 대부분은 나쁜 삶을 살고 있다. 어떻게 거기서 벗어날 수 있는가. 현재 그 자체를 살아야 한다. 시간에 휩쓸리지 말고. 과거에 얽매이거나 미래에 구속되지 말고. 오직 현재를 사는 삶 속에서만이 죽음에 대한 두려움을 극복할 수 있으리라.

전역하기 전날 오후, GOP 경계 근무 투입 시간 전, 소초원들이 돌아가면서, 2년 동안 맞후임으로 사는 동안 너한테 정이 들어서 하는 얘긴데 너 나가서 군대 있을 때처럼 살면 좆된다, 라든지, 형 그동안 군 생활 하느라 수고했어 나 갈군 거 빼고, 라든지, 분대장님 나가서 건강하게 잘 사십시오, 등등 한마디씩 하는 걸 듣고 나서, 그토록 기다리던 그날이 바로 내일로 닥쳐왔다는 사실을 아직 제대로 실감하지 못한 채, 친하게 지내던 몇몇과 담배를 한 대 피우고, 다들 경계 근무에 투입되고 나서는 이튿날 함께 전역할 입대 동기와 다시 담배를 한 대 피우고, 겨울이면 꽁꽁 언 똥 탑이 엉덩이에 닿을 만큼 차올랐던 푸세식 화장실에서, 나가면 이놈의 화장실 똥냄새도 그리우려나, 씁쓸하게 웃으며 볼일을 보고 소초로 돌아오는데, 소초 앞에 멀뚱히 서 있는 재희를 발견한다. 같은 분대원도 아니고 짬밥 차이가 꽤 있는 편이라 별로 대화한 기억이 없는 재희. 오늘 비번인가 보네, 라고 네가 말을 걸자, 네 그렇습니다, 라고 대답하더니, 분대장님 축하드립니다, 이거 별거 아닌데, 전역 기념 선물입니다, 라고 딱딱 끊어 말하며 겉표지가 비닐로 코팅된 포켓 사이즈의 수첩을 내민다. 이게 뭐야? 라고 묻는 너에게, 아, 그거, 다름이 아니라, 그냥, 여기서 지내면서, 있었던 일 같은 거, 생각이나, 아무거나, 아, 분대장님이랑 같이 근무 섰을 때 일도 있고, 그런 것들, 끄적인 수첩… 이지 말입니다, 라고 더듬더듬 말을 이어간다. 별걸 선물로 다 주네, 라는 생각은 입 밖으로 내지 않은 채, 어, 고마워, 잘 볼게, 라고 말하며 너는 재희가 건넨 수첩을 받고 스르륵 훑어본다. 그러자, 사회 나가서도 그거 보면서 가끔 제 생각해 주십시오, 라고 말하고 나서 곧장, 하하, 하고 멋쩍게 웃는 재희. 다 보시거든 불에 태워도 괜찮습니다, 라고 말하더니 곧바로, 하하, 다시 한번 겸연쩍게 웃는 재희.

와캇타! 암호를 풀어보겠노라 호언장담하고 30분도 채 지나지 않아 시오리코가 소리쳤다. 무슨 뜻인지 풀어냈어! 시오리코가 내민 이면지 가운데는 마구 써 갈긴 탓에 알아볼 수 없는 히라가나와 한글이 아무렇게나 쓰여 있다. 반면 오른쪽 아래 귀퉁이에는 정자로 열네 개의 자음과 열 개의 모음이 차례로 적혀 있다.

ㄱㄴㄷㄹㅁㅂㅅㅇㅈㅊㅋㅌㅍㅎ
ㅏㅑㅓㅕㅗㅛㅜㅠㅡㅣ

쓰고 싶은 글자를 하나씩 미뤄서 쓴 거야, 쌍자음이나
이중모음 같은 건 일부러 빼고 쓰거나 적당히 바꿔서 쓴
것 같고, 봐봐, 우선 우리가 풀어야 할 암호 '요쿄챹롬쟈
자바칸둅'에서, 첫 번째 글자가 '요'니까 해석할 때는 반
대로 하나씩 당겨서, 'ㅇ' 대신 그 바로 앞에 있는 자음인
'ㅅ'을 쓰고, 'ㅛ' 대신 그 바로 앞에 있는 모음인 'ㅗ'를
써, 그러면 '소'가 되지, 그다음 글자인 '쿄'도, 'ㅋ' 대신
그 앞 자음 'ㅊ', 'ㅛ'는 아까와 마찬가지로 'ㅗ', 그 다음
글자인 '챹'은, 'ㅊ' 대신 그 앞 자음 'ㅈ', 'ㅑ' 대신 그 앞
모음 'ㅏ', 'ㅈ' 대신 그 앞 자음 'ㅇ', 이런 식으로 '요쿄챹
롬쟈자바칸둅'을 쭉 풀어쓰면 이런 구절이 나와.

소초장 돌아이 미친놈.

너는 모른다, 암호가 걸린 문장을 한 자 한 자 풀어내
면서 시오리코가 느낀 쾌감을, 너는 모른다, 수첩에 적힌
글을 읽으면서 재희라는 인물에 대해 호기심과 질투심이

뒤섞였던 시오리코의 마음을, 그리고 그 마음이 나중에는 연민을 바탕으로 한 애정으로까지 커졌다는 사실을, 그리하여 너는 모른다, 너와 시오리코가 헤어지고 나서 몇 년이 흘러 실제로 시오리코와 재희가 만났다는 사실을, 선생과 학생이라는 신분으로, 일본어 강독 수업을 통해 우연히, 그러므로 너는 앞으로도 여전히 모를 것이다, 오늘 오전에 너에게 문자메시지를 보내며 암호 풀이 방법을 첨부하는 시오리코의 마음이 어땠는지를.

*무용한 것은 없다. 만약 무언가가 무용하다면, 그것이 무용하다고 판단되기 전에 이미 사라지고 없으리라. 하지만 사라진 모든 것이 무용한 것은 아니다. 하지만 역시, 무용한 것은 사라지기 마련이다. 그에 앞서, 무용함과 유용함의 기준을 한낱 인간의 잣대로 판가름할 수는 없는 노릇이다. 고작 100년도 못 사는 존재이거늘. 100년 전에 살았던 인간, 그보다 100년 전에 살았던 인간이 어떤 생각을 하며 살았는지 상상조차 못하는 존재이거늘.*

시오리코는 재희의 수첩을 처음 보던 날, GOP 경계 초소가 어떤 식으로 배치되어 있는지, BMNT나 EENT

가 무엇인지 물어보거나 재희가 어떤 사람인지 기억나느
냐고 물어보기도 했지만, 물론 묻는 것에 대해 너는 꼬박
꼬박 성실히 답변했지만, 시오리코는 날이 갈수록 수첩에
대해서 말을 하지 않았다. 아무 말도 하지 않으면서 틈만
나면 수첩을 손에 들었다. 마지막으로 시오리코가 수첩에
대해서 했던 말은, 여기 이중으로 암호 건 문장도 있어,
기존 방식으로는 해독이 안 되네, 였다.

*나의 고통은 나의 것이다. 누구도 나의 고통을 알 수
없다. 누구에게도 나의 고통을 전할 수 없다. 요쿄챳짆죠
딤료댜밈 챠냐샻지묘슈민랴 뱉차뇨뉴퍄걌랴. 힘든 밤이
지났건만 평화로운 아침은 떠오르지 않는다. 그를 생각
한다. 그와 보았던 불빛을 생각한다. 포미미븉탈묲밭옇
일비뵤피브밈슻브빗크.*

있잖아, 자기 이거 쓴 사람 어떤 사람이었는지 기억
나?
글쎄, 별로 친한 사이 아니었거든. 계급 차이가 많이
나서 얘기할 기회도 거의 없었고.
근데 이 수첩을 왜 선물로 준 것 같아?
그래서 깜짝 놀랐다니까, 뜬금없이 그런 수첩을 줬으

니 말이지.

소초장은 어땠어? 소초장이랑은 잘 지냈어?

걔가 적어둔 것처럼 소초장이 좀 똘아이긴 했지, 감정 기복이 심했던 것 같아, 어떤 날은 청소가 왜 이렇게 엉망진창이냐 사소한 걸로 지랄을 했다가도 어떤 날은 대대장한테 칭찬을 받았는지 아니면 무슨 좋은 일이 있었는지 싱글벙글하기도 했고, 뭐, 어차피 군대가 다 그런 데니까, 적당히 비위 맞추면서 살았지, 딱히 좋을 것도 나쁠 것도 없었어.

그런 사람이었구나.

맞다, 근데 나 전역하기 얼마 전에 다른 부대로 전출 갔어, 훈련 많은 전투 부대라고 들었던 것 같은데, 맞아, 평소에도 이 부대는 자기랑 잘 안 맞는다느니, 군기가 해이하다느니 어쩌고 말이 많았고.

정말? 다른 부대로 옮겼구나, 어쩐지, 요캇다.

잘됐다고? 뭐가 잘됐어?

아니, 아니야, 자기 근데 이 수첩 별로 안 읽어봤지?

거의 안 읽었지. 후임한테 받은 선물이니까 나름대로 고마운 마음이 들어서 보관해 두긴 했지만. 거기에 암호가 있다는 것도 시오리코 덕분에 처음 알았고.

너는 기억한다, 추리소설을 좋아하던 시오리코를, 너는 기억한다, 숏컷도 단발머리도 가슴까지 내려오는 긴 머리도 다 잘 어울리던 시오리코를, 너는 기억한다, 네 말장난에 박장대소하며 웃던 시오리코를, 너는 기억한다, 일본어 가정표현 と와 ば와 なら와 たら의 차이점을 가르쳐주던 시오리코를, 너는 기억한다, 침대 맡에서 시오리코와 오랫동안 나누던 키스를, 그 이후 자연스레 이어진 섹스를, 너는 기억한다, 너와의 연애뿐 아니라 한국어 공부에도 열심이던 시오리코를, 그리하여 시간이 지날수록 한국어가 능숙해지던 시오리코가 급기야 너에게 문자메시지의 띄어쓰기를 지적하던 순간을, 너는 기억한다, 너는 기억한다.

너는 기억할 것이다, 방학을 맞아 함께 시오리코의 고향인 도쿄로 놀러갔던 여름을, 그 일주일을, 너는 기억할 것이다, 시오리코의 부모님이 살던 미나미아자부에 머물면서 해가 떨어지기 무섭게 시오리코와 손을 잡고 모토아자부를 거치고 히가시아자부를 지나 도쿄타워에 이르기까지 몇 번이고 걸었던 그 길을, 그럴 때마다, 이 길 다니다 보면 가끔씩 너구리가 나타난다니까, 나 어렸을 때 아빠랑 산책하면서 여러 번 봤어, 라고 말하던 시오리코를, 시오리코의 그 상기된 목소리를, 너는 기억할 것이다, 이케부쿠로 역 근방에서 시오리코와 함께 먹은 카레덮밥을, 그리고 식사 후, 자기도 보면 좋아할 거야, 라고 말하면서 릿쿄 대학 캠퍼스 안에 있는 에도가와 란포 저택으로 너를 데려갔지만 정작 너는 뒷전에 둔 채 홀로 에도가와 란포의 흔적을 만끽하던 시오리코를, 시오리코의 그 설레던 모습을, 너는 기억할 것이다, 아마도, 기억할 것이다, 너는.

잘 지내지 오랜만이야 나 시오리코야 아침 일찍부터 이렇게 갑자기 연락해서 미안해 헤어지고 벌써 몇 년이나 흘렀으니 전화번호가 바뀌었을지도 모르겠다 안 바뀌었으면 좋으련만 느닷없이 이렇게 연락한 이유는 제이의 장례식 장소를 알려주기 위해서야 알려줘야 할 것 같아서 당신이 오면 아마 하늘나라에서 제이가 좋아하겠지 제이라고 하면 기억이 날까 당신 예전에 나한테 보여줬던 수첩 기억해? 군대 있을 때 당신이 선물로 받았다는 수첩 예쁜 글씨에 암호가 잔뜩 적혀 있던 수첩 그거 쓴 사람 나는 지금 막 제이 장례식 다녀왔어 일본어 소설 강독 수업하는 학생들과 함께 부탁이 있어 제이 장례식에 꼭 가줬으면 좋겠어 그리고 그 전에 제이가 선물한 그 수

첩도 읽어봤으면 좋겠어 전부 다는 아니더라도 내가 밑줄 그은 부분이라도 이중으로 암호를 걸었던 부분 혹시 모르니 풀이 방법은 이미지로 첨부할게 오랜만에 연락했는데 이런 얘기뿐이라 미안해 그럼 부디 잘 지냈으면 좋겠어.

그는 PX 음식 중 고기 만두를 즐겨 먹는다. 그는 휴식 시간에 탁구를 자주 친다. 그는 한 달 동안 나쓰메 소세키의 『나는 고양이로소이다』를 읽고 있다. 그는 라면보다 짜파게티를 더 좋아한다. 그는 〈신세기 에반게리온〉보다 〈신비한 바다의 나디아〉를 더 좋아한다. 그가 소초에 안 보인다 싶으면 다섯 번 중 네 번은 PX에서 동기 PX병과 수다를 떨고 있고 나머지 한 번은 야외 건조실 구석에 혼자 짱박혀 있다. 그는 근무 설 때 다른 선임들에 비해 과묵한 편이다. 좋을 때도 있고 심심할 때도 있다. 그는 그날 함께 봤던 손전등 불빛에 대해 더 이상 관심을 갖지 않는 듯하다. 지난 번 15초소 근무 때 살짝 말을 꺼내봤으나, 글쎄 우리 둘 다 잘못 봤겠지, 하고 대수롭지 않게 넘어갔다. 푸미미븥탈뮴밭옅일비뵤피브밒슻브빗크,

ㅎㅍㅌㅋㅊㅈㅇㅅㅂㅁㄹㄷㄴㄱ

ㄱㄴㄷㄹㅁㅂㅅㅇㅈㅊㅋㅌㅍㅎ

ㅣㅡㅠㅜㅛㅗㅕㅓㅑㅏ

ㅏㅑㅓㅕㅗㅛㅜㅠㅡㅣ


1차 암호 풀이 방법: 열을 맞춰서, 첫 번째 줄의 자음을 두 번째 줄의 자음으로, 세 번째 줄의 모음을 네 번째 줄의 모음으로 바꾼다.

예) 옻일: ㅇ→ㅅ, ㅓ→ㅠ, ㅊ→ㅁ, ㅇ→ㅅ, ㅣ→ㅏ, ㄹ→ㅋ = 슘샄

2차 암호 풀이 방법: 두 번째, 네 번째 줄의 자음과 모음을 기준으로 단어의 자음과 모음을 각각 바로 왼쪽의 자음과 모음으로 바꾼다.

예) 슘샄: ㅅ→ㅂ, ㅠ→ㅜ, ㅁ→ㄹ, ㅅ→ㅂ, ㅏ→ㅣ, ㅋ→ㅊ = 불빛


너는 재희의 수첩을 읽던 중, 시오리코가 밑줄 그은 부분, 그중에서도 수첩에서 몇 차례 반복되어 나온 '푸미 미븥탙묲밭옻일비 뵤피브밒숮브빛크'라는 구절을 해독하기 위해 책상에 앉는다. 볼펜을 쥐고 연습장을 펼친다. 시오리코가 보낸 이미지 파일과 암호문을 갈마보며 '옻

일'이라는 글자가 '불빛'이라는 뜻이라는 것을 알게 된다. 그날 봤던 불빛에 대한 내용인가, 라고 생각하며 한 글자 씩 해독하여, '푸미미'가 '녀차차'를 거쳐 '거지지'로 변환되고, '븝탙'이 '쟌딝'을 거쳐 '안는'으로 바뀌는 과정을 본다. 하지만 네가 암호문을 해독하는 것은 거기까지다. 거지지 안는 불빛, 이게 무슨 말이지, 거지지 않는 불빛, 아, 꺼지지 않는 불빛이구나, 꺼지지 않는 불빛, 꺼지지 않는 불빛, 중얼거려보지만 더 이상 열의가 생기지 않는다. 네 머릿속은, 시오리코가그동안어떻게지냈을까일본으로돌아가지않고왜아직한국에있을까예전처럼지낼수는없겠지만한번만나서이야기해볼수있진않을까재희와시오리코가얼마나친하게지냈을까혹시연인사이로까지발전했던건아닐까도대체둘이어떤사이였을까수첩을읽어보라고해서읽고있기는하지만이해할수있는건별로없어만나서직접얘기해주면좋을텐데, 따위의 생각으로 가득하다.


　나는 때로 어두운 교통호를 홀로 달려보고 싶다. 나는 서 있는 것보다 앉아 있는 것을, 앉아 있는 것보다 걷는 것을 선호한다. 걷는 것은 내가 기억을 되새기는 데 도움이 된다. 나는 내가 얼마나 모르는 단어가 많은지 모른다. 나는 가끔 읽고 있는 책의 냄새를 맡는다. 나는 여자들에게 상처받은 기억은 없고 남자들에게 상처받은 기억만 있다. 나는 구타당한 적이 있다. 나는 모욕당한 적이 있다. 나는 세상이 이전에 더 좋았다고도, 이후에 더 좋아질 거라고도 생각하지 않는다. 나는 고백할 게 없다. 나는 누군가의 글을 내가 쓴 것처럼 베껴 쓰거나 일부만 바꿔서 베껴 쓰거나 완전히 변형시켜서 베껴 쓴다. 나의 이름을 알파벳으로 쓰면 모든 음절에 'e'가 들어간다. 조르주 페렉은 결코 나의 이름을 자신의 책에 쓰지 못했을 것이다. 앞의 문장들은 나의 많은 것을 보여주고 있고 나의 아무것도 보여주고 있지 않다. 이 문장들이 진리이건 거짓이건 의미하는 바는 없다. 이것들은 모두 나다. 여기에 나는 없다.

전역하고 몇 년 만에 처음 너의 꿈에 나왔던 재희는, 좋은 소식과 나쁜 소식이 하나씩 있어, 라는 말을 한다. 뭔데? 라고 네가 묻자, 아, 그게 아니라, 이거 최근에 내가 재밌게 본 소설 구절이야, 라고 재희가 말한다. 맞아, 너 근무 설 때도 가끔씩 좋아하는 구절 중얼중얼 암송했었지, 라는 너의 말에, 그걸 용케 기억하네, 그럼 다음 구절도 계속 암송해볼게, 라고 말하고 나서, 새벽 네 시 이태원에 있는 어느 클럽에서 나에게 죽음이 들이닥쳤다,

내 주치의가 조심하라고 경고하기는 했지만 이성적인 판단보다 중요한 것들이 있기 마련이고, 내가 애정하는 것들 중 음주가무가 가장 위험한 요소는 아닐 것이라고 잘못 판단했었다, 지금은 무척 후회하고 있다, 주말만 되면 대학가의 핫 플레이스에서, 직장에서도 찾을 수 없고 사람들이 내면적인 삶이라고 부르는 것 속에서도 존재하지 않는 무언가, 즉 과잉된 열기를 찾아 나섰던 것이다, 라고, 재희는 자신의 미래를 미리 내다보기라도 한 듯한 문장들을, 천천히 천천히, 암송한다, 마치 근엄한 신탁을 내리는 영매처럼, 베이스 드럼이 울리는 듯한 둔중한 목소리로.[1]

죽음에 대해 생각한다. 나는 내가 언젠가 죽는다는 것을 안다. 하지만 나는 나의 죽음을 볼 수 없다. 나의 죽음을 스스로 확인할 방법이 없다. 내 영혼은 내 죽음을 볼 수 있을까. 〈사랑과 영혼〉에서 그런 것처럼, 내 영혼은 내 죽음을 목격할 수 있을까. 그때 내 정신은 내 육체에 있는 것일까 내 영혼에 있는 것일까. 만약 영혼이라는 것이 인간이 가공해 낸 것이라면 어떻게 되는 걸

---

1    로베르토 볼라뇨 지음, 박세형, 이경민 옮김, 『살인 창녀들』(열린책들, 2014)
    (일부 표현 변형해서 인용)

*까. 천국과 지옥이라는 것이 인간이 상상해 낸 것이라면*
*어떻게 되는 걸까. 우리가 진정한 죽음을 맞이한다는 것*
*이 과연 가능한 일일까. 나는 죽음에 대해 아무것도 말*
*할 수 없다.*

시오리코 오랜만이야 나는 그럭저럭 지내고 있어 시
오리코도 잘 지내고 있지? 아직 한국에 있구나 대학원 수
료하고 일본으로 돌아간 줄 알았는데 제이라고 해서 처
음에는 누군지 몰랐는데 재희였구나 그랬구나 재희가 어
쩌다가… 네 말대로 재희가 준 수첩 읽어보고 이따가 장
례식에 찾아가볼게 아는 사람 하나 없을 텐데 어떨지 모
르겠지만 오랜만에 고마워 혹시 괜찮다면 언제 차나 한
잔 했으면 좋겠어.

너는 오후 네 시의 나른한 봄 햇살을 맞으며 버스에
오른다. 자리에 앉아 창밖 풍경을 바라본다. 햇빛을 조명
으로 반짝이는, 횡단보도를 건너는 사람들, 자전거나 오
토바이를 탄 사람들, 나무 아래 그늘에 서서 대화를 나
누는 사람들. 그러다가 언뜻, 네 귓가를 파고드는 멜로
디, 노랫말. 나를 알아주지 않으셔도 돼요 찾아오지 않으
셔도 다만 꺼지지 않는 작은 불빛이 여기 반짝 살아 있어

요.[2] 그 순간 너는, 그때 교통호에서 반짝 빛났다가 사라진 손전등 불빛이 너와 시오리코와의 관계 같다고 생각한다. 어둠을 밝혀줄 만큼 환하게 빛났건만, 홀연히 사라져버려 이제 다시는 볼 수 없는, 그저 기억 속에서만 희미하게 되새길 뿐인, 너와 시오리코와의 관계. 너는 그 빛을 다시 보고 싶지만, 시오리코와 다시 만나고 싶지만, 더 이상 만날 수 없고, 더 이상 만날 수 없다는 것을 알고 있고, 그 대신인지 뭔지는 잘 모르겠지만, 아무리 수첩을 읽어도 잘 기억나지 않는, 그래서 결국 반의반도 읽지 못한 그 수첩을 돌려주기 위해, 그것이 맞는 일인 것 같아서, 후임병의 가족에게 돌려주기 위해, 기억도 잘 나지 않는 후임병의 장례식에 가고 있다. 노래가 끝나고도 몇 차례, 꺼지지 않는 작은 불빛, 꺼지지 않는 작은 불빛, 이라고 너는 무심히 중얼거린다.

내일이면 그가 떠난다. 며칠 동안 고민했는데 이 수첩은 그에게 주는 게 좋을 것 같다. 그가 없었으면 이렇게 많은 일기를 쓸 일도 없었을 것이다. 결국 이곳에서 참고 버틸 수 있었던 힘, 무엇보다 소초장과 맞설 수 있

---

2  아이유, 「마음」, 2015.

는 정신은 그 덕분에 발생했다고 해도 과언이 아니니까. 분명히 존재하지만 서로 다른 곳을 보고 있는 그의 마음, 그리고 나의 마음. 꺼지지 않는 불빛. 중간 중간 암호문도 있고, 그가 끝까지 읽을지 어떨지 모르겠다. 어차피 그와 다시 만날 일도 없을 것이다. +

부러진
안경

지하도를 지나 건너편 계단으로 올라오니 한 남자가 물티슈를 나눠주고 있었다. 나는 그것을 받아 들고 앞면에 적힌 내용을 확인해 보았다.

성경교회는 여러분을 사랑합니다.

홍보 문구를 흘려 읽고 나서 물티슈를 가방에 넣으려 했다. 그 순간 뒤쪽에서, "저기, 혹시 승호 아니가?"라는 목소리가 들려왔다. 나는 그 목소리가 들리는 쪽으로 몸을 돌릴 수밖에 없었는데, 왜냐하면 그건 분명 내 이름이었기 때문이다. 내 이름을 부른 상대방은 방금 나에게 물티슈를 건네준 남자였고, 그는 나에게 다가오며 "승호 맞네"라고 반가운 목소리로 말했지만 나는 상대방이 누구인지 알아볼 수 없었다. 1차 원인은 내가 난시가 심했기 때문이고, 2차 원인은 그럼에도 안경을 안 끼고 있었기 때문이다. 목소리나 대강의 얼굴 윤곽만으로는 상대방이 누구인지 알아볼 수 없었고, 솔직히 안경을 끼고 있었다고 한들 누구인지 알아봤으리라 장담할 수 없었기에 지금으로선 안경을 끼지 않고 있는 상황이 조금은 다행스럽게 여겨졌다. 상대방은 끼고 있던 마스크를 턱 쪽으로 내리며 다가왔고, 나는 안경을 끼던 사람이 안경을 끼지 않은 채 무언가를 억지로 보려 할 때 짓는 특유의, 몸을 앞으로 살짝 기울인 채 눈을 조금 찌푸리고 입술을 동그랗게 모아 앞으로 내밀었다가 다시 원래 자세와 표정으로 돌아와, "아, 지금 안경이 없어서, 잘 안 보여서, 누군지 모르겠는데"라고 변명하듯 말했다.

"나, 성찬희인데. 중학교 동창."

고등학교를 졸업하고 서울에 있는 대학교에 진학한 이후 자연스레 중학교 동창들과는 연락이 끊어져 거의 15년 동안 단 한 번도 그들과 만난 적이 없었기에, 나는 자신의 이름이 성찬희라고 하는 또래의 남자가 '중학교 동창'이라고 말하는 순간, 그가 공룡이 살던 시대를 떠올리는 것만큼이나 아득하게 오래전에 알던 친구라고 느껴졌다. 자신을 성찬희라고 소개하는 남자가 누구인지 알아내기 위해 최대한 빠른 속도로 머릿속에 남아 있는 기억을 훑어나갔고, 마침내 내 앞에 있는 남자가 조금은 망설이는 목소리로 "몇 년 전에도 만났잖아, 서울에서, 기억나지?"라고 묻는 순간, 가까스로 그에 대한 기억을 떠올릴 수 있었다. 그가 말한 몇 년 전이란 아마도 6, 7년 전, 서울 지하철 2호선을 타고 가다가 잠시 마주쳤던 일을 말하는 것일 테다.

창밖으로 서울 시내 풍경을 보고 있던 기억이 떠오르는 걸 보니 합정역에서 영등포구청역 사이 구간이었거나 신도림역에서 신림역 사이 구간이었거나 그도 아니면 잠실역에서 한양대역 사이 구간이 아니었나 싶은데, 대학 졸업 후에도 한동안 취업을 하지 못해 서울 이곳저곳에서 과외 아르바이트를 하는 동시에 서울 곳곳에 위치한 회사에 면접을 보러 다녔기 때문에 어느 구간에서 마주쳤더라도 이상할 건 없다. 내 기억이 맞다면 최소한 성수역에서 신답역 사이 구간은 아니지만, 사실 중요한 건 어느 구간이 맞는지 틀린지가 아니라 그때 어떤 이야기를 나누었나 하는 점이었다. 기억의 실마리가 하나 잡히자 그 이후엔, 흔한 표현을 빌리자면, 굴비 엮듯 줄줄이 다른 기억의 단편들이 떠올랐는데, 가장 먼저 떠오른 기억은 그에 대한 부러움의 감정이었다. 앞서도 말했듯 당시 나는 '취준생' 상태였지만 그는 막 건설사에 입사해서 바쁘게 지내는 것처럼 보였다. 나에게 그렇게 보였을 수도 있고, 그가 그런 식으로 말했을 수도 있지만 어느 쪽이 맞든 분명 당시 나는 그를 부러워했다. 그리고 부러움의 감정을 감추기 위해 요즘 취직하기가 너무 어렵다느니, 그래도 최소한의 돈벌이라도 해야 하기에 영어 과외 하느라고3 때보다 잠잘 시간이 부족하다느니 호들갑을 떨며 내 상황에 대해 과장되게 말했던 기억이 떠올랐다. 동시에 그와 헤어지고 나서 느낀, 자존감이 떨어진 것 같은 감각도 함께.

그때 우리는 첫눈에 서로를 알아봤던 것 같다. 우리는 같은 차량 내 얼마 떨어지지 않은 곳에 서 있었고, 특별한 사건이 벌어졌던 것 같지는 않으니 그저 우연히 눈이 마주쳤으며, 교양 있는 사람이라면 마치 그렇게 해야 하기라도 하듯 재빨리 시선을 피했다가, 한 2, 3초 후, 뭔가 대단한 발견이라도 한 사람처럼 다시 그의 눈을 바라보았고, 그 역시 나와 비슷한 발견이라도 한 듯 나를 바라보고 있었으며, 아, 하고 입을 살짝 벌린 채 각자 상대방이 누군지 빠르게 머리를 궁굴리며 조금씩 서로에게 다가갔고, 거의 비슷한 시간에, 그러니까 서로를 1미터쯤 앞둔 거리에서, 마침내 우리는 상대방이 중학교 3학년 때 같은 반 친구였다는 사실을 알아낼 수 있었다. 당시 나는 그의 이름을 기억하고 있었다. "진수성찬 아이가? 성찬이." "와, 그 별명 진짜 오랜만에 들어보네." 반면 진수성찬이라고도 불리고 성찬이라고도 불린 성찬희는 내 이름을 떠올리지 못했다. "근데 미안한데, 네 이름이 생각이 안 난다. 무슨 호였던 것 같은데." "그럴 수도 있지. 승호다, 승호." "아, 맞다, 승호." 그러고 나서 그동안 어떻게 지냈는지 짤막한 대화를 주고받은 것 같은데, 지금 생각해 보면 이상한 것이, 어째서 당시 나는 그의 이름까지 떠올렸음에도 지금은 까맣게 잊고 있는가 하는 점이다. 반면 그때 그는 내 이름을 기억하지 못했음에도 어째서 지금은 내 이름을 정확하게 기억하고 있는 것인가. 단순히 내가 안경을 쓰지 않은 상태이고, 난시가 심한 탓에 상대방의 인상이 전반적으로 흐릿하게 보이기 때문인가. 아니면 뇌과학적으로든 정신분석학적으로든 설명하기 어려운 복잡다단한 기억의 메커니즘으로 인해…… 바이러스는 다른 생물체를 숙주로 삼아서 생존합니다. 반면 세균은 스스로 세포 분열을 하며 생존하죠. 그러므로 둘의 처치 방법도 다릅니다. 바이러스의 경우 백신이나 항바이러스제로 치료를 하는 반면, 세균은 감염된 세포를 죽이는 항생제를 통해 치료를 합니다. 그렇다면 이쯤에서 문제 하나

드리죠. 우리 모두가 좋아하는 자본. 없으면 살 수 없는 바로 자본, 네, 바로 그 자본 말입니다. 과연 이 자본은, 바이러스일까요 아니면 세균일까요?

자신을 기억해 주기를 바라는 듯 조금은 초조해하는 기색으로 나를 바라보고 있는—눈동자를 선명하게 포착할 수는 없었지만 시각 외의 감각으로 그의 기색을 어느 정도는 감지할 수 있었다—성찬희에게 나는 "그때 지하철에서 만났잖아, 기억나지"라고 답했다. 그러자 성찬희는 미처 내가 반응할 틈도 없는 재빠른 몸놀림으로 내 왼쪽 손을 덥석 잡으며 "진짜 반갑다, 몇 년 만에 우연히 이렇게 또 만나네"라고 말했고, 나는 당황함을 굳이 겉으로 드러내지 않으며 그의 오른손에 잡힌 내 왼손을 슬쩍 빼는 동시에 내 오른손으로 그의 오른손을 맞잡아 악수하는 자세를 취하며 마음에도 없는 소리를 그게 마치 교양 있는 사람이 갖춰야 할 매너라도 되는 듯 내뱉었다. "오랜만에 보니까 나도 반갑네."

우리는 오랜만에 만난 그리 친하지 않은 중고등학교 동창이라면 으레 나눠야 하는 대화라고 누군가에 의해 주입된 사람들처럼, 그동안 어떻게 지냈냐느니 그때 봤을 때보다 얼굴이 좋아진 것 같다느니, 결혼은 했냐느니, 요즘은 뭐하고 지내냐느니, 인공지능도 깜짝 놀랄 만큼 판에 박힌 질문을 던져댔다. 그에 따라 내가 한 대답은, 뭐별거 없지, 좋아지긴 벌써 30대 중반이라 몸 곳곳이 아무이유도 없이 아파오기 시작하는구만, 촌스럽게 요즘 같은세상에 그런 걸 묻고 그러냐 아직 안 했어, 몸이 안 좋아서 잠시 쉬고 있어, 에서 마무리되었다. 한편 성찬희의 대답은, 서울에서 몇 년 지내다 나도 몸이 안 좋아져서 부산으로 내려왔어, 아무래도 스트레스 받을 일이 줄어서 그런 건지도 모르겠네, 지금 만나는 사람은 있는데 이제 슬슬 결혼 얘기를 해봐야지, 이런 거 하고 있잖아, 라고 말하며 자신이 들고 있던 종이백을 가슴께로 들어 올렸고, 그 안엔 그가 아까 나눠준 물티슈 여러 개가 쌓여 있었다.

"이거 나눠주는 알바하는 거가?"

"아니, 알바는 무슨."

거기까지 말하고 나서 성찬희는 갑작스레 대화를 멈추더니 내 뒤로 지나가는 사람들에게 종이백에 든 물티슈를 나눠줬는데, 내 입장에선 그의 행동이 왠지 모르게어색하고 돌발적으로 느껴졌다. 그와 동시에 물티슈에 적힌 문구를 읽고 남은 흐릿한 인상 때문인지 성찬희가 어쩌면 다단계 사업 활동을 하고 있는지도 모르겠다는 생각이 들었다. 하지만 곧바로, 그런 불법적인 활동을 이렇게 공개적으로 할 수는 없으리라는 논리적인 추론이 이어졌고, 물티슈 윗면에 적힌 "성경교회는 여러분을 사랑합니다"라는 구절을 재차 확인하고 나서는 앞서 잘못 추론했던 다단계 사업 활동에 대한 인상이 계속 남아 있었던 탓인지 물티슈에 적힌 '성경교회'가 혹시 사이비 종교 단체 같은 게 아닐까 하는 의구심이 들기 시작했다. 하지만 내 뒤얽힌 논리 따위 읽어낼 리 없는 성찬희는 다시내 맞은편 자리로 돌아오자마자 밝은 목소리로, 미안 미안, 사실 여기 내가 다니는 교회인데, 억지로 전도하려는 건아니고, 그냥 홍보 차원에서 하고 있는 일이야, 요즘 교회들 문제가 많잖아, 같은 교인 입장에서 이렇게까지 말하고 싶지는 않지만, 자기 부를 축적하는 데만 혈안이 된 인간들도 눈에 띄고, 성경을 제대로 읽은 사람이 맞나 싶을만큼 엉터리 같은 소리를 늘어놓는 인간들도 많은 것 같고, 근데 그런 말이 사람들한테 먹히니까, 사람들이 듣고싶어 하고 계속 더 듣고 싶어 하는 말이고 그런 말에 현혹되는 사람들도 점점 늘어나니까 자꾸 엉터리 같은 소리를 늘어놓게 되는 경우도 있는 것 같고, 아무튼 우리 교회는 기본적으로 성경이 중심이 된 교회야, 그래서 이름도 성경교회, 함께 모여서 꼼꼼하게 성경을 독해하고, 관련 도서를 참고해 읽으며 서로 의견을 주고받기도 하고, 이를 기반으로 참된 신앙생활을 해보자는 취지에서 만든 교회라고 할 수 있지, 그러니까 어느 정도는 루터의 사상이 바탕이 된 교회라고도 할 수 있는데…… 중요한 건 바이러스든 세균이든, 사람에게 질병을 일으킨다는 점이고, 자본이라는 상징적인 대상 또한, 우리에게 질병을 야기한다는 점에서 마찬가지로 질병이라는 사실입니다. 눈에는 보이지 않는 질병. 현미경이 있다면 볼 수 있겠지만, 아쉽게도 우리 대부분에겐 현미경이 없지요.

성찬희는 나에게 어디 가는 길이냐 물었고, 나는 안경이 부러져서 안경 맞추러 가는 길이라고 했다. 그러고 나서 우리는, 실제로 그런 의미를 담고 있지는 않지만 서로에게 최소한의 매너를 보이는 방식으로 만들어진 인사말을 나누었다. "담에 또 보자." 돌아서려는 나에게 성찬희는 큰 기대 없이, 어쩌면 약간의 기대를 하고 있었을지도 모르겠지만 최소한 나에게 드러내지는 않는 방식으로, "나중에 시간 되면 우리 교회에 한번 놀러 와"라고 말했다. 나 역시 성찬희에게 부응하는 방식으로, 그러니까 상대방에게 굳이 기대감을 심어줄 필요는 없지만 그렇다고 정색하면서 거절하지는 않는 방식으로 "보고 시간 되면 한번 놀러 갈게"라고 답했다.

취업을 준비하던 당시 내가 간절히 원하는 구체적인 직업은 없었다. 원했던 것이라면 그저 매달 부족하지 않을 만큼의 급여가 은행 계좌에 따박따박 찍히는 직장을 갖고 싶었을 뿐. '부족하지 않을 만큼'이라고 표현하기는 했지만 내 욕망과 무의식을 철저하게 들여다보지 않았으니 '부족하지 않을 만큼'이라는 말로는 어쩌면 내가 진심으로 원하는 액수를 드러내지 못하는지도 모르겠다. 6, 7년 전 나에게 부족하지 않을 만큼의 급여란 도대체 어느 정도의 액수였을까. 괜찮은 4년제 대학을 나온 내 또래 남자들이 나름대로 이름 있는 회사에 취직해서 받는 액수와 비교해서 그리 모자라지 않는, 솔직히 말하자면 그보다는 조금 더 많은 액수일지도 모르겠다. 돈을 모아 집을 사고 싶었고, 그 전에 자동차를 몰고 다니고 싶었고, 그 전에 여자친구를 사귀며 근사한 레스토랑에 가서 호기롭게 카드를 긁고 싶었고, 그 전에 대학 친구 및 후배들에게 부담 없이 한턱 쏘고 싶었고, 그 전에 부모님이 남들에게 자랑할 만한 아들이 되고 싶었다. 나는 그 일이 내 적성에 맞는지 어떤지는 접어두고, 아니, 내 노력 여하에 따라 그 어떤 일이라도 해낼 수 있는 적성을 갖고 있다고 매일같이 자기 암시를 하며 이력서를 쓰고 또 쓰고, 면접을 보고 또 보았다. 그리하여 마침내 나는 초등학교에서 시작해, 중학교, 고등학교, 대학교까지 총 16년의 교육과정을 거치는 동안 단 한 번도 고려해 보지 않은 회사에 취직했다. 광고회사였다.

나는 비교적 잘 버텼다. 매달 내가 받아야 할 몫을 받아내기 위해 꿋꿋이 버텼다. 내 입장에서 사내 인간관계는 그리 어려울 게 없었다. 입을 다물고 있어야 할 상황에선 가만히 입을 다물고 있었고, 무언가 말을 해야 했다면, 해야 할 법한 대사를 해야 할 법한 상황에서 적절히 내뱉었다. 도저히 견뎌내기 어려운 상사나 선배를 만나지 않은 것도 나름 운이 좋았다고 할 수 있을 것이다. 마음에 들지 않는 제품을 어쩔 수 없이 홍보해야 할 때의 씁쓸함이나 찝찝함 같은 감정도 오래 지속되지 않았다. 맡은 바 일을 끝내고 나면 내 은행 계좌에는 매달 정해진 액수의 돈이 입금되었으니까…… 문제는 다른 곳에 있습니다. 그렇죠. 자본이 질병이 된 사회에서, 매일 돈을 보고 듣고 만지고 헤아리고, 어떤 식으로든 돈과 떨어져서 살 수 없는 우리는, 바꿔 말하면 자본이라는 질병에 걸린 우리는, 어떻게 살아가야 하는가 하는 점입니다.

나는 안경점에 들어가 안경테를 고르고 시력을 검사했다. 이제 곧 선명한 세상을 볼 수 있겠구나, 하는 기대와 달리 안경사는, "죄송합니다만, 마침 고도 난시용 렌즈가 딱 떨어져서요, 근처 다른 지점에 문의해 보니 있다고하니까, 거기서 렌즈를 공수해 와서, 보자, 작업 다 끝내면 얼추 한 시간쯤 걸릴 것 같은데, 괜찮으실까요?"라고 말했다. 나는 "어쩔 수 없죠, 뭐"라고 말하며 연락처를 남겼고, 안경점을 나서는 내게 안경사는 "최대한 빨리 연락 드리겠습니다, 죄송합니다"라고 말했다.

집으로 돌아가는 길에 다시 한번 성찬희와 마주쳤다.

"아까 안경 맞추러 간다고 한 거 아니야?"

"내가 난시가 좀 심해서, 내 눈에 맞는 렌즈가 지금 매장에 없다고 하네? 그래서 다른 매장에서 구해온다고 하더라고."

"시간이 좀 걸리나 보네?"

"한 시간 정도?"

"제법 길리네."

"니는? 그건 언제까지 해야 되는데?"

"그렇지 않아도 이제 다 끝났어. 딱 하나 남았음."

"맞나? 그럼 그거 그냥 나 주고, 니도 들어가서 좀 쉬어라."

"그러면 나야 고맙지."

"아이다, 나야말로 고맙지. 물티슈 갖고 있으면 요긴하게 잘 쓰잖아. 굳이 돈 들여서 살 필요도 없고."

성찬희는 마지막 남은 물티슈 하나를 내게 건넸다.

"안경 다 되려면 한 시간 정도 걸린다고 했지?"

"대강 그 정도? 완성되면 연락 준다고 하더라고."

"그때까지 뭐 특별히 할 일 있어?"

"할 일이 뭐가 있겠노. 그냥 집에 가서 TV 보든지 해야지."

"혹시 다른 약속 없으면 나랑 잠깐 어디 안 갈래?"

"어디?"

"나 공부하는 곳인데, 아까 말했던 성경교회. 교회라고 부르기는 하지만 건물 외부에 십자가도 없고, 내부도 카페 같은 느낌이야. 교회 사람들 아닌 다른 손님들도 많이 오고. 부담 가질 필요 없어. 내가 말은 이렇게 하고, 그런 물티슈를 나눠주고 있긴 해도, 종교에 관심 없는 사람들한테 적극적으로 전도하는 타입은 아니거든. 우리 교회에서 그런 걸 특별히 권장하는 것도 아니고. 그냥 편하게, 오랜만에 중학교 동창 만나서 회포 푼다고 생각하면 된다. 술 대신 차를 마신다는 게 다른 점이라면 다른 점이겠지만, 하하."

나는 성찬희의 갑작스런 제안에 잠시 멍한 느낌이 들었지만 서서히 의식이 살아나면서 가장 먼저 든 생각은, 성찬희가 가자고 하는 곳이 어쩌면 사이비 종교 단체일지도 모른다는 것이었다. 뒤를 이어, 만에 하나 성찬희가 말하는 교회가 사이비 종교 단체라고 한들 한 시간이 지나면 안경점에서 전화가 올 것이고, 나는 자연스레 그 장소에서 빠져나올 수 있으리라는 생각이 이어졌다. 하지만 이건 대단히 부정적이고 회의적인 상상이고, 성찬희는 정말 순수한 마음으로 이런 제안을 했을지도 모른다. 나는 어쩌다가 상대방의 호의마저 의심하고 진위 여부를 따져봐야 하는 사람이 된 것인가…… 건강이 재산이라는 말이 있습니다. 건강을 재산에 비유해서 너무나 당연하게 사용하고 있는 이 말. 근데 조금 이상하지 않습니까? 방금까지만 해도 자본을 질병에 비유했으니 말이죠. 그렇다면 건강을 악화시키는 것이 질병이니, 바꿔 말하면 건강을 악화시키는 것이 자본이라는 말이 됩니다. 그리고 건강은 곧 재산이니까 재산을 악화시키는 것 또한 자본이라는 의미가 되지 않습니까. 어떻습니까. 말이 좀 꼬여 있어서 직관적으로 와 닿지 않을지도 모르겠습니다만, 곰곰이 생각해 보십시오. 이것 참 이상한 말이 아닐 수 없습니다. 그렇죠? 하지만 이상할 건 전혀 없습니다. 맞는 말이거든요. 자본은 재산을 악화시킵니다. 재산이 곧 자본인데, 도대체 이게 무슨 말이냐? 그렇게 생각되시죠? 하지만 자본이 재산을 악화시킨다는 말이 모순적으로 느껴지는 것 자체가, 그러니까 재산과 자본과 돈을 같은 층위에서 생각하는 것 자체가, 우리가 이미 병들어 있다는 것을 반증하고 있는 것이나 마찬가지입니다. 건강이 재산이라는 말은, 건강이 자본이라는 말도 아니고 건강이 돈이라는 말도 아닙니다. 건강이 그만큼 가치가 있다는 뜻입니다. 여기서 재산이란 가치 있는 것을 의미하니까요. 가치라고 하는 것은 시대에 따라, 지역에 따라, 무엇보다 사람에 따라 달라질 것입니다. 누군가에게는 시간이 가장 가치 있는 것일 테고, 누군가에게는 가족이 가장 가치 있는 것일 테고, 누군가에게는 여행이 가장 가치 있는 것일 테고, 저 같은 누군가에게는 종교가 가장 가치 있는 것이겠죠. 하지만 이렇게 다양한 가치를 가진 사람들조차, 돈의 가치를 모르지 않습니다. 돈 없이는 살 수 없다는 것을 알고 있습니다. 시간이 돈이라는 것을 알고 있고 가족을 부양하기 위해서는 돈이 있어야 한다는 것을 알고 있고 여행을 하기 위해서도, 종교 활동을 하기 위해서도 돈이 필요하다는 것을 알고 있습니다. 결국 자기 자신이 가장 가치 있게 생각하는 것을 지키기 위해서, 가장 가치 있게 생각하는 것을 지속하기 위해서, 그보다 더 중요한 것, 바로 자본이 필요하다는 사실을 체화하고 있는 것입니다. 건강이 재산이라는 말에서 시작한 제 이야기가 도대체 어디로 뻗어가고 있는지 조금은 짐작이 되십니까. 사실 건강이 재산이라는 말은, 바꿔 말하면 건강하지 않으면 돈이 든다는 말이나 마찬가지이고, 다시 바꿔 말하면 건강을 유지하기 위해서는 돈이 필요하다는 말이 됩니다. 현대 사회를 살아가고 있는 사람이라면 누구라도 공감하는 사실일 겁니다. 자, 조금은 이 돈이라는 질병에서 벗어나고 싶지 않습니까. 돈과 무관한 맑고 화창한 공기 속에서 심호흡을 하고 싶다는 마음이 들지는 않습니까.

　유달리 겨울이 추운 해였던 걸로 기억한다. 다른 팀 선배 한 명이 출근길에 뇌경색으로 쓰러져 병원에 입원하는 일이 있었다. 그렇게 친한 사이도 아니었고, 팀원들끼리는 그저, 아직 30대 중반 정도밖에 안 됐는데 뇌경색이 올 수도 있구나, 우리도 건강 조심해야 해, 오는 날에는 순서가 있지만 가는 날에는 순서가 없다는 등의 흔하디흔한 대화를 나눌 뿐이었다. 선배가 입원한 지 나흘째 되는 날 팀장님을 비롯하여 팀원들과 함께 병문안을 갔고, 그 후 다시 사흘쯤 지난 후 선배는 퇴원했던 것 같다. 그리고 그 즈음부터 나는 이따금 뒷목이 뻐근하거나 서늘한 느낌을 받았다. 목덜미를 만지작거리는 횟수가 늘어났고, 아무리 목도리를 해도 목덜미에서 느껴지는 서늘함은 사라지지 않았다. 나는 자연스레, 병문안을 갔을 때 선배가 했던 말이 떠올랐다. 며칠 전부터 목덜미가 자꾸 뻐근하더라고, 그러다가 이렇게 됐다니까요, 돈도 돈이지만 건강들 챙기면서 일해요들, 죽으면 아무 소용없으니까.
그때부터 내 마음속 한구석엔 언제 뇌경색이 찾아올지
모른다는 불안감이 싹트기 시작했고, 한번 발아한 공포심
은 내 의지와 무관하게 저 혼자 무럭무럭 자라났다. 언제
쓰러질지 모른다는 두려움. 빙판길에 잘못 쓰러져 뇌진탕
으로 죽을지도 모른다는 두려움. 쓰러지고 나서 골든타임
안에 병원에 도착하지 못할지도 모른다는 두려움. 죽음에
대한 두려움. 회사에 있을 때는 덜했는데, 특히 혼자 있는
시간이면, 머릿속이 흔들리는 느낌을 받거나 전속력으로
100미터 달리기를 한 사람처럼 가슴이 쿵쾅거렸다. 그러
던 어느 날 밤, 잠자리에 누워 있다가 끝도 없는 심연 속
으로 추락하는 체험을 하며 자리에서 벌떡 일어났다. 그
건 악몽도 아니고 망상도 아니고 실제로 생생하게 느껴
지는 체험이었기에, 나는 손을 벌벌벌벌 떨면서 핸드폰으
로 119에 전화를 걸어 가슴이 너무 쿵쾅거린다고, 죽을
것 같다고, 제대로 말도 못할 정도로 벌벌벌벌벌벌벌 떨
면서 가까스로 내 의사를 표현했다. 몇 분 뒤 구급차가 도
착했고, 다시 몇 분 뒤 종합병원 응급실에 도착해 링거를
맞고 심장 검사를 받고 반고리관 검사를 받고 CT를 찍었
다. 몸에는 아무 이상이 없었다. 완전히 멀쩡하다고 해도
과언이 아니었다. 담당 의사는 나에게, 조심스럽게, 정신

과 진료를 받아보는 게 좋을 것 같다고 했다. 하지만 나는 몸에 아무 문제가 없다는 사실만을 다행스럽게 받아들였기에 정신과 진료는 받지 않아도 괜찮다고 말하고 병원을 나섰다. 이게 다 엄살이야, 엄살, 나약해져서 그래, 정신을 똑바로 잡고 살아야겠어, 라고 다짐하며 집으로 돌아왔다. 그로부터 두어 달쯤 지나 결국 정신과 상담을 받으며 알게 된 사실인데, 정신 질환을 정신력으로 이겨내려고 하는 것만큼 어리석은 일은 없었다. 몸 상태가 멀쩡하다는 걸 알고 있음에도 여전히 머리가 울렁거리거나 가슴이 두근거렸고, 어느 날 친한 팀원 중 한 명에게 내 증세를 말하자 한의원에 가보라며 자신이 알고 있는 한의원을 소개해줬고, 거기서 나는 처음으로, 나중에 정신과에 가서 다시 한번 진단받게 될 내 병명을 듣게 되었다. 공황장애였다. 한 달 정도 한약을 먹고 침을 맞으며 버틴 것 같다. 이제 곧 낫겠지, 겨울이 가고 봄이 오면 다 좋아지겠지. 하지만 어느 날 저녁, 문을 열고 집으로 들어가는 순간, 그 집 자체가 거대한 공포의 심연으로 바뀌어 있다는 사실을 깨닫고 말았다. 팽팽하던 끈이 끊어지는 건 한순간이었다. 나는 정말 단 한 톨의 미련도 없이 광고회사에 사직서를 썼고, 13년 동안 이어온 서울 생활을 접은 채 부산 부모님 댁으로 들어와 지인에게 추천받은 정신과 의원에 다니며 심리 상담을 받았고 약을 처방받았다.

성찬희의 차를 타고 도착한 곳은, 성찬희가 말한 대로 교회라는 인상은 별로 느껴지지 않는 독특한 외양의 카페였다. 가장 눈에 띈 점은, 통유리를 사용하는 다른 카페들과 달리 몇 가지 색감을 느낄 수 있는 세로로 긴 유리창들이 있다는 점, 그리고 조금은 투박해 보이는 동시에 레트로 풍이 느껴지는 회색 시멘트 벽돌로 외부를 꾸몄다는 점. 그래서 카페나 교회라는 느낌보다는 자그마한 성처럼 느껴지기도 했는데, 그 느낌을 더욱 잘 살려준 것이 바로 일반적인 문보다 1미터는 더 커 보이는 나무 출입문이었다.

출입문 앞에서 약간 얼떨떨하게 서 있는 내게, 카페 뒤쪽에 주차를 하고 나온 성찬희는 "들어가자"라고 말하며 성의 문을, 아니 카페의 문을 열었다. 당연히 2층이나 3층 정도의 카페겠거니 하고 들어간 내 눈에 가장 먼저 들어온 것은 높디높은 천장이었다. 1층 바닥에 서서 3층 규모 건물의 천장을 곧장 올려다볼 수 있는 높은 층고. 천장 한가운데에는 크고 하얗고 굵은, 언뜻 보면 사람의 갈비뼈와 유사한 느낌의 조형물이 매달려 있었고, 그 양옆으로, 수많은 전등이 종 모양을 형상화하여 수십 가닥의 전선들에 의지한 채 은은하게 빛나고 있었다. 나는 고개를 쳐든 채 나도 모르게 "우아"하는 탄성을 내뱉고 말았다.

"근사하지? 저 가운데 조형물은 고래를 본떠서 만든 거야. 실제 고래 뼈를 사용한 건 아니고. 저쪽 자리에 앉아서 천천히 구경하자."

나는 성찬희가 가리킨 자리에 앉아 카페 내부를 찬찬히 둘러보았다. 층고가 아주 높은 단층짜리 건물인 줄 알았는데, 엄밀히 말하면 2층짜리 건물이었다. 2층 높이에 대략 2미터 정도 폭의 복도 공간이 건물 벽 쪽을 따라 마련되어 있었던 것.

"2층도 있네."

"저걸 2층이라고 해야 할지, 복층이라고 해야 할지 모르겠는데, 나도 처음 봤을 때 되게 특이하다고 생각했어. 보통은 혼자 조용히 공부하고 싶은 사람들이 저기 올라가는 편이고. 여기 아메리카노 맛있는데, 그거 마실래?"

성찬희가 카운터 쪽으로 간 사이 나는 카페 내부를 계속 둘러보았다. 예수 그리스도의 그림이나 마르틴 루터의 그림이 액자에 장식되어 벽에 붙어 있었고, 군데군데 자그마한 십자가도 걸려 있었다. 테이블과 테이블 사이엔 키가 큰 녹색 식물들이 화분에 담긴 채 칸막이 역할을 하고 있었고, 자세히 보니 테이블과 의자의 색이나 디자인도 하나하나가 조금씩 다 달랐다.

성 같기도 하고 교회 같기도 하고 카페 같기도 하고 식물원 같기도 하면서 이 모든 것을 합한 것 같은 공간 안에서 주위를 두리번거리고 있는 내 앞에, 어느 순간 한 남자가 나타났다. 사실 얼굴이 뚜렷하게 보이지 않아 남자인지 여자인지까지는 정확하게 판별할 수 없었는데, 어느 정도로 보이지 않았느냐면, 성찬희를 처음 봤을 때보다 더 뿌연 느낌인 건 확실했고, 굳이 비유하자면 화장실에서 뜨거운 물로 샤워한 뒤 김이 잔뜩 낀 거울로 얼굴을 봤을 때와 유사할 정도로 뿌옇게 보였기에 전반적인 분위기로 그저 남자라고만 짐작했을 뿐이다. 그렇게 짐작하고 나자 알 수 없는 위화감이 느껴졌는데, 이게 단순히 낯선 남자의 갑작스러운 등장 때문인지 아니면 내가 아직 인지하지 못한 무언가 때문인지 모르고 있는 상태에서, 남자라고 짐작된 그 사람이, 난시가 심하신가보군요, 제 얼굴이 잘 보이지 않습니까, 라고 물었기에 나는 자동반사적으로 예, 제가 눈이 좀 안 좋아서요, 아까 안경을 맞추긴 했는데 완성되려면 시간이 좀 걸리거든요, 라고 말했다. 그 순간 나는, 이 남자는 어떻게 내가 난시라는 걸 알고 있는지 의문이 떠올랐고, 아, 성찬희랑 아는 사람이구나, 성찬희가 이 사람한테 내 얘기를 했겠구나, 라고 생각하며 떠오른 의문을 잠재웠는데, 내 말을 들은 남자가 이런 질문을 던지며 아직 사라지지 않은 내 위화감의 정체를 알려주었다.

근데 이상하지 않습니까? 눈이 나빠서, 난시가 심해서 제 얼굴 윤곽도 제대로 보이지 않으면서, 어떻게 이 카페 내부의 조형물이나 디자인 같은 건 그렇게 잘 볼 수 있는지. 아, 오해할 필요는 없습니다. 저는 당신을 선동하려고 하는 게 아니니까. 물론 선동되기 쉬운 사회이기도 합니다. 아니, 어느 시대건 사람들은 누군가에게 선동되었습니다. 누군가에게 선동되어 가산을 탕진하고, 누군가를 속이고 억압하고, 심지어는 전쟁까지 벌였습니다. 왜일까요. 사람들은 왜 그렇게 쉽게 누군가에게 선동되는 것일까요. 그건 바로, 우리가 약한 존재이기 때문입니다. 얇은 바람에도 늘 휘청거리는, 언제 꺾일지 모르는 약하디 약한 존재이기 때문입니다. 앞날이 막막하고 불안하기 때문입니다. 어떤 일이 벌어질지 모르는 세상이기 때문입니다. 제가 지금 선동하고 있는 것처럼 느껴지나요. 만약 그렇게 느낀다면 그건 당신이 우리 모두와 마찬가지로 약한 존재이기 때문입니다.

음료 주문하러 간 성찬희는 왜 아직 안 오는 거지? 주문이 많이 밀렸나? 테이블엔 사람이 별로 없는 것 같았는데. 아니, 한 명도 없는 것 같았는데. 그나저나 이 사람은 누군데 다짜고짜 다가와서 이런 말을 늘어놓고 있는 거지? 근데 아까부터 계속 환청처럼 들려왔던 목소리와 비슷한 목소리인 것 같아.

끝도 없이 흔들리는 세상에서, 유일하게 흔들리지 않고 고정되어 있는 것이 있다면 그것은 바로 책입니다. 그리고 수많은 책 중 최고의 책은 단연코 성경입니다. 수 천 년에 걸쳐 정말 셀 수도 없을 만큼 많은 사람이 읽고 또 읽고 지금까지 계속 읽고 있지 않습니까. 혹시 한 번이라도 성경을 읽어본 적이 있습니까? 없다면 제가 오늘 읽은 구절 낭송해드려도 괜찮을까요? 마음을 강하게 하고 담대히 하라 두려워 말며 놀라지 말라 네가 어디로 가든지 네 하나님 여호와가 너와 함께 하느니라.

이 남자는 왜 내 대답 같은 건 들을 생각도 하지 않고 자기 하고 싶은 말만 하는 걸까. 앞이 잘 보이지도 않는 상태로 계속 이 사람이 하고 있는 말을 듣고 있어야 하나. 아니면 내가 그냥 이 자리를 피하는 게 나을까.

로빈슨 크루소 이야기 아십니까. 섬에서 오랫동안 홀로 지내야 했던 남자 로빈슨 크루소. 그가 이십여 년 동안 섬에서 혼자 지낼 수 있었던 궁극적인 힘은 무엇일까요? 바로 성경입니다. 생각해 보세요. 만약 무인도에서 혼자 살아야만 한다면, 다른 것보다 고독을 버텨내기 어려울 겁니다. 그런데 로빈슨 크루소는 어떻게 홀로 그 오랜 시간 섬에서 버틸 수 있었을까. 어차피 허구의 이야기라 신뢰할 수 없다? 아닙니다. 결단코 아닙니다. 내가 너를 떠나지 아니하며 버리지 아니하리니, 마음을 강하게 하라 담대히 하라. 로빈슨 크루소는 섬에서 살면서 매일 매일 성경을 읽으며 스스로를 다잡을 수 있었던 겁니다.

이 사람은 도대체 무슨 소리를 하고 있는 거야. 언제까지 이러고 있을 거지. 그냥 여기서 나갈까. 그래, 차라리 그게 나을 것 같아. 근데 이 남자가 내 앞을 벽처럼 가로막고 서서 내가 듣든 말든 자기가 하고 싶은 말을 주절주절 늘어놓고 있어. 난 왜 이 사람에게 그만 말하라고 말하지 못하는 걸까. 왜 저 사람이 하는 말을 들으면서 속으로만 계속 생각하고 있는 걸까. 여기서 빠져나가려면 어떻게 해야 하지. 성찬희는 이제 내 존재 따위는 잊어버린 것 같아. 어쩌면 성찬희의 목적은 이거였는지도 몰라. 누구인지 잘 보이지도 않는 이 남자 앞에 나를 데리고 오는 것. 그래서 사이비 종교의 늪에 빠트리는 것.

흔히들 사이비 종교라는 말을 입에 올리고는 하는데, 엄밀히 말해 사이비 종교라는 말은 형용 모순입니다. 그건 그냥 사기죠. 거짓이라는 말입니다. 종교가 아닙니다. 종교의 성스러움 같은 건 도저히 찾아볼 수 없는 것입니다.

안경은 다 맞춰졌을까. 아직 시간이 더 필요한가. 이제 슬슬 안경을 찾으러 가봐야 하지 않을까. 안경이 다 되면 전화를 해주기로 했잖아. 전화는 언제쯤 오는 거지. 영영 오지 않는 건 아닐까. 영영 오지 않는 전화를 기다리며 저 남자가 하는 말을 영영 듣고만 있어야 하는 건 아닐까. 그래서 나는 내가 바라지도 않았고 기대하지도 않았던 종교에 빠지게 되는 건 아닐까.

종교는 바이러스도 세균도 아닙니다. 종교는 인류에게 남은 마지막 구원입니다. 종교가 인민의 아편이라고요? 그 말을 누가 했습니까. 유럽인, 서구인이 한 말 아닙니까? 근대인이 한 말입니다. 네, 그렇죠. 우리나라도, 우리나라 사람들도, 충분히 서구화되었고 더할 나위 없이 근대화되었습니다. 이럴 때야말로 빌어먹을 근대성이란 말을 내뱉어야 하지 않을까요. 물론 서구화 덕에 우리도 성경을 읽을 수 있게 됐지만, 성경 자체는 근대성과는 무관합니다.

저 사람의 입을 막아야 해, 저 사람을 무시하고 이곳에서 벗어나 당장이라도 안경점으로 향해야 해, 안경을 찾으러 가야 해, 라고 생각하는 순간, 바지에 넣어둔 핸드폰의 진동이 부르르르르르르, 부르르르르르르, 떨리는 게 느껴졌고, 어쩌면 안경점에서 걸었을 전화가 지금 오고 있는데, 그래 맞아, 이 전화는 안경점에서 온 전화가 분명하고, 안경이 완성됐으니 찾으러 오라는 연락일 테고, 그렇다면 전화를 받고 나서 안경점으로 가야 하는데, 도대체 영문을 알 수 없는 이유로 나는 전화를 받을 수 없고, 그저 핸드폰의 진동이 허벅지 쪽에서 떨리는 것을 느끼며 얼굴이 잘 보이지 않는 이 남자의 목소리를 들을 수밖에 없고—이 우연으로 가득한 세상에서, 종교가 없는, 믿음이 없는 상태가 지속된다면 그 끝에 찾아오는 결과는 두 가지밖에 없습니다, 아주 약간의 기적, 혹은 무수한 폭력입니다—까지 말한 남자가 내 쪽으로 한 걸음 다가오더니 자기 목소리에 집중하라며 내 콧잔등 부근을 꾸욱 누르기 시작했고, 팔이 저린 탓에 그가 콧잔등을 누르는 깃을 제지할 수 없고, 진작 왔어야 할 성찬희는 어디로 사라졌는지 정말로 나를 버렸는지 도통 나타날 생각을 하지 않고, 얼굴이 잘 보이지 않는 남자는 계속해서 내 콧잔등을 짓누르고 있고, 그만해! 그만하라고! 라는 내 외침은 머릿속에서만 맴돈 채 입 밖으로 나오지 않고, 그러는 와중에도 아무 이유 없이 자꾸만 팔이 저리고, 몇 번이나 들었으니 이제 충분히 알겠지요, 저희 성경교회의 신도들에게 가장 가치 있는 것이란 바로 종교이며 신앙이며 믿음이며, 무엇보다 성경입니다, 성경을 반복해서 읽고 해석하는 일입니다, 이걸 잊어서는 안 됩니다, 성경을 반복해서 읽고 해석하는 일 말입니다…….

나는 눈을 뜨며 서서히 고개를 들고 안경을 벗었다. 팔목 쪽에 안경테 자국과 비슷한 붉은 자국이 나 있었다. 안경을 보니 안경 코 받침이 짓눌려 있었다. 콧잔등이 찡하게 아팠다. 약간 멍한 상태로, 안경 코 받침을 원래 자리로 돌려놓으려 만지작거렸지만 원래 위치로 제대로 돌아오지 않았고, 그래서 조금 더 힘을 주어 움직였더니 툭, 코 받침이 부러지고 말았다.

안경을 책상 위에 툭 던져둔 채 잠시 한 손으로 이마를 받치고 있다가, 콧잔등을 살살 매만지다가, 문득 떠오르는 게 있어 바지 주머니에 든 핸드폰을 꺼내 봤더니 부재중 통화가 한 통 들어와 있었다. 그제야 이미 약속시간에서 10분이나 늦었다는 사실을 깨닫고 전화 온 사람에게 다급히 전화를 걸어 지금 당장 나가겠다고, 늦어서 미안하다고 말했다. 간단히 세면과 양치를 하고 코 받침이 부러진 안경을 안경집에 넣어 들고 집에서 나왔다.

가볍게 뜀박질을 하여 목적지로 향했고, 지하도를 지나 건너편 계단으로 올라오니 한 남자가 손바닥만 한 크기의 물티슈를 나눠주고 있었다. 그에게 다가가 늦어서 죄송하다고 다시 한번 사과하고 나서 그가 들고 있던 종이백을 건네받아 행인들에게 물티슈를 나눠주기 시작했다.

그는 나와 헤어지기 전, "근데 오늘은 안경 안 꼈네?"라고 물었고, 나는 "안경 코 받침이 부러져서요, 이거 끝나고 나서 안경점에 들러 수리를 하든지 안경을 새로 맞추든지 해야겠어요"라고 답했다. 그러자 그는 "그렇구나, 그럼 수고하고, 이따가 교회에서 보자"라고 말하고 멀어졌다.

난시 때문에 시야가 흐려서 조금 불편하긴 했지만 시간이 지남에 따라 그런 상황 자체에 차츰 익숙해졌다. 나는 내 앞을 지나다니는 사람들에게 "성경 읽는 모임입니다"라고 말하며 물티슈를 나눠줬다. 그렇게 시간이 흘러 나에게 할당된 물티슈를 거의 다 소진시켜 갈 즈음, 방금 물티슈를 나눠준 남자가 내 쪽으로 다가오더니 "혹시, 성찬희, 아닌가?"라고 조심스럽게 물어봤고, 그건 분명 내 이름이었기에, "네, 성찬희, 맞는데요"라고 답하자, "맞네, 야, 내 승호다, 승호, 중학교 동창. 기억 안 나나?"라고 들뜬 목소리로 말했다. 나는 내 앞에서 자신을 중학교 동창 승호라고 말하는 사람이 누구인지 떠올리기 위해 머릿속의 기억을 빠르게 훑어야 했다. †

나비의
속도

내 고민은 어른들이 나를 애라고만 생각한다는 점이다. 물론 나는 아직 초등학교 5학년이다. 반 친구들 중에 정말 애 같은 짓만 골라 하는 아이들이 있긴 있다. 교실에 벌레가 있다고 수업 도중에 야단법석을 떤다든지, 청소하기 귀찮다고 도망간다든지, 선생님이 내준 숙제를 매번 안 해온다든지. 이런 애들이 있으니 나 또한 도매금(엄마가 종종 사용해서 알게 된 단어다)으로 애 취급 받기 일쑤다.

하지만 나는 다르다. 내 입으로 이런 말 해봤자 어른들은 코웃음을 칠지도 모르겠지만 내 입에서 양자역학이라는 말이 나오는 순간 나를 보는 사람들의 눈빛이 달라진다. 거짓말이 아니다. 물론 나도 아직 공부 중이라 완벽하게 안다고 할 수는 없다. 그렇지만 최소한 타키온 전송기가 양자역학과 항공우주공학 기술이 결합된 제품이라는 것 정도는 알고 있다.

내 꿈은 과학자다. 좀 더 구체적으로 말해보자면, 타키온 연구소에 취직해서 새로운 타키온을 개발하는 것이 1차 목표다. 그래서 돈을 많이 벌고 싶다. 타키온 개발자가 되는 것이 꿈인지 돈을 많이 버는 것이 꿈인지 가끔 헷갈릴 때도 있지만, 어쨌거나 돈을 많이 벌면 엄마가 더 이상 택시 운전을 하지 않아도 되는 것만은 분명하다.

그래, 어쩌면 내 진짜 꿈은 엄마와 나 우리 가족이 돈 걱정 없이 사는 것인지도 모르겠다. 그래서 타키온 최신 모델을 이용하여 전송료 부담 없이 가고 싶은 곳에 마음껏 갈 수 있으면 좋겠다.

내 꿈을 이루기 위해 나는 더 이상 애처럼 굴면 안 되고, 공부를 열심히 해서 하루 빨리 과학자가 돼야 한다. 목표가 정해졌으니 다른 데 눈 돌릴 생각하지 말고 목적지를 향해 경주마처럼 달려나가야 한다.


"우민아, 어서 일어나. 학교 가야지."

그렇지만 매일 아침 나는 고민에 휩싸이고 만다. 왜 나는 세상에서 제일 듣기 싫은 소리를 들으며 아침을 맞이할 수밖에 없는가. 다른 애들과는 달리 걸어서 학교에 가야 하기 때문이다. 타키온을 사용하면 6, 7분은 더 잘 수 있는데, 전송료 때문에 그럴 수 없기 때문이다.

하지만 나는 애가 아니다. 꿈이 분명한 사람이다. 언제까지 아침에 일어나는 일로 애처럼 투정을 부릴 텐가.

나는 정신이 돌아올 때까지 침대 위에서 조금 더 꿈지럭대다가 손목에 부착된 타키온으로 시간을 확인한 뒤 자리에서 일어난다. 화장실에 가서 소변을 보고 머리를 감고 세수를 한다. 옷을 갈아입고 가방에 책을 넣고 식탁으로 가서 엄마와 함께 아침을 먹는다.

"우리 아들 다 컸네. 이제 한 번만 깨우면 바로바로 일어나고."

또 애 취급이다. 조만간 스스로 일어나서 엄마를 깜짝 놀라게 해줘야지.

엄마는 식탁에 앉자마자 다급하게 식사를 시작한다. 나는 된장찌개를 떠먹다가 엄마를 보고 묻는다.

"아침엔 손님도 별로 없는데 꼭 시간 맞춰서 출근할 필요 있어?"

"운전기사도 일종의 자영업자니까. 언제 어디서 손님이 올지 모르니 정해진 시간에 움직여야지. 그래도 얼마 전에 좋은 곳 하나 발견했잖아."

"좋은 곳?"

"작년에 서구 쪽에 타키온 연구 단지가 생겼잖니? 거기서 일하는 사람들이 종종 택시를 타거든."

내 미래의 직장 타키온 연구소. 그 연구소들이 모여 있는 연구 단지! 사실 내 꿈이 분명해진 것도 집에서 멀지 않은 곳에 연구 단지가 생겼기 때문이다.

근데 타키온 연구자들이 택시를 탄다고?

왜? 가고 싶은 곳이 있으면 타키온 전송으로 가면 되잖아. 거기서 일하는 사람들이니 당연히 돈도 많이 벌 테고, 전송료 부담 없이 타키온을 사용할 수 있을 텐데. 사용하는 모델도 우리가 갖고 있는 보급형 4세대가 아니라 최신 6세대일 게 뻔한데.

"그 사람들이 택시를 왜 타?"

내 질문에 엄마가 숟가락을 테이블 위에 놓더니 고개를 갸웃한다.

"왜 타냐니, 그게 무슨 말이야?"

나는 손목에 부착된 타키온을 엄마에게 보인다.

"타키온 연구소에서 일하는 사람들이면 타키온으로 이동하면 되잖아. 돈도 많을 테고."

마지막 말은 작은 목소리로 빠르게 말했다. 엄마는 슬며시 미소 짓더니 이렇게 말한다.

"꼭 어디 가려고 택시를 타는 건 아니니까. 자, 밥 다 먹었으면 양치하고 얼른 가야지. 학교 늦겠다."

타키온이 처음 개발된 건 내가 태어난 12년 전이지만, 상용화된 건 4세대가 개발된 4년 전이다. 5세대가 재작년에, 6세대가 올해 새로 출시되었고, 작년에는 4세대 모델이 전 국민에게 보급되었다.

사람들은 대부분 타키온을 의료용으로 사용한다. 정부 주도로 전 국민에게 보급된 1차적인 이유도 그 때문이다. 손목시계 사이즈의 타키온을 손목에 부착해 두기만 하면 개인의 생체 정보가 가까운 119 센터에 자동으로 전송되기 때문에 긴급 환자가 발생하면 구급대원이 곧바로 출동할 수 있다.

타키온을 전송용으로 사용하는 사람들은 대부분 엄마 또래거나 엄마보다 젊은 층인 것 같다. 사용 방법은 간단하다. 손목의 패널을 눌러 전송 모드를 활성화하면 손목 위쪽 허공에 스크린과 자판이 투영되는데, 스크린에 있는 타키온 전용 지도를 검색해서 가고자 하는 곳의 GPS 위치값을 자판으로 입력하고 트랜스퍼 버튼을 누르면 끝이다. 순식간에 그곳으로 전송된다.

나는 교문 쪽으로 다가가며, 교문에서 2, 3미터쯤 떨어진 곳에서 차례로 전송되는 아이들을 봤다. 학교나 회사, 집 등 아무나 함부로 들락거리면 안 되는 공간은 전송 차단벽으로 막혀 있다.

교문을 지나갈 즈음, 막 전송되어 온 태훈이가 날 부른다.

"우민아, 같이 가자."

청소 시간에 자주 도망가기 때문에 반에서 밉상으로 찍히긴 했지만 항상 생글생글 웃는 얼굴로 먼저 말을 걸어와 미워할 수만은 없는 녀석. 나는 잠시 기다렸다가 태훈이와 함께 교실로 향한다.

"매번 걸어 다니기 안 귀찮아?" 태훈이가 묻는다.

태훈이네 집에 가사도움 AI가 있는 건 반 아이들 모두가 알고 있다. 전교에서 가사도움 AI를 사용하는 학생은 열 명도 안 된다. 태훈이는 전송료 걱정 없이 타키온을 마음껏 사용할 수 있을 것이다.

"운동 삼아 걷는 거지, 뭐."

"아, 나도 이번 주에 또 5킬로미터 걸어야 하는데 어느 세월에 걷는담."

초등학생의 경우, 타키온을 사용하기 위해선 매주 5킬로미터를 걸어야 한다. (참고로 어른은 10킬로미터를 걸어야 한다.) 사람들이 타키온만 사용하고 걷지 않을까 운동 부족을 염려한 시민단체에서 회사 측에 요청한 사항이라고 들었다. 물론 할머니, 할아버지나 다리가 불편한 사람 등 예외도 있다.

교실에 들어와 태훈이와 나는 각자의 자리로 갔다. 내 자리 바로 옆줄 창가 쪽 자리에는 반장인 미호가 앉아 있었다. 나는 미호와 인사를 했고, 문득 아침에 엄마에게 들은 이야기가 떠올랐다.

꼭 어디 가려고 택시를 타는 건 아니니까.

"미호야, 너 혹시 택시 타본 적 있어?"

미호를 보고 엄마가 했던 말이 떠오른 건, 아마 미호가 친구들의 고민 상담을 해주는 모습을 자주 봤기 때문인지도 모르겠다.

"어렸을 땐 가끔 탔는데, 최근엔 거의 안 탄 것 같아."

물론 내가 지금 하고 있는 건 고민이 아니다. 그냥 궁금증이다. 어디를 가기 위해 택시를 타는 게 아니라면, 사람들은 어째서 택시를 타는 걸까. 왠지 미호라면 내 궁금증을 해결해줄 수도 있으리라는 생각이 들었다.

"그지? 타키온 사용하면서부터 택시는 잘 안 타게 됐지?"

"그런 것 같아. 어디 가려고 굳이 자동차를 탈 필요는 없으니까. 시간도 걸리고."

미호는 손목에 부착된 타키온 5세대 모델을 만지작거리며 말했다.

"근데, 내가 오늘 엄마한테 들었는데, 타키온 연구 단지에서 일하는 사람들이 종종 택시를 탄다고 하더라고. 이상하지 않아?"

내 말에 미호는 타키온에서 손을 떼며 말했다.

"맞다, 너희 엄마 택시 운전하시지? 근데 뭐가 이상해?"

미호는 일전에 우리 엄마가 택시 운전하는 것을 본 적이 있다.

"타키온 개발자들이 굳이 택시를 탈 필요는 없잖아. 가고 싶은 곳이 있으면 타키온으로 가면 되니까."

"네 말 듣고 보니 그러네."

"그 사람들은 왜 택시를 탈까?"

우리 반 반장이자 고민 해결사 미호는 내 질문에 깔끔한 결론을 내려주었다.

"너희 엄마는 이유가 뭐라고 하셔?"


나는 장래희망이 과학자인 사람으로서 궁금한 점이 생기면 최선을 다해 그 궁금증을 해결하고자 한다. 간혹 다른 일은 신경 쓰지 않은 채 궁금증 해결에만 몰입(선생님이 종종 사용해서 알게 된 표현이다)한다는 게 문제이긴 하지만.

나는 수업이 끝나고 쉬는 시간마다 타키온으로 타키온 개발자들이 택시를 타는 이유에 대해 인터넷 검색을 해보았다.

나쁜 소식과 좋은 소식이 하나씩 있다. 나쁜 소식을 먼저 말해보자면, 아무래도 이런 의문을 가지는 사람은 전국에 나 혼자밖에 없는 것 같다는 점이다. 아무리 검색을 해봐도 내가 원하는 답변은 발견할 수 없었다. 하지만 무언가에 대해 의문이나 궁금증을 가지는 일은 중요하다. 이것이 좋은 소식인데, 타키온과 관련해서 지금까지 몰랐던 사실을 알게 되었기 때문이다.

타키온이 상용화 되었을 때 이를 가장 반긴 사람들은 환경학자와 환경 단체였다. 10여 년 전부터 모든 자동차가 태양열이나 전기 에너지로 움직이기 때문에, 휘발유나 등유 등 석유로 움직이는 구형 자동차와 비교하면 일산화탄소나 탄화수소 등 탄소 배출량이 거의 없거나 적은 편이다. 하지만 자동차를 만드는 동안 배출되는 탄소 양이 여전히 만만치 않았다. 그런 상황에서 타키온이 상용화되면 사람들은 굳이 자동차를 타지 않고도 손쉽게 먼 거리를 이동할 수 있게 된다. 자동차 이용량이 줄어들 테고 자연히 기후 위기의 가속도도 조금은 늦출 수 있을 것이다. 그런 내용이었다.

예전과 비교해 자동차의 양이 눈에 띄게 줄어들었다고는 하지만, 사람들은 여전히 자동차를 운전하고 버스나 지하철을 이용했다. 거리가 1킬로미터 멀어질수록 전송료가 늘어나는 타키온과 달리, 버스나 지하철의 요금은 비교적 비슷하게 유지되니까. 가장 타격을 받은 쪽은 택시 업계였다. 택시 또한 탑승 거리에 비례해서 요금이 늘어나는 교통수단이었기에 사람들이 타키온을 두고 굳이 택시를 탈 이유가 없었다. 타키온 4세대 모델을 전 국민에게 보급하자는 이야기가 나왔을 때 사생활 보호를 근거로 가장 반대했던 단체 중 하나도 택시 업계라고 했다.

점심시간이 지나고 5교시 영어 시간에 사소한 사건이 있었다. 오랜만에 화창한 봄 날씨라 창문을 열어뒀는데, 나비 한 마리가 교실 안으로 들어온 것이다. 아니나 다를까 진호가 손을 번쩍 들며 호들갑스럽게 선생님을 불렀다.

"선생님, 선생님! 교실에 벌레 들어왔어요, 벌레. 빨리 잡아야 해요!"

칠판 쪽을 보며 필기를 하던 선생님이 진호가 가리킨 방향을 바라보았다. 반 아이들도 일제히 그쪽으로 고개를 돌렸다. 교실 뒤편에서 날개를 펄럭이며 날아다니던 나비는 자신에게 우리의 시선이 집중됐다는 걸 알아차리기라도 한 듯 잠시 벽에 앉아 꼼짝도 않고 있었다.

"얘들아, 잠깐 선생님 볼까." 선생님이 박수를 치며 말했다.

"선생님, 벌레 빨리 잡아야 해요!" 진호가 다급하게 대꾸했다.

"진호야, 저건 그냥 나비야. 나비가 영어로 뭐라고 배웠지?"

선생님의 질문에 진호는 잔뜩 버터를 머금은 듯한 발음으로 butterfly라고 답했다.

"맞아, 버터플라이. 그럼 버터플라이의 어원이 뭔지 알아?"

"어원이 무슨 뜻이에요?" 진호가 물었다.

"그 말이 어떻게 해서 생겨났는지, 어떤 이유로 그런 의미를 갖게 됐는지, 그런 단어의 기원을 뜻하는 말이야. 방금 말한 버터플라이는, 음식 버터랑, 날다라는 의미의 플라이, 이 두 단어가 더해져 만들어진 말이거든. 왜 이 두 단어가 더해져서 나비라는 의미가 되었을까?"

반 아이들이 각자 버터플라이, 버터플라이 작은 소리로 웅성거렸고, 잠시 후 진호가 다시 손을 들고 이렇게 말했다.

"나비가 버터를 좋아하는 거 아니에요?"

방금까지만 해도 벌레가 들어왔다며 소란을 피우던 진호가 어느새 선생님이 내준 나비 퀴즈에 몰입한 것처럼 보였다.

"그것도 하나의 답이라고 할 수 있는데, 또 다른 진짜 이유가 있어. 그게 뭘까?"

이번에는 승연이가 손을 들었다.

"나비 색깔이 버터 색깔이랑 비슷해서, 버터가 날아가는 것처럼 보여서 버터플라이라고 부르는 것 같아요."

숙제는 잘 안 해오면서 이런 퀴즈 풀이 같은 건 좋아하나 보네. 나는 그렇게 생각하며 선생님을 바라보았는데 선생님이 환한 표정을 짓고 있었다.

"맞아, 정답이야!"

선생님 말에 반 아이들이 오오오, 작은 소리로 환호하며 승연이를 바라보았다. 승연이의 얼굴이 살짝 붉어졌다. 선생님은 "자자, 조용해야지"라고 말하고 나서 버터플라이의 또 다른 어원에 대해서도 설명해 주었다. 나비가 버터를 좋아하기 때문에, 버터 주위를 날아다니기 때문에 버터플라이라는 이름이 붙었다는 내용이었다.

선생님은 이야기를 끝내고 나서 나비가 앉아 있는 교실 뒤쪽 벽으로 다가갔고, 우리의 시선도 자연스레 선생님의 움직임을 따랐다. 반 아이들이 조금 웅성대자 선생님은 집게손가락을 입에 대고 쉬 하는 소리를 냈다. 교실 안이 조용해진 것을 확인한 선생님은 나비와 조금 떨어진 곳에서 나비를 관찰했다. 그러고 나서 다시 교탁 앞으로 돌아왔다.

"저 나비는 하얀색 날개에 검은색 점이 있는 걸 봐서 배추흰나비 같네. 3학년 과학 시간에 배웠던 나비야. 다른 나비들도 마찬가지지만 배추흰나비 역시 사방팔방 자유롭고 불규칙하게 날아다녀."

선생님이 잠시 말을 멈춘 사이, 마치 선생님이 하는 이야기를 듣고 있기라도 한 듯 벽에 앉아 있던 나비가 다시 교실 위를 날아다녔다. 우리는 조용히 나비가 날아다니는 모습을 바라보았다. 진호 역시 아까와는 달리 호기심 있는 눈빛으로 나비를 바라보았다.

나비는 천장 쪽으로 올라가는가 싶더니 다시 왼쪽으로 방향을 꺾었고 곧바로 아래쪽으로 내려왔다가 이번엔 완전히 오른쪽 대각선 위로 올라갔다. 그렇게 한동안 교실 이곳저곳을 자유자재로 날아다니던 나비는 마침내 다시 창문 밖으로 나갔다.

"다들 나비 날아다니는 거 잘 봤지? 그럼 여기서 또 다른 퀴즈를 하나 내볼까? 나비는 그냥 평범하게 날지 않고 왜 저렇게 이곳저곳 종잡을 수 없게 날아다닐까?"

선생님의 질문에 옆에 있던 미호가 손을 들었다.

"저렇게 날아다니면서 더듬이로 집을 찾는 거 아니에요? 아까 그 나비는 길을 잃어서 집을 찾으려고 하는 것 같았는데."

"오, 좋은 생각이야. 아까 선생님이 말을 안 했는데, 사실 불규칙하게 나는 것처럼 보이는 배추흰나비의 이동 동선을 확인해 보면 한 방향으로 일직선을 유지해."

선생님은 그렇게 말하고 나서 칠판에다가 낙서하듯 보드마카를 위아래로 칠했다. 왼쪽에서 시작된 낙서 같은 선이 오른쪽까지 이어졌다.

"이게 아까 봤던 나비의 이동 동선이야. 선생님이 여기에 그린 것처럼, 나비를 가까이에서 보면 좌우 아래 위, 정신없이 나는 것처럼 보이지만 멀리서 보면 한 방향으로 향하고 있는 걸 알 수 있어."

나는 선생님의 설명에 고개를 갸웃했다. 태훈이 역시 나와 비슷한 궁금증을 선생님에게 말했다.

"그냥 똑바로 날면 일직선으로 더 빨리 갈 수 있잖아요. 근데 왜 그렇게 왔다 갔다 하면서 날아다녀요? 더 힘들고 피곤하고 귀찮을 것 같은데. 시간도 많이 걸리고."

반 아이들 몇 명이 큭큭큭, 하고 웃었다. 태훈이는 걸

핏하면 귀찮다는 말을 한다.

"좋은 질문이야. 아까 냈던 퀴즈랑 연결되는데, 나비는 나는 속도가 굉장히 느리지? 근데 똑바로 날면 어떻게 될까?"

"새에게 잡아먹힐 것 같아요." 승연이가 대답했다.

"맞아. 새나 더 빠른 다른 천적 곤충에게 잡아먹히겠지. 사람들에게 잡힐 수도 있고. 그래서 저렇게 아래, 위, 오른쪽, 왼쪽 왔다 갔다 하면서 날아다니는 거야. 목적지에 빨리 가는 것보다, 살아서 가는 게 더 중요하니까. 생존본능이지."

"생존본능이구나, 생존본능." 나는 조그맣게 혼잣말을 했다.

옆에 있던 미호는 이렇게 말했다.

"선생님, 그리고 일직선으로 나는 것보다 훨씬 더 예뻐 보여요."

그 말을 들은 반 아이들이 "맞아, 맞아"라고 대꾸했고, 선생님 또한 "그렇지? 나비가 일직선으로 날면 별로 안 예쁠 거야"라고 말했다.


수업이 끝나고 아이들과 인사를 하며 교실 밖으로 나오는데 타키온에 진동이 느껴졌다. 타키온을 터치하자 스크린에 엄마가 보낸 메시지가 떴다.

[학교 앞에서 기다리고 있어.]

엄마가 웬일로 학교에 왔지?

나는 타키온에 부착된 콩알만 한 이어폰을 빼서 귓불에 부착한 뒤 엄마에게 전화를 걸었다.

— 그래, 우민아.

— 엄마, 학교에 왔어?

— 어. 교문에서 왼쪽으로 꺾어서 쭉 오다 보면 삼거리 나오지? 거기에 잠시 정차하고 있으니까 이리로 와.

— 알았어.

나는 전화를 끊고 이어폰을 다시 타키온에 부착시킨 뒤 엄마가 말한 곳으로 향했다. 조금 떨어진 곳에 낯익은 택시가 보였고, 잠시 후 운전석에서 엄마가 내리더니 "우민아!" 하고 나를 불렀다.

택시 보조석에 앉자마자 안전벨트를 하며 엄마에게 물었다.

"학교에는 웬일로 왔어?"

"이 근처에서 손님이 내렸는데, 시간 보니까 너 학교 마칠 시간이더라고. 그래서 오랜만에 아들이랑 드라이브나 하려고 왔지."

그렇게 말하고 나서 엄마는 택시를 출발시켰다.

택시를 타고 있으려니 오늘 쉬는 시간 내내 검색해 본 내용이 떠올랐다. 타키온이 상용화된 이후에도 사람들이 자가용을 이용하는 가장 큰 이유가 드라이브였다. 그러니까 자동차를 타고 아무 목적 없이 이곳저곳을 그냥 돌아다니는 것이었다.

"엄마, 타키온 개발자들이 택시 탄다고 했잖아? 그거, 드라이브 하는 거야?"

"타키온 개발자? 아, 아침에 했던 이야기구나. 그러고 보니 그렇네, 그것도 일종의 드라이브라고 할 수 있겠다."

"근데 드라이브는 왜 하는 거야?"

"지금?"

"아니, 그 사람들. 타키온 개발자들."

"그냥 바람 좀 쐬고 싶겠지. 새로운 제품 개발하느라 머리가 아플 테니까."

"드라이브를 하면 머리가 안 아파져?"

"우리 우민이가 궁금한 게 많은가 보네."

잠깐. 그러면 혹시 지금 엄마가 드라이브를 하자고 한 것도 혹시 같은 이유인가?

"엄마도 머리가 아파서 지금 드라이브 하고 있는 거야?"

택시가 빨간 신호등을 받아 멈췄다. 엄마는 나를 보며

살짝 미소 짓더니 내 머리를 쓰다듬었다.

"엄마는 아들이랑 같이 있고 싶어서 드라이브를 하는 거지."

"집에서 같이 있는 거랑 드라이브 같이 하는 거랑 달라?"

엄마는 잠시 입을 다물고 있다가 이렇게 답했다.

"같이 드라이브 하고 있으면 창밖으로 보이는 풍경이 계속 바뀌잖아."

우리 동네에서 벗어난 택시가 어느새 하천변 도로를 달리고 있었다. 하천 산책로에선 사람들이 걸어 다니거나 자전거를 타고 있었다. 하천변 꽃나무엔 분홍색, 노란색, 흰색 꽃들이 피어나고 있었고, 잔디가 녹색 빛을 뽐내고 있었다.

우리는 하천변의 고층 아파트 단지를 지나, 카페 거리를 지나 공용 주차장에 차를 주차시킨 뒤 택시에서 내렸다. 편의점에 들러 아이스크림을 하나씩 사들고 하천변 벤치에 앉았다.

엄마는 아이스크림을 먹다가 기지개를 쭉 켜더니 "아, 좋다"라고 말했다.

"뭐가 좋아?"

"아들이랑 같이 있어서 좋고, 평화롭게 하천 흘러가는

모습이나 사람들 산책하는 모습 보고 있어서 좋지."

그때 목이 긴 하얀 새가 하천 위를 날아갔다.

"엄마, 저기 나는 새 이름이 뭐였지?"

"왜가리."

"맞다, 왜가리. 근데 왜가리는 일직선으로 나네?"

"일직선으로 날지 않은 새도 있어?"

"아니, 새 말고, 나비."

나는 오늘 수업 시간에 나비가 교실에 들어온 이야기를 했다. 버터플라이의 어원에서부터, 배추흰나비가 가까이에서 보면 지그재그로 나는 것처럼 보이지만 멀리서 보면 목적지까지 일직선으로 난다는 내용까지.

"선생님이 생존본능이라고 했어. 천적에게 안 잡아먹히려는 생존본능."

"왜가리가 일직선으로 나는 것도 생존본능일지 모르겠네. 왜가리뿐만 아니라 쇠백로 같은 새들도."

"새들은 왜 일직선으로 날아?"

"물고기가 있는 곳으로 빨리 날아가서 물고기를 잡아먹고 싶어서가 아닐까? 그러니까 새의 생존본능 방식이랑 나비의 생존본능 방식이 다른 거지. 근데 아까 그 왜가리도 그렇고, 요 앞에 있는 쇠백로도 그렇고, 날고 있는 시간보다 저렇게 하천 위에서 걷거나 서 있는 시간이 훨씬 더 많을 거야."

나는 엄마가 가리킨 방향을 바라보았다. 왜가리보다 작고 하얀 쇠백로가 노란 발로 하천 바닥을 문지르며 걷고 있었다. 흙바닥에 숨어 있는 작은 물고기들을 찾아내기 위해서였다. 며칠 전에 조류 도감에서 본 기억이 났다.

함께 쇠백로를 바라보던 엄마가 다시 입을 뗐다.

"우리가 사는 것도 비슷할 거야. 새처럼 목적지를 향해 곧장 날아가야 할 때가 필요하기도 하지만, 나비처럼 평화롭고 여유롭게 날아가야 할 때도 필요하거든. 그래서 엄마도 이렇게 아들이랑 벤치에 앉아서 잠깐 쉬는 거고."

나는 엄마를 바라보며 물었다.

"생존본능 같은 거야?"

엄마가 내 어깨에 손을 올리며 말했다.

"그렇지."

나는 엄마의 대답을 듣고 나서 막대에 달린 남은 아이스크림을 한입에 쏙 빼먹었다.


이튿날 교실에 들어가 자리에 앉자마자 미호에게 말했다.

"타키온 개발자들이 왜 택시를 타는지 알게 됐어."

"엄마가 뭐라고 하셔?"

"그냥 드라이브 하는 거래."

"드라이브?"

"맞아. 우리는 새처럼 날 때도 필요하지만 나비처럼 날 때도 필요하니까."

그렇게 말하고 나니 왠지 내가 어제와는 조금 다른 곳에 있는 것 같은 기분이 들었다. +

그날
있었던
일

이 이야기의 내용은 아주 단순해. 비록 보는 사람에 따라 여러 가지 방식으로 받아들일 수 있겠지만.

어떤 의미에서는 미완성작이라고 할 수도 있지. 이런 종류의 이야기는 대체로 사람들이 끝났다고 느낄 만한 명확한 결말이 없으니까.[3]

이제부터 하려고 하는 이야기는, 그러니까 그날의 사건은, 지금으로부터 벌써 십여 년 전, 2010년 2월 6일 오전 6시 6분을 기점으로 시작된 셈이라고 할 수 있어. 시간까지 정확하게 말할 수 있는 건, 당시 받았던 문자메시

---

지를 아직 보관하고 있기 때문이야.

이따금 그날 새벽에 있었던 일에 대해 생각해 볼 때가 있어. 어째서 그런 일이 나에게 일어난 건지, 그 사건이 과연 어떤 의미를 지니고 있는지 곰곰이 궁리해 보는 거지.

그러다 보면, 그 전날 밤 술자리도 자연스레 떠올라. 밤새 술을 마시다 곧바로 독서실로 간 거였거든. 엄밀히 따지면 '곧바로'라고 할 수는 없지만.

그동안 술자리에서의 우연한 만남과 독서실에서 벌어졌던 말도 안 되는 일 사이엔 아무 관련성도 없다고 여겼어. 어차피 우리가 살면서 겪는 대부분의 일은 별다른 맥락 없이 벌어지기 일쑤잖아. 근데 그게 아니더라고. 나는 그 사실을 최근에 와서야 깨닫게 됐어.


전날 오후에 친구한테 전화가 왔어. 출판사에서 편집 일을 하는 대학 시절 친구였는데 설 연휴 전에 술이나 한 잔하자는 내용이었지.

2010년 당시 나는 독서실에서 총무 일을 하고 있었고, 한 달 주기로 바뀌는 근무 일정상 2월엔 매일 새벽에 출근해야 했어. 그래서 저녁에 술 먹는 게 조금 부담스러웠지만 적당히 마시다 들어오면 될 거라고 생각했지.

약속 장소에서 친구와 만났어. 친구는 나를 보자마자 자기 옆에 있던 사람을 소개해줬어. 원래는 친구의 회사 후배였는데 소설 쓰고 싶다고 작년부터 대학교에서 문예 창작학 공부하고 있는 사람. 우리는 짧게 인사를 주고받은 뒤 친구랑 자주 가던 실내 포차로 향했어.

한 명은 소설을 편집하고 있고, 두 명은 어쨌거나 소설을 쓰고 있는 상황. 말하자면 셋 다 소설을 좋아한다는 소리인데, 그런 사람 셋이 만났으니 무슨 이야기를 하겠어? 우리는 거두절미하고 곧장 소설에 대해 떠들기 시작했지. 어떤 작품이 좋다느니 나쁘다느니, 어떤 작가가 멋지다느니 별로라느니. 하지만 그날 나누었던 말들을 시시콜콜 여기에 늘어놓을 필요는 없을 것 같아.

근데 딱 한 명에 대해서는 예외야. 그 사람이 어마어마한 걸작을 썼다거나 내가 유별나게 좋아하는 작가라서가 아니야. 그날 벌어졌던 우연한 만남 때문이지. 누구냐고? 오랜 침묵을 깨고 얼마 전부터 창작 활동을 재개한 작가, 바로 백성민이야.

정말 시간 가는 줄 모르고 신나게 떠들었어. 밤 12시가 다 돼서야 시간을 확인할 정도였으니까. 우리는 저녁 7시에 만나서 무려 다섯 시간 동안 고작 돼지김치찌개 하나에 소주 일곱 병을 해치웠어. 다들 기분이 들떠서 집에

갈 생각도 안 했고 다른 장소로 이동할 생각도 안 했지.

백성민이라는 이름을 처음 꺼낸 사람이 친구였는지 친구 후배였는지는 모르겠어. 어쩌다가 백성민에 대해서 말하게 됐는지도 제대로 기억나지 않고. 분명한 건, 친구와 친구 후배 둘 다 백성민을 굉장히 좋아했고, 백성민의 절필과 은둔에 대해 관심이 많았다는 사실이야. 어느 순간, 나 역시 어디선가 뜬소문으로 들어본 이야기들을 주고받고 있더라고. 강남에서 양복 입고 직장생활을 하고 있다느니, 청주에 내려가서 음식 가게를 하고 있다느니, 강원도 산기슭에 칩거한 채 대하소설을 집필하고 있다느니 하는 소문들.

그러던 중 내 위치에서 10시 방향에 있던 남자가 흘끔흘끔 우리 쪽을 보는 듯한 느낌을 받았어. 누가 봐도 배나온 중년 직장인처럼 보이는 남자. 쉬는 날이었는지 회색 골덴 바지에 두툼한 진청색 점퍼 하나만 걸치고 있더라고. 하지만 중년 직장인들에겐 감출 수 없는 그들만의 아우라가 있는 법이지.

처음엔 내가 오해한 거라고 생각했지. 근데 아니었어. 분명히 우리 테이블을 의식하고 있었으니까. 내가 그쪽으로 눈을 돌릴 때마다 그 남자가 재빨리 시선을 거뒀으니까. 그러니 혹시 우리 중에 아는 사람이라도 있는 건가 하는 생각이 들었던 거지.

저쪽에 앉은 남자 너희 회사 사람이야? 자꾸 이쪽 쳐다보던데.

내 말을 듣더니 친구 표정이 살짝 굳어졌어. 그러더니 옆에 앉아 있던 후배한테 소근거리더라고. 니가 살짝 한번 봐봐.

일을 그만 둔 상황이라 그런지 친구 후배는 별로 거리낄 게 없다는 듯 몸을 비트는 척하며 내가 가리킨 쪽을 봤다가 잽싸게 몸을 바로 했어. 눈이 똥그래져 있더라고.

왜? 회사 사람 맞나? 친구가 물었어.

아니, 아니, 저 사람… 이렇게 말을 줄이더니 다시 고개를 돌려 그쪽 테이블을 봤고, 친구 역시 궁금함을 못 이긴 듯 뭐지, 라고 혼잣말을 하더니 슬며시 고개를 돌려 그 중년 남자를 봤어.

우아! 친구는 나를 보더니 경탄성을 내뱉었어.

맞죠, 맞죠? 친구 후배도 잔뜩 들떠서 대꾸했고.

뭔데? 누군데? 내가 물었어.

친구가 한심하다는 듯, 야, 라고 나를 부르더니 이렇게 말하더라고. 백성민이잖아.

진짜? 내가 물었어.

네, 저도 맞는 것 같습니다. 친구 후배도 친구 의견에 동의했어.

진짜요? 그럼 어떻게 해야 되지? 내가 다시 물었지.

어떻게 하긴 뭘 어떻게 해? 친구 역시 물었어.

뭐, 싸인이라도 받으면 좋지 않나 싶어서. 이렇게 만난 것도 기념인데. 언제 어디서 백성민을 또 보겠어. 내가 말했지.

오오, 그렇네요. 가서 사인 받아야겠다.

친구 후배는 이렇게 말하더니 가방에서 수첩과 펜을 들고 곧장 중년 남자에게 다가갔어. 술에 취해 살짝 비틀거리기는 했지만 그건 분명 신중하면서도 경쾌한 걸음걸이였어.

이런 데서 백성민을 다 보네. 내가 말했어.

나도 술이 확 깨네. 쟤 사인 받아 오면 나도 사인 받으러 가야겠다. 친구가 말했지.

하지만 잠시 후 친구 후배가 자리로 돌아오더니 고개를 절레절레 흔들며 이렇게 말했어. 잘못 봤나 봐요. 아니래요.

친구는 후배의 말을 믿을 수 없다는 듯 고개를 돌려 중년 남자를 다시 봤지.

아닌데, 백성민 맞는 것 같은데. 친구가 말했어.

당사자가 아니라는데 어떡해요. 친구 후배가 말했어.

근데 백성민이 원래 저렇게 뚱뚱했나? 사진 보면 뚱뚱한 얼굴 아니잖아. 내가 말했지.

그때는 20대, 30대였고. 지금은 40대잖아. 직장 다니고 회식하고 그러다 보면 살찌는 건 당연한 일이고. 친구가 말했어.

맞아요, 그리고 선배랑 저랑 둘 다 한눈에 백성민이라고 판단했으니까 백성민이 맞긴 맞을 거예요. 친구 후배가 말했어.

그럼 왜 굳이 자기가 백성민이 아니라고 하지? 갑자기 누가 사인해 달라고 하니까 당황해서 그랬나? 내가 물었어.

그건 아닌 것 같고, 절필하면서 작가로서의 자의식을 지워버린 게 아닌가 싶네. 그래서 작가 백성민을 알아보는 사람에겐 모르쇠로 일관하는 거고. 안타깝다. 친구가 말했어.

그러게요. 그래도 개강하면 쌤한테 백성민 만났다고 자랑이나 해야겠어요. 우리 쌤도 백성민 되게 좋아하거든요. 친구 후배가 말했어.

그로부터 이삼십 분쯤 지났을까, 우리가 백성민이라 믿고 있던 중년 남자는 자기 일행들과 함께 자리를 떴어. 이번에는 우리 쪽에서 흘끔흘끔 쳐다봤는데 그 남자는 눈길 한 번 안 주더라고.

하긴, 백성민이 맞으면 어떻고 아니면 어때. 잠깐이긴 했지만 그 남자 때문에 우리 술자리가 더욱 뜨거워진 건 사실이었으니까. 다들 새벽까지 달릴 분위기였어. 우리는 안주를 몇 개 더 주문했어. 새벽까지 술 마시다 독서실에 가면 엄청 졸리고 피곤할 것 같았지만 이렇게 즐거운 술자리에서 혼자 빠져나오기는 또 싫더라고.

시간은 어찌나 빨리 흐르는지, 어느덧 새벽 5시가 넘은 시간이었어. 테이블 아래 위로 빈 소주병이 열 병 넘게 있었고. 다들 방전된 분위기라 그쯤에서 술자리를 파해야 할 것 같았지.

술집에서 나와 집이 과천 쪽인 친구 후배를 먼저 택시 태워 보냈어.

우리끼리 술 한잔 더 할래? 친구가 물었어.

나 한 시간 뒤에 출근해야 한다. 내가 웃으며 말했어.

그럼 어쩔 수 없네. 나도 가야겠다.

친구는 길을 건너 택시를 잡아탔어. 나는 길가에 서서 친구가 탄 택시가 동작대교 방향으로 가는 모습을 한참 동안 쳐다보다가 몸을 돌렸지.


왜 그런 결정을 내렸는지 몰라. 날도 엄청 추웠는데.

그리고 분명 친구와 헤어질 때까지만 해도 택시를 타려 했었거든.

처음엔 시간이 좀 애매하다고 생각했던 것 같아. 5시 20분.

7시에 독서실 문을 열기 위해선 늦어도 6시 반부터 준비를 해야 해. 택시 타고 가면 10분 내로 집에 도착할 테고, 어차피 샤워는 매일 독서실 지하에 있는 샤워실에서 했으니까 굳이 씻을 필요를 못 느낀 채 출근 시간까지 한 시간 정도만 눈을 붙여야겠다고 생각하고 곧장 실행에 옮기겠지. 그리고 이렇게 밤새 술 마신 상태로 눈을 붙였으니 그대로 곯아떨어져 출근을 못 하는 불상사가 벌어지겠지.

그리하여 떠오른 생각. 그냥 걸어가는 게 낫지 않을까. 술도 깰 겸, 시간도 맞출 겸.

날이 춥긴 했지만, 더 이상 못 버틸 정도로 추우면 그때 택시를 타도 되는 거니까. 30분 정도만 걸으면 서울대입구역에 도착할 테고, 거기서 택시를 타고 곧바로 독서실로 가는 게 낫겠다고 판단했지.

문제는 두 가지였어. 첫째론, 그 동네로 이사한 지 얼마 안 돼 그쪽 지리를 잘 몰랐다는 점. 둘째론, 당시 사용하던 폰이 스마트폰이 아니었다는 점. 즉, 길을 잃어버려도 요즘과는 달리 당장 사용할 수 있는 지도 어플리케이션이 없었다는 얘기.

사당역에서 서울대입구역까지 가는 길이 뭐 그리 어렵다고 지도까지 봐야 하는지 의문스럽겠지. 남부순환로를 따라 걷기만 하면 되는 일인데. 맞아, 그렇게 걸었다면 아무 일 없이 목적지에 도착했겠지. 하지만 대로변으로 걸으려니 괜히 더 춥게 느껴지더라고. 자동차들 달리는 소리도 거슬렸고. 그래서 남부순환로 바로 옆에 있는 안쪽 길, 그러니까 사당역 5번 출구로 나와 20미터쯤 앞에서 오른쪽으로 꺾으면 나오는 남현1길을 따라 걷기 시작했어.

어디서부터 길을 잘못 들어섰는지 모르겠어. 분명히 나는 골목길을 따라 똑바로 걷기만 했거든. 술을 많이 마셨다고는 해도 취해서 비틀거릴 정도는 아니었고. 오른편 남부순환로에서 들려오던 자동차 소리가 점점 희미해져가는 걸 의식할 만큼 정신도 멀쩡했어. 계속 걷다 보면 뭐든 나오겠지, 하는 마음으로 계속 길을 따라 걸었고, 결국엔 자동차 소리가 완전히 들리지 않는 지점에까지 이르게 됐어.

삶이란 참 희한하지. 만약 당시에 내가 요즘처럼 손쉽게 지도 어플을 사용할 수 있었다면, 그래서 길을 헤매지 않고 곧장 목적지에 도착할 수 있었다면, 백성민을 다시 만나는 일은 없었을 거야. 정확하게 말하자면 우리가 백성민이라고 믿었던 중년 남자이기는 하지만.

어느덧 내 앞에는 서울 곳곳에서 쉽게 볼 수 있는 동네 공원이 나왔어. 야트막한 야산에 위치한, 운동기구들이 설치되어 있는 그런 공원. 한눈에 봐도 나무들이 꽤 많이 심겨 있는 곳.

시간은 새벽 6시를 향해 가고 있었고, 사위는 여전히 캄캄했으며, 사람은 단 한 명도 찾아볼 수 없었어. 바람 부는 어둠 속에서 나무들이 내는 소리를 들어본 적이 있다면 내 기분을 이해할 수 있을 거야. 평범한 동네 공원이 마치 한밤중의 아마존 열대우림처럼 느껴졌어.

내 방향 감각에 의하면 이 공원을 지나가야 하는데, 막상 발걸음이 안 떨어지더라고. 더군다나 간헐적으로 끼 긱끼긱 하는 소리가, 마치 녹슨 철문이 힘겹게 열릴 때 나는 듯한 끼긱끼긱 하는 소리가 들려왔으니, 두려움은 배가될 수밖에 없었지. 공원 안에 있는 가로등 불빛도 내 편이 아닌지 곧 꺼질 것처럼 깜빡깜빡 했고.

근데 어쩌겠어. 거기까지 갔는데 다시 되돌아갈 수도 없는 노릇이잖아. 무엇보다 나는 술에 취해 있었으니까. 말하자면 겁을 상실한 상태였다고 할 수 있지. 공원 초입에서 주위를 두리번거리며 몇십 초쯤 고민하다가, 마침내 용기를 내서 공원 안으로 들어섰어.

들어서면서부터 이렇게 중얼거렸지. 귀신들아 나오려면 지금 당장 나와라. 지금 나오면 놀라지 않고 너희들을 볼 수 있을 것 같아. 우리 잠깐이라도 좋으니 대화 나눠보지 않을래. 누가 보면 귀신 들린 사람이라고 오해할 만큼 궁시렁궁시렁. 귀신이랑 대면하길 기원하기라도 하는 것처럼 중얼중얼. 중얼거리는 소리가 커지면 커질수록, 공원 입구에서부터 들려오던 끼긱끼긱 하는 소리도 커져갔어. 어쩌면 그 소리에 지지 않으려고 더욱 크게 중얼거렸는지도 모르겠고.

그러다 결국엔 그 소리가 발생하는 지점에 다다르게 되었지. 마치 귀신처럼, 사람 형체의 무언가가 팔 운동 기구에 앉아 있었고, 나는 정말 귀신이라도 본 것처럼 움찔, 그 자리에 멈춰 서고 말았어. 가로등 빛이 약한 곳이라 다른 곳보다 조금 어두운 편이기도 했고, 그 사람이 등을 돌리고 있어서 처음엔 정말 귀신인 줄 알았어. 설마 그 시간에, 그 추위에, 운동하는 사람이 있으리라고는 상상할 수 없었으니까.

그 남자도 내 인기척을 느꼈는지 슬쩍 고개를 돌리더라고. 상대방이 귀신이 아니라 사람이라는 걸 인식하고 나니까 안심이 되더라. 그러고 나서 전체적인 모습이 눈에 들어왔어. 밝은 곳이 아니었지만 충분히 식별할 수 있었지. 낯익은 회색 골덴 바지와 두툼한 진청색 코트. 몇 시간 전에 봤던 바로 그 중년 남자였어. 나는 귀신이 아니라 사람이라는 사실에, 무엇보다 이미 안면이 있는 사람이라는 사실에 반가운 나머지 성큼성큼 그 남자에게 다가가 이렇게 말했어.

안녕하세요.

이 상황을 떠올릴 때마다 한숨이 절로 나와. 왜 그런 말이 튀어나왔을까. 새벽에 운동하고 있는데 웬 낯선 남자가 와서 안녕하냐고 물으면 얼마나 황당할까. 아니지, 나라면 황당하기에 앞서 깜짝 놀랐을 거야.

어쨌거나 백성민은, 아니, 우리가 백성민이라 믿었던 그 중년 남자는, 마치 이 상황을 충분히 예상하기라도 한 듯 살짝 고개를 숙여 인사하더라고. 그냥 반가운 마음에 다가갔던 터라 막상 그렇게 인사를 주고받고 나니까 어떤 말을 이어서 해야 할지 모르겠더라고.

무슨 말을 해야 하지? 백성민 작가 아니냐고 물어볼까? 아까 물어봤는데 또 물어보면 귀찮아하지 않을까. 근데 이 사람은 이 시간에 여기서 뭐하고 있는 거지.

그러다 문득 떠오른 생각. 떠오르기가 무섭게 입 밖으

로 튀어나온 말.

저기 죄송한데, 이 길로 가면 서울대입구역 나오는 거 맞습니까?

그 남자는 내 질문을 듣더니 자리에서 일어나 내가 가리키는 방향을 바라보았어. 그러고는 고개를 저으며 나를 쳐다보았지.

거기로 가면 안 돼요. 그 남자가 말했어.

그럼 어디로 가야 돼요? 내가 다시 물었지.

하지만 그 남자는 내 질문에는 답하지 않은 채 거기로 가면 안 돼요, 라는 말만 한 번 더 반복하더니 나를 지나쳐서 내가 왔던 길로 걸어가기 시작했어. 다시 말을 붙일 틈도 없었지. 축지법이라도 쓴 것처럼 순식간에 멀어졌으니까. 저기요, 하고 내가 불렀지만 그 남자는 고개 한 번 돌리지 않은 채 묵묵히 자기 갈 길을 갔어.

그 남자가 시야에서 사라진 후에야 혼자 구시렁거렸어. 뭐야, 저 사람.

그나저나 이젠 어쩌지. 정말 저 길로 가면 안 되나. 그래도 여기까지 잘 왔잖아. 길을 알려주려면 제대로 알려주든지. 그렇게 갑자기 가버리는 게 어디 있어.

잠시 후 나는 그 남자가 거기로 가면 안 된다고 하는 방향으로, 그러니까 원래 내가 가고자 했던 방향으로 다시 걷기 시작했어. 어쩌겠어, 그 길이 아니면 그 남자가 되돌아간 길밖에 없는데. 왠지 그 남자 뒤를 따라가고 싶은 마음은 안 들었으니까.

그로부터 얼마나 더 걸었을까. 3분? 5분? 조금 더 가니까 숲 같은 공원은 끝이 났고 다시 주택가가 나타났어. 오른편에서 자동차 소리도 조금씩 들려오기 시작했고. 제대로 온 거 맞잖아. 아까 그 남자 말만 믿고 돌아갔으면 헛걸음할 뻔했네. 주택가가 끝나자 유흥점도 하나둘 보이기 시작했지. 시계를 보니까 5시 40분이더라고. 20분밖에 안 걸리네? 시간을 확인하고 나니까 뭔가 조금 이상하다는 느낌이 들기는 했어. 제법 헤맨 것 같은데 그에 비하면 시간이 얼마 안 걸렸으니까.

잠시 후 낯익은 가게 상호명이 보였고, 어, 이상한데, 기묘할 정도로 낯익은 건물이 보였으며, 마침내 그 건물 앞에 도착하고 나서야 내가 어떤 상황에 처했는지 깨닫고 말았어. 처음 출발했던 지점으로, 그러니까 친구와 헤어지고 나서 걷기 시작한 남현1길로 다시 돌아왔던 거지. 앞으로 나아간다고 생각했는데 실은 크게 원을 그리며 뺑 돌아서 원점으로 돌아왔던 거야.

허허허허허. 허파를 튕기며 웃었어. 허허허허허. 얼마나 어처구니가 없었는지 저절로 웃음이 터져 나오더라니까.

그 후 곧장 택시를 잡아타고 독서실로 향했어. 다시 또 걸어갈 생각은 안 들더라고. 그 추위에 20분 동안 걸었더니 몸이 얼어붙었는지 무엇보다 따뜻한 곳이 간절했으니까.


불 꺼진 독서실에 도착했을 땐 대략 6시를 1~2분쯤 남겨둔 시간이었어. 매일 메고 다니는 가방 안에 독서실 열쇠를 넣어두고 다녔기에 곧장 독서실로 올 수 있었지.

독서실 안으로 들어와서 다시 문을 잠갔어. 문이 유리로 되어 있어서 바깥 거리의 불빛들이, 노랗고 하얗고 빨갛고 파란 불빛들이, 캄캄한 독서실 안으로 비춰 들어왔지. 그 빛들이 밝혀준 길을 따라 총무실로 향했고, 안으로 들어가 전기 히터를 켠 후 의자에 앉았지.

시간을 다시 확인했어. 6시. 일을 시작하기까지 30분쯤 남은 시각. 어떻게 하지. 나도 모르게 중얼거렸어. 그러고 나서 이런 생각을 했던 것 같아. 잠깐 눈이라도 붙일까. 아니면 책이라도 좀 볼까. 생각은 오래 지속되지 않았어. 나도 모르게 잠이 들고 말았거든.

짧지만 요란한 문자메시지 알림 소리에 깜짝 놀라 잠에서 깼어. 서두에서도 말했듯 그로부터 몇 분 뒤, 시간은 정확하게 6시 6분. 5분도 채 못 잤을 거야. 그러니까 금세 깰 수 있었겠지만.

하지만 외출 나간 정신은 온전히 돌아오지 않은 상태였어. 눈만 뜬 채 비몽사몽한 상태로 책상 위에 올려둔 핸드폰으로 손을 뻗었어. 문자메시지를 확인해야겠다는 의식보다는, 그곳에 반짝거리는 불빛이 있었기 때문에, 저 반짝이는 빛을 없애고 다시 꿈속으로 돌아가야겠다는 본능이 앞서서 그랬던 것 같아.

그리고 몇 년이 지난 지금까지도 간직하고 있는, 아무리 이해하려 해도 이해할 수 없는 문자메시지를, 누가 보냈는지 추정조차 할 수 없는 십 음절의 문자메시지를 읽게 되었어.

[지하실 전등이 나갔어요]

그 문자를 보자마자 자리에서 벌떡 일어났어. 마치 새로운 프로그램을 입력 받은 기계라도 된 것 같은 움직임이었지만, 실은 내가 졸았던 걸 아무에게도 들키고 싶지 않은 마음에 그랬던 것 같아. 어차피 그 시간 그 장소에 나 말고는 아무도 없었음에도, 그 순간엔 그런 생각조차 하지 못했어. 문자의 내용이 얼마나 이상한지 따져볼 여유도 없었고. 그저 독서실 총무로서 내가 해야 할 일 중 하나, 지하층으로 내려가 꺼진 전등을 새 전등으로 갈아야 한다는 의무감만이 가득했지.

술이 덜 깼던 걸까. 그 추위에 20분이나 걸었는데? 그도 아니면 잠에서 덜 깼던 걸까. 고작 5분밖에 안 잔 셈인데? 심지어 총무실을 나서면서, 독서실이 왜 이렇게 어둡지, 혼잣말을 할 정도였다니까. 유리문을 통해 건물 밖에서 들어온 불빛들이 있었음에도 말이지.

어쨌거나 핸드폰 플래시로 발 앞쪽을 비추고, 한 걸음 한 걸음, 다른 손으로는 난간을 잡고, 한 걸음 한 걸음, 지하층으로 내려가기 시작했어.

마침내 도착한 캄캄한 지하층. 가운데 복도를 중심으로 왼쪽엔 수면실과 휴게실, 오른쪽엔 남녀 샤워장이 있었고, 복도 끝에 있는 문을 열면 체력단련실이 있었지.

나는 지하층에 도착해서야 오른손을 뻗어 지하층의 전등 스위치를 올렸어. 어두우니 불을 켜야지, 의식해서 한 행동이라기보다는, 그냥 본능적으로, 캄캄한 장소에 도착하면 누구나 벽에 달린 전등 스위치를 찾는 것처럼 그렇게 불을 켰던 것 같아. 몇 번의 껌뻑거림 후, 스르륵, 밝은 빛이 들어왔어. 순식간에 지하층 복도가 환해졌지.

어디 전등이 나갔다는 거야. 나는 혼잣말을 했어. 그러고 나서 천천히 앞으로 걸음을 내딛었지.

왼쪽에 있는 수면실로 가서 문을 열고 불을 켰어. 불

은 잘 들어왔고 아무도 없었어. 이 두 가지만 체크하고 재빨리 불을 다시 껐지. 어차피 수면실은 수면을 위한 곳이니 불을 켜두는 시간이 얼마 되지 않았거든.

수면실 문을 닫고 나서 조금 더 걸어가 휴게실 문을 열고 불을 켰어. 역시 불은 잘 들어왔고 아무도 없었어. 가운데 있는 커다랗고 하얀 테이블이 눈에 들어왔지. 누군가 사용한 흔적 같은 건 찾아볼 수 없을 만큼 깨끗한 테이블. 테이블 아래에 있는 등받이 없는 의자들 쪽으로 시선을 옮겼어. 특별한 건 없네. 혼잣말을 하며 의자들을 쭈욱 훑다가, 딱 하나, 휴게실 문에서 가장 먼 쪽에 있는 의자 하나가 테이블 밖으로 빠져 나와 있는 걸 발견했어. 나는 별다른 의심 없이 뚜벅뚜벅 휴게실 안으로 걸어 들어갔고, 밖으로 나와 있던 의자를 테이블 안쪽으로 스으윽, 밀어 넣었어. 그러고는 다른 특이사항이 없다는 걸 확인한 후 휴게실 밖으로 나왔지. 문을 닫기 전 마지막으로 휴게실 안을 훑었고, 불을 껐으며, 문을 닫았어.

그때까지도 여전히 의문은 단 하나였지. 도대체 어디 전등이 나갔다는 거야?

문자 메시지를 다시 살펴봤어.

[지하실 전등이 나갔어요]

'지하실'이라는 단어 자체는 이상하게 생각하지 않았

는데, 아마 지하실을 지하층이라고 변환해서 받아들였던 것 같아. 아니면 문자를 보낸 사람이 지하층을 지하실이라고 착각했다고 생각했든지. 하긴, 내가 맨정신이었다면, 저 문자메시지 자체를 이상하게 생각했을 테지. 문자메시지를 받자마자 소름이 돋으면서, 도대체 누가 그런 시간에 이런 걸 보냈는지, 왜 보냈는지, 궁금해했겠지.

핸드폰을 바지 주머니에 넣고 지하층 끝으로 터벅터벅 걸어갔어. 체력단련실 앞에 다다라 거리낌 없이 문을 열고 불을 켰어. 몇 차례의 껌뻑거림 후 내부가 밝아졌지. 체력단련실은 수면실과 휴게실을 합한 것보다 더 넓은 공간이었어. 나는 안으로 들어가 고개를 들고 불이 들어오지 않는 전등이 있는지 하나하나 체크했어.

헛수고였지.

아무도 없는 체력단련실. 움직이지 않는 운동기구들.

순간 열어둔 문 사이로 바람이 새어 들어와 쌀쌀한 기운에 몸을 움츠리기는 했지만, 딱 거기까지였어. 특별히 무섭다고 느낀 건 아니었지. 체력단련실 밖으로 나와서 불을 끄기 전에, 이전과 마찬가지로 내부를 스윽 한번 훑어봤고, 불을 껐고, 문을 닫았어.

소름이 돋기 시작한 건 그때부터였어. 불을 끄기 직전, 뭔가 본 것 같은 느낌이 들었기 때문이야. 분명 움직이는 뭔가와 눈이 마주친 것 같은 기분. 뭐였지? 뭘 본 거지? 그렇지만 한 번 소름이 돋고 나니까 재차 체력단련실 문을 열어볼 엄두가 안 나더라고.

내가 지하층에 내려온 건 다른 이유 때문이 아니었어. 불이 나간 전등을 새 전등으로 갈기 위해서였지. 체력단련실의 전등은 전부 불이 잘 들어오잖아. 그러니 굳이 다시 문을 열어볼 필요는 없지. 그런 식으로 간단히 합리화하고 나서 몸을 반대로 돌렸어.

이제 샤워장 두 군데만 체크하면 된다. 나는 혼잣말을 했어.

하지만 한 번 돋은 소름은 쉬이 가시질 않더라고. 방금 나와 눈이 마주쳤던 뭔가의 잔상이 계속 떠올랐어. 그쯤 되니 술이 깨서 그랬던 걸까. 분명 그보다 한 시간쯤 전엔 겁도 없이 컴컴한 동네 공원 안으로 들어갔었는데.

닫힌 체력 단련실 문 앞에서 잠시 미동도 하지 않고 서 있었어. 그때 내가 고민했던 건 딱 하나. 남은 샤워장 두 군데를 확인하느냐, 아니면 확인하지 않고 곧바로 총무실로 향하느냐. 사실 결심은 서 있는 상태였어. 나중에 확인하자. 날이 밝고 나서 해도 아무 문제없다.

나는 천천히, 한 걸음 한 걸음, 독서실 총무로서 해야 할 일을 제대로 수행하지 못했다는, 굳이 느낄 필요도 없는 죄책감을 아주 조금 느끼면서, 동시에 모종의 두려움을 인지하며 앞으로 나아가기 시작했고, 우선 아무 일 없이 여자 샤워실 문을 지나쳤고, 문을 지나치며 여자 샤워장 쪽으로 슬쩍 눈길을 주긴 했지만 결코 고개를 돌리지는 않았고, 당연히 걷는 속도를 늦추지도 않았으며, 그렇다고 걸음걸이를 급하게 가져가지도 않으면서 한 걸음 한 걸음 움직였고, 뒤이어 남자 샤워장 문을 지나쳤고, 이때도 슬그머니, 눈길을 샤워장 쪽으로 돌리긴 했지만 곧바로 정면으로 옮겼고, 흐음, 절로 안도의 한숨이 콧구멍 밖으로 빠져 나왔는데, 그와 동시에 이상한 소리가, 내 한숨 소리보다 더 큰 소리가, 결국 내 몸을 굳게 만든 기이한 소리가, 귓속을 파고들어 왔어.

고오오오오, 낮은 저음으로 들리기도 하고, 휘이이이이, 휘파람 소리처럼 들리기도 하고, 촤아아아아, 파도가 치는 것처럼 들리기도 하고 이 모든 소리를 다 섞은 것처럼 들리기도 한 소리. 한글로는 더 이상 표현하기 어렵지만 그렇다고 다른 언어를 안다고 해서 표현할 수 있을 것 같지 않은 기묘한 소리.

어쨌거나 요지는, 그 소리를 듣는 순간 무슨 주술에라도 걸린 것처럼 내 몸이 굳어버렸다는 점이지.

잘못 들었나. 나는 혼잣말을 했어. 그러자 내 말을 들기라도 한 듯 다시 그 기이한 소리가, 이번에는 귓속을 통과해 곧바로 심장까지 건드리는 듯한 기분이 들었어.

사람 심리라는 게 참 이상해. 공포영화에서 무서운 장면이 나오면 손으로 눈을 가리고 귀를 막으면서도 손가락 틈 사이로 기어이 보려고 하잖아. 귀에 또렷하게 들릴 만큼 심장이 쿵쾅대고 있는데도, 이성적으로는 당장 그곳에서 벗어나는 게 맞는데도 불구하고, 그 소리가 어디서 나는지 궁금했던 거야. 말이 안 되는 것처럼 들리겠지만, 어쩐지 나를 부르는 소리처럼 느껴지기도 했어. 그리고 나를 부르는 소리일지도 모른다고 인식한 순간, 그 소리가 어디서 나는지 확인해 봐야겠다는 용기가 생겼어.

나는 소리가 들려온 곳이라 추정되는 남자 샤워장 쪽으로 다가갔어. 천천히 문을 열고 나서 곧바로 불을 켰지. 샤워장 안이 밝아졌어. 현관에 들어서고 나서 힘껏 미닫이문을 열었지. 아니나 다를까, 탈의실 안엔 아무도 없었어. 누가 있으리라 기대한 건 아니지만, 막상 아무도 없으니까 왠지 허탈한 마음이 들더라고. 그래서 그냥 돌아가려 했어. 아마 그냥 전등 체크하려고 들어왔다면 한눈에 아무 이상이 없다는 걸 확인하고 돌아갔을 거야. 하지만 허탈한 마음 때문이었는지 한동안 탈의실과 그 안쪽에 있는 샤워실을 바라보다가, 깜빡깜빡, 샤워실 전등 하나가 깜빡인다는 걸 발견했어.

저거였구나. 나는 혼잣말을 했지.

저기 전등 램프가 나간 거였구나. 또 다시 혼잣말을 했어.

그러고 나서 현관에 신발을 벗어두고 곧장 샤워실 쪽으로 향했어. 나는 샤워실 문을 열어 깜빡이는 전구가 어떤 모양인지 확인했어. 그리고 샤워실 문을 닫고 새 전구를 가지러 가려다가, 뭔가 이상하다는 걸 깨달았지.

원래 샤워실 유리는 투명했어. 정확하게 말하자면 허리 정도 높이 아래쪽은 반투명 유리였고, 그 위쪽은 투명 유리였어. 근데 샤워실 안은 위아래 할 것 없이 불투명한 느낌이었달까. 아래쪽은 확실히 불투명했는데 위쪽 역시 약간 뿌연 느낌이 들었어.

샤워실 문을 다시 열고 나니 이유를 알겠더라고. 샤워실 안엔 옅은 김이, 전구 모양을 확인할 수 있을 정도로 옅기는 했지만, 분명 불과 몇 분 전에 누군가 따뜻한 물로 샤워라도 한 듯 희부연한 김이 차 있었어. 그리고 그 순간, 기묘한 소리가 다시 들려왔지. 분명 이곳에서 나는 소리였어.

전등은 더 빠른 속도로 깜빡였고, 나는 두려움과 호기심과 혼란스러움과 당혹스러움과 긴장감과 무서움과 궁금함과 어이없는 감정이 뒤섞인 상태로 깜빡이는 전구 쪽으로 다가갔고, 헌데 납득하기 어렵게도 샤워실 바닥은 물 한 방울 없이 바싹 마른 상태였고, 그러거나 말거나 나는, 마침내, 소리가 들려오는 곳을 정면으로 바라보게 되었어. 샤워기 아래, 김이 낀 거울. 분명 그 거울에서 나는 소리였어. 빠른 속도로 깜빡이던 전등은 결국 자기 수명을 다한 듯 꺼져버렸고, 나는 거울에 낀 김을 손으로 북북 닦아냈어.

거울 안에서 뭐가 보였을 것 같아? 거울 뒤편에 살해된 시체라도 매장돼 있었을까. 자기 죽음의 억울함을 호소하기 위해 그토록 어려운 방법을 이용해 나를 불러냈던 걸까.

아니야, 아니야. 거울 안에 보였던 건 당연하게도 내 모습. 놀란 것 같기도 하고 두려운 것 같기도 하고 궁금한 것 같기도 하고 어이없는 것 같기도 하고 잠에서 덜 깬 것 같기도 하고 술에서 덜 깬 것 같기도 하고 지금 거기서 뭐하고 있는지 물어보고 있는 것 같기도 한 내 모습.

거울 속의 나는 입을 뻐끔거리며 알아들을 수 없는 말을 하고 있었어.

뭐라고? 내가 물었어.

그러자 거울 속의 내가 다시 한번 뻐끔거리며 입을 움

직였어.

뭐라고? 더 크게 말해봐.

하지만 거울 속의 나는 이전과 똑같은 입 모양으로, 뻐끔뻐끔, 알아들을 수 없는 말을 할 뿐이었어.

나는 손으로 거울에 낀 김을 다시 닦고, 저게 도대체 무슨 말이지, 거울 속의 내가 하는 입 모양을 흉내 내어, 뻐끔뻐끔, 따라해 보았어.

그 순간 아까 들렸던 기묘한 소리가 다시 한번 들려왔고, 완전히 죽은 줄 알았던 전구가 갑자기 켜졌으며, 거울 속의 나는 완전히 입을 다물고 말았지.

나는 마지막으로 거울 속 내 모습을 바라보았고, 고개를 갸웃거리다가, 꺼졌다가 환하게 켜진 전등을 바라보았고, 재차 고개를 갸웃거렸어.

그러다 결국 아무것도 납득하지 못한 채 샤워장에서, 지하층에서 빠져 나왔어. 그러고 나서 아무 일도 없었다는 듯 독서실 오픈을 준비했지. +

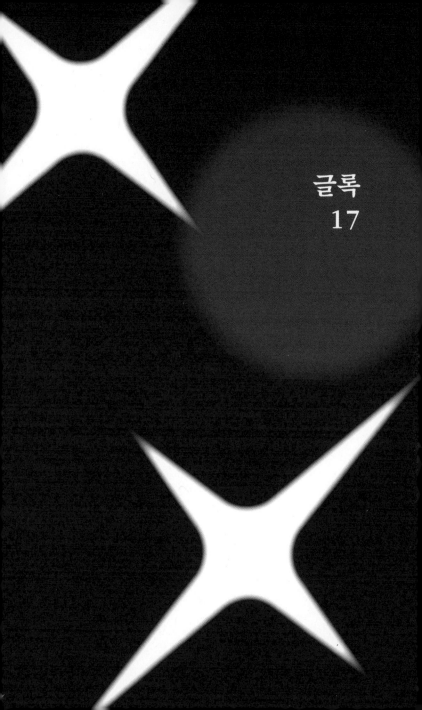

글록
17

## 1

택시를 탔다. 낮에 택시를 탄 건 처음이었다. 택시를 타지 않는 이유는 대체로 돈 때문이었다. 약속 시간에 늦지 않기 위해 택시를 타는 일도 없었다. 항상 몇 분 전에 약속 장소에 도착할 수 있게 준비를 끝냈다.

왜 택시를 타려고 마음먹었는지 모르겠다. 내가 이해할 수 없는 우연에 우연이, 무의식에 무의식이 겹쳐져서 벌어진 일일 것이다.

약속 장소로 가는 길이었다. 나는 손목시계로 시간을 확인했다. 12:00.

바로 그때, 도로 뒤편에서 택시 한 대가 다가오고 있었다. 그리고 하필이면 그 택시의 자동차 번호판 숫자가 1200이었다.

처음에 나는 차도 쪽에 붙어 있지 않았다. 차도에서 3, 4미터쯤 떨어진 곳에서 다가오는 택시를, 정확하게 말하면 택시의 번호판을 보고 있을 뿐이었다. 12:00에 1200번 택시라니 재미있는 우연이네, 라며 흥미로워했다.

하지만 택시기사는 내가 자신의 택시를 쳐다보고 있다고 생각했던 것 같다. 그는 속도를 줄이며 내 앞으로 다가왔고, 나는 나도 모르는 사이 발걸음을 차도 쪽으로 옮겼으며, 어, 나 택시 안 탈 건데, 라는 생각과는 달리 이미 내 앞에 다가온 택시 문을 열고 있었다.

그렇게 나는 택시를 탔다.

택시 문을 열면서, 돈이 있나? 하는 생각을 했다. 곧바로 지갑에 5만 원이 있다는 사실이 떠올랐다. 택시 타기 바로 전, 현금 인출기에서 5만 원을 출금했던 것이다.

나는 편한 마음으로 뒷좌석에 앉아 목적지를 말했다. 그리고 자연스레 요금기를 확인했다. 요금기엔 49,300이라는 숫자가 찍혀 있었다.

뭐지?

그제야 합승을 했다는 사실을 알아차렸다. 앞좌석엔

이미 손님이 한 명 있었다.

요즘도 합승 같은 걸 하나?

이런 의문이 떠올랐을 때, 그러니까 출발하고 50미터도 채 안 가서, 택시가 깜빡이를 켜며 정차했고, 앞좌석에 있던 사람이 택시에서 내렸다.

금방 내리는 손님이라 나를 태웠구나.

문이 닫혔고, 택시는 다시 출발했다. 도로에는 차가 많지 않았고 신호에 걸리지도 않았다. 이대로 달리면 금세 목적지에 도착할 것이다.

근데 잠깐, 방금 장면 조금 이상한 것 같은데.

처음에 택시를 탔어, 그리고 요금을 확인했지, 요금기에 49,300이라는 숫자가 찍혀 있어서 의아하게 생각했는데 알고 보니 앞좌석에 사람이 있었어, 하지만 얼마 안 가 택시가 정차했고 앞좌석에 있던 사람은 내렸지, 그리고 택시는 다시 출발.

그 사람은 왜 택시 요금을 안 내고 내린 거지?

택시기사랑 아는 사이인가?

그럴 리는 없을 것이다. 그는 내릴 때 아무 인사도 없이 내렸다. 친하든 친하지 않든 아는 사이라면 헤어질 때 가벼운 인사 정도는 나눈다. 하지만 인사는커녕 서로 한마디도 나누지 않았다. 그리고 요금도 지불하지 않은 채 택시에서 내렸다.

내 의문은 잠시 후 이상한 방식으로 해결되었다.

택시가 목적지에 도착했고, 나는 기본요금 정도 나왔겠지 생각했으며, 그러나 택시 기본요금이 얼마인지 알 수 없었고 그걸 또 굳이 물어볼 필요도 없었는데, 왜냐하면 내 지갑엔 5만 원권 지폐 한 장밖에 없었기 때문이다. 결국 지갑에 있는 5만 원을 택시기사에게 건넸다. 하지만 그는 나에게 거스름돈을 주지 않았다.

"거스름돈 안 주세요?"

그는 아무 대꾸 없이 손가락으로 요금기를 가리켰다. 정확하게 50,000이라는 숫자가 찍혀 있었다.

그게 왜. 내가 내야 할 돈이 아니잖아.

"거스름돈 안 주세요?"

그는 이번엔 손가락으로 요금기를 톡톡 두드렸다.

"그건 아까 내린 손님이 내야 할 돈이잖아요. 전 얼마 타지도 않았어요."

"모르나본데, 합승하면 나중에 내리는 사람이 요금기에 찍힌 돈 다 내야 한다고."

이 사람이 도대체 무슨 헛소리를 하고 있는 거야.

"그런 게 어디 있어요. 저는 제가 탄 거리만큼만 내면 되죠. 그리고 합승하는 거 불법 아니에요?"

그는 내 말을 듣더니 몸을 내 쪽으로 휙 돌렸다. 그는 선글라스를 끼고 있었고 볼에는 칼자국이 있었다. 칼자국은 오른쪽 입 끝에서 시작해서 귀 쪽으로 향해 있었다.

"불법, 이라고 했나?"

그는 '불법'이라는 단어에 유달리 강세를 넣어 되물었다.

"네. 불법이라고 했어요. 합승하는 게 불법 아니냐고요."

"불법인지 아닌지 난 그런 거 몰라. 여기 보다시피 요금이 5만 원이 나왔고, 그걸 내라고 하는 것뿐이야."

"그러니까 그걸 제가 왜 내야 하느냐고요. 아까 내렸던 손님한테 받았어야죠."

"방금 말했잖아. 합승하면 요금기에 찍힌 돈 다 내야 한다고."

"그럼 아까 내린 손님한텐 돈 왜 안 받았어요?"

"학생이 탔잖아."

허허, 나는 헛웃음이 났다. 도대체 이게 무슨 논리지. 내가 나중에 탔으니 남은 돈을 나보고 다 내라니. 왜 앞사람이 내야 할 돈을 내가 내야 하는 건데.

"저기 죄송한데요, 저는 제가 내야 할 돈만 내고 내리고 싶습니다. 그러니까 거스름돈을 돌려주세요."

나의 진지한 태도에 마음을 바꿔먹은 듯, 그는 선글라스를 벗고 진지한 표정으로 나를 쳐다보았다.

"저기 미안합니다만, 저는 제가 받아야 할 돈을 받아야겠습니다."

"그러니까 그걸 제가 왜 다 내야 하냐고요."

"이 학생 진짜 말귀를 못 알아먹네. 여기 요금기를 보라고. 5만 원이 찍혀 있잖아. 그리고 학생은 지금 택시를 타고 있는 마지막 손님이고. 그러니 학생이 돈을 내야 하는 게 당연하잖아."

"근데 방금 내린 손님이 저보다 훨씬 오래 탔잖아요. 저 탔을 때 보니까 4만9천3백 원 찍혀 있던데요. 그에 비하면 저는 7백 원어치밖에 안 탔고요. 잠깐만, 방금 뭐라고 했죠? 마지막? 제가 마지막 손님이라고요?"

"이 학생 진짜 순진하네. 이런 대낮에 서울 도심에서 누가 4만9천3백 원어치 택시를 탄다고. 이 돈이면 서울 교외 쪽으로 왕복도 뛰겠구만."

"뭐예요 그럼? 아까 그 사람도 누군가와 합승을 했고 이미 요금기에…."

"그 사람 입장에선 운이 좋았지. 원래 목적지에서 얼마 떨어지지 않은 곳에서 학생이 탔으니까. 사람들 보통 합승 잘 안 하려고 하거든."

머리가 멍해졌다. 잠시 입을 다물고 있었다.

차츰 머릿속에서 이런저런 생각이 마구잡이로 떠올랐다. 이거 그러니까 폭탄 돌리기 같은 건가. 뒷사람에겐 미안하지만 본인들이 폭탄을 맞을 수는 없으니 마지막에 걸리는 사람이 다 뒤집어쓴다. 아무도 책임은 안 진다. 누가 됐든 마지막에 걸리는 사람이 독박이다. 나는 그냥 더럽게 재수가 없는 것뿐이다?

"기사님, 죄송한데요, 저 매일 패스트푸드점에서 알바해서 돈 벌고 있거든요. 대학교는 이미 졸업했고요. 오늘은 마침 쉬는 날이라 오랜만에 여자친구랑 데이트나 할까 해서 외출한 거예요."

"그래서?"

"그래서, 그러니까, 저한테 5만 원은 큰돈이라고요. 다리 퉁퉁 부어가며 하루 6시간을 일해야 겨우 5만 원 벌어요."

"이봐 학생, 아, 학생이 아니라고 했나. 이보시게 손님, 내가 오늘 몇 시간째 택시 타고 있는 거라고 생각하시나?"

나는 아무 대답도 하지 않았다.

"어젯밤 12시부터 정확하게 12시간째 택시 타고 있어. 12시간 동안 밥 한 끼 제대로 못 먹었어. 여기 물병에

있는 물이나 홀짝홀짝 마시면서 버티고 있는 거라고. 중
간에 잠깐 화장실 가서 볼일 본 것 말고는 다리 한 번 제
대로 못 뻗어봤다고."

"그러니 거스름돈을 못 주겠다는 말이군요."

"그렇지."

나는 시간을 확인했다. 택시기사와 실랑이를 하는 동
안 약속시간이 다가오고 있었다.

어처구니없는 일이다. 앞사람들이 내야 할 돈을 내가
전부 내야 하는 상황이라니. 이유 같은 건 없다. 내가 마
지막에 탔기 때문이다. 그게 전부다. 그리고 난 이제 내려
야 한다.

그런데 만약 여기서 내가 내리지 않는다면? 약속시간
에 조금 늦겠지. 성미에겐 나중에 설명하면 된다.

다시 한번 생각해 보자. 만약 여기서 내가 내리지 않
는다면? 택시를 더 탄다는 말이 된다. 그리고 택시를 더
타고 있다 보면? 다른 손님이 탈 것이다.

나는 택시기사에게 물었다.

"제가 이 택시를 더 타고 있다가 다른 손님이 타면 제
돈을 받을 수 있나요?"

"다른 손님이 타는 순간 곧바로 돌려주지."

"그럼 아까 그 사람도?"

178

"거기가 타자마자 돌려줬지."

"간단하네요."

"간단하지. 근데 그렇게 간단한 것만도 아니지."

"왜죠?"

"사람들이 합승을 잘 안 하려고 하거든."

"합승이 불법이에요?"

"그런 건 모른다니까. 그리고 불법이든 아니든 나랑 상관없어. 난 내가 일한 만큼 돈 받으면 그걸로 그만이야."

"합승 같은 거 하지 말고 그냥 손님 한 사람씩 그 사람이 탄 거리만큼 돈 받으면 안 돼요?"

택시기사가 어이가 없다는 듯 허허, 하고 웃었다.

"재밌는 건 말이지, 대개들 수긍을 하더라고. 자기가 낸 돈이 아까워서 그런가. 아무튼 조금 더 타서 자기 돈을 꼭 돌려받더라고. 대부분 그랬어."

"저 같은 사람도 있을 거 아니에요. 아니면 자기가 탄 거리만큼 딱 맞춰서 돈을 지불한다든가. 아니면 싸우자고들 사람도 있을 것 같은데."

택시기사는 내 말을 듣더니 씨익 웃었다. 입가에 난 칼자국이 조금 더 길어졌다. 그는 몸을 바로 하더니 고개를 좌우로 돌려가며 우드득 우드득 소리를 냈다. 그러고는 다시 몸을 내 쪽을 돌렸다.

"어이 형씨, 내가 이 일 얼마나 했을 것 같아? 내가 아무 생각도 없이 이러고 있는 것 같아?"

그렇게 말하며 그는 재킷 안으로 손을 집어넣었다가 뺐다. 그의 손엔 권총이 들려 있었다.

"이거 진짜 같아 가짜 같아?"

당연히 가짜 총이겠지. 그냥 손님들 위협하려고 갖고 다니는. 이 총은 플라스틱으로 만들어진 모델이다. 탄창엔 BB탄이 있을 것이다. 감히 총기 마니아를 테스트하려 하다니.

어? 그런데 탄창이 조금 이상하다. 정확하게 말하면 그립 아래로 보이는 탄창 엔딩캡.

설마 글록은 아니겠지.

나는 총구 쪽 총신 왼쪽에 새겨진 문양을 보았다. 글록 심볼 마크가 가장 먼저 눈에 띈다. 그 옆엔 17이라는 숫자. 그리고 그 옆에 작게 새겨져 있는 AUSTRIA. 설마 진짜 글록인가? 그것도 요즘은 구하기도 어려운 구형 글록 17. 이 인간은 진짜 글록 17을 가지고 있는 건가?

내가 입만 벌린 채 아무 말도 하지 않자 그는 자신의 권총을 내 머리에 겨누었다. 1미터도 떨어지지 않는 곳에서 총구가 나를 향하고 있었다. 이건 진짜 글록일지도 모른다. 그런 생각이 들자 난 꼼짝도 할 수 없었다. 숨도 쉬기 어려웠다. 침을 꼴딱 삼켰다. 시선이 자연스레 아래로 향했다. 고개도 오른쪽으로 살짝 돌아갔다. 그 상태로 나는 완전히 얼어붙어 버렸다. 심장이 귀에 붙어 있는 것 같았다.

택시기사는 내 모습을 보더니 만족스럽다는 듯 씨익 웃고는 글록 17을 재킷 안으로 넣었다. 재킷 안에는 아마 숄더 홀스터가 있을 것이다.

"알겠지?"

나는 얌전히 고개를 끄덕였다.

"자, 그럼 이제 슬슬 선택하시지."

"뭐, 뭘요?"

"여기서 내릴지 아니면 계속 타고 갈지."

나는 손목시계를 보았다. 12:14. 약속시간이 다 되었다. 성미는 30분이나 1시간 단위가 아니라 15분 단위로 약속시간을 정했다. 아마 지하철역 입구로 가면 그녀가 있을 것이다.

이제 어떻게 해야 하나. 5만 원은 버렸단 셈 치고 내려야 하나. 아니면 성미에게 문자를 보내 조금 늦을 것 같으니 근처 커피숍에서 기다려달라 말하고 계속 택시를 타야 하나.

고민할 문제가 아니다. 6시간을 일해야 벌 수 있는 돈이 걸려 있다. 택시를 계속 타야 한다. 성미에겐 나중에 사정을 설명하면 된다.

"계속 타고 가겠습니다."

"그럴 줄 알았어."

그렇게 말하더니 그는 재킷 안으로 손을 넣어 글록 17을 다시 꺼내 들었다. 그리고 다시 한번 총구를 내 머리로 겨냥했다.

"아니, 왜요? 잠깐만요."

"이미 늦었어. 그건 잘못된 선택이야."

그리고 그는 한 치의 망설임도 없이 방아쇠를 당겼다.

탕.


## 2


끼이이이이이이잉.

높은 주파수의 음역대에서 나는 듯한 소리가 들린다. 동시에 두통이 몰려온다. 그 결에 만 원짜리 다섯 장 버튼을 누른다는 걸 5만 원짜리 한 장 버튼을 누르고 만다. 나는 오른손으로 오른쪽 머리를 문지른다. 잠시 후 체크카

드가 나오고 현금도 나온다. 나는 5만 원권 지폐를 지갑 안에 넣고 현금 출납기가 있는 곳에서 나온다.

밖으로 나와 시간을 확인한다. 12:00. 천천히 걸어가면 제때 약속 장소에 도착할 수 있다.

그때, 내가 가야 할 방향에서 하얀 원피스를 입은 여자가 걸어오고 있다. 자연스레 그녀에게 시선이 간다. 나를 지나쳐 갔음에도 나의 시선은 그녀의 뒤를 쫓는다. 그러다가 어느 순간 시선이 도로 쪽으로 향한다. 내 시선이 향한 곳에선 그녀가 입은 하얀 원피스만큼이나 새하얀 택시가 다가오고 있다. 차종은 알 수 없다. 다만 택시의 번호판이 눈에 띈다. 1200. 손목시계를 다시 확인한다. 12:00. 재밌는 우연이네, 라고 생각하는 순간 지금 이 장면이 데자뷰라는 걸 깨닫는다. 나는 도로 쪽으로 향할 것이고, 어, 나 택시 안 탈 건데, 라고 생각하면서 택시 문을 열 것이다. 그리고 나는 실제 내가 생각한 대로 행동하고 있다.

택시 뒷좌석에 앉으며, 그나저나 데자뷰 치고는 너무 또렷하게 기억하는 거 아닌가, 의아해한다.

"어디로 가십니까?"

택시기사가 나에게 묻는다.

하지만 나는 그의 질문에 대답하는 대신 앞좌석에서

오고 가는 지폐를 확인한다. 택시기사가 앞좌석에 있는 손님에게 5만 원권 지폐를 건넨다. 요금기에는 49,300원이 찍혀 있다.

"손님, 어디로 가시지요?"

나는 목적지를 말한다.

뭔가 이상하다. 데자뷰라고 하기엔 기억이 너무 선명하다. 지금 내 기억이 맞다면, 잠시 후 앞좌석 손님이 택시에서 내릴 것이다.

아니나 다를까, 내가 생각한 대로, 아니, 기억하고 있는 대로, 택시는 곧 정차했고, 앞좌석에 있던 손님은 택시에서 내린다.

설마 예지 능력이 생긴 건가. 그렇다면 앞으로 벌어질 일도 충분히 헤아려볼 수 있다. 별일 없이 목적지에 도착한다. 택시 요금으로 5만 원을 내지만 거스름돈을 받지 못한다. 합승을 하게 되면 마지막에 남은 사람이 요금을 전부 내야 한다는 이유 때문이다. 나는 그 이유를 납득하지 못하고 잠시 택시기사와 실랑이를 벌인다. 하지만 결국 말도 안 되는 이유를 따를 수밖에 없는 상황이 되고, 택시기사는 나에게 선택을 강요한다. 나는 마지막 손님이 되지 않기 위해 택시를 계속 타기로 결정한다. 택시기사는 갑자기 글록 17을 꺼내 나를 겨눈다. 그리고 "그건 잘못된 선택"이라며 나에게 총을 쏜다.

아니, 잠깐만. 총을 쏜다니. 여기 한국이잖아. 게다가 이렇게 벌건 대낮에. 그것도 택시 안에서?

말이 안 되는 일이다. 더군다나 총기 모델명까지 정확하게 기억하고 있다. 내가 기억하고 있는 게 정말 사실인가. 이런 일이 실제로 벌어진다고?

하지만 말이 안 되는 일은 이미 벌어졌다. 평소라면 탈일이 없는 택시를 탄 것부터 애초에 이상한 일이다. 그리고 택시기사가 앞좌석에 있는 손님에게 5만 원권 지폐를 건네는 걸 똑똑히 보았다. 앞좌석에 있던 손님은 택시 요금도 내지 않은 채 내려버렸다. 내기는커녕 돈을 받고 내렸다. 앞좌석에 있던 손님 역시 나처럼 선택을 요구받았을 것이고 자신의 돈을 돌려받는 쪽으로 마음을 먹었던 것이다. 이대로 가다간 정말 내가 예지한 일이 그대로 벌어진다. 아니, 예지인지 기억인지 모르겠다. 어쨌거나 나는 벌건 대낮에 서울 도심의 택시 안에서 총을 맞게 된다.

하지만 이상하잖아. 앞좌석에 있던 손님은 자신의 돈도 돌려받고 택시에서 무사히 내렸는데 나는 왜 총에 맞는 거지.

아니면 내 기억이 정확하지 않는 건가. 진짜로 총을 맞았다면 지금 이렇게 살아 있을 리가 없잖아. 말이 안 돼. 그리고 택시기사의 주장대로라면 나 역시 돈을 돌려받고 내릴 수 있어야지.

그래, 논리적으로 봤을 때 이게 맞는 말이다. 우선 돈을 내고, 택시를 계속 타고 있다가 다른 손님이 타면 다시 내 돈을 돌려받으면 되겠다.

아니지, 아니지. 애초에 돈을 안 내면 된다. 그냥 무작정 내리자. 택시기사가 돈 내라고 위협하거나 윽박지르면 경찰에 신고해 버리면 된다.

때마침 택시는 목적지에 도착한다. 나는 택시 요금을 내지 않고 잠시 앉아 있는다.

"도착했습니다."

나는 아무 대꾸도 하지 않은 채 그 자리에 가만히 앉아 있는다.

내가 반응이 없자 택시기사는 내 쪽으로 고개를 돌린다. 이미 알고 있는 얼굴이다. 선글라스를 끼고 있고, 볼에는 칼자국이 나 있다. 칼자국은 오른쪽 입 끝에서 시작하여 귀 쪽으로 향해 있다.

"도착했다니까요."

그의 언성이 조금 높아졌다.

"얼마죠?"

내 물음에 그는 손가락으로 요금기를 가리킨다. 정확

하게 50,000이라는 숫자가 찍혀 있다. 나는 침을 꿀꺽 삼킨다.

"거스름돈 안 주세요?"

"거스름돈이라니, 이 학생이 지금 무슨 소리 하고 있나. 나한테 돈을 줬어야 거스름돈을 주든가 말든가 하지."

맞다, 아직 돈을 안 냈구나.

그렇게 지갑에서 돈을 꺼내려다 멈춘다.

"근데 그건 아까 내린 손님이 내야 할 돈 아니에요? 전 얼마 타지도 않았는데."

"학생이 잘 모르는가 본데, 합승하면 요금기에 찍힌 돈 다 내야 한다고."

여기까진 내가 기억하고 있던 그대로다. 하지만 난 돈을 내지 않고 택시에서 내릴 것이다. 우선 조금만 더 실랑이를 벌여야겠다.

"그런 게 어디 있습니까. 농담하지 마시고요. 얼마 타지도 않았는데요. 전 그냥 기본요금만 낼게요."

"농담, 이라고 했나?"

그는 '농담'이라는 단어에 유달리 강세를 넣어 되물었다.

"네. 농담이라고 했어요. 전 조금밖에 안 탔는데 요금기에 있는 돈을 다 내라니요. 이게 농담이 아니고 뭡니까."

"지금 내가 농담하고 있는 걸로 보이나? 여기 보다시피 요금이 5만 원이 나왔고, 지금 학생이 마지막 손님이니까 돈을 내라고 하는 거잖아."

"그러니까 그걸 제가 왜 내야 하느냐고요. 아까 내렸던 손님한테 받았어야지."

"방금 말했잖아. 합승하면 마지막 손님이 요금기에 찍힌 돈 다 내야 한다고."

내가 생각한 방향대로 흘러가고 있다. 이제 목소리를 깔고 한 번만 더 말하고, 더 이상 말이 안 통하면 그냥 내리겠다.

"기사님, 저기 죄송한데요, 저는 제가 내야 할 돈만 내고 내리고 싶습니다. 그러니까 기본요금만 내게 해주세요."

나의 진지한 태도에 마음을 바꿔먹은 듯, 택시기사는 선글라스를 벗고 나를 쳐다보았다. 역시, 진지한 표정이었다.

"저기 미안합니다만, 저는 제가 받아야 할 돈을 받아야겠습니다. 그러니까 이제 5만 원을 내주시지요."

"말이 안 통하는 것 같네요. 전 그냥 여기에서 내리겠습니다. 경찰에 신고를 하든 어떻게 하든 기사님이 알아서 하세요."

그렇게 말하고 나는 택시 손잡이 쪽으로 손을 뻗었다.

"잠깐, 잠깐, 잠깐."

택시기사가 다급하게 외쳤다.

"그냥 그렇게 내리면 곤란하지."

택시기사는 자기 쪽 차 문에 달린 잠금 버튼을 눌렀다. 그러자 나머지 세 개의 문에 있던 잠금장치가 동시에 잠겼다.

"이 학생, 좋게 말로 끝내려니까 안 되겠네."

"지, 지금 뭐 하자는 겁니까. 협박하는 겁니까?"

택시기사는 내 질문에 박장대소를 했다.

"협박? 이게 협박이라고?"

"지금 저 못 내리게 하려고 택시 문 다 잠갔잖아요. 잠금 버튼이야 제가 다시 누르면 되겠지만."

"이 학생이 협박이 뭔지 모르나 보네. 내가 뭐 하나 가르쳐줄까?"

그렇게 말하더니 그는 오른손을 재킷 안으로 집어넣었다. 설마 저기서 글록 17이 나오는 건 아니겠지, 라는 생각이 끝나기가 무섭게, 그의 오른손에 글록 17이 들려 있었다. 아까 봤던 모델과 똑같은 권총이었다.

아까 봤던?

"이 정도는 들고 있어야 협박이라고 할 수 있지. 안 그래?"

분명 아까 봤던 권총이다. 난 이 택시에 처음 탔는데 어떻게 저 권총을 미리 볼 수 있지. 그리고 그게 글록 17이란 걸 어떻게 알 수 있었지. 지금 이 상황은 데자뷰가 아닌가. 지금 내 기억은 어디에서 만들어진 거지. 영화에서 봤나. 아니면 상상했던 일인가.

아니다. 이미 한 번 겪었던 일인 것 같다. 지금으로선 이게 가장 합리적인 판단인 것 같다. 그렇다면 지금 나는 이 상황을 두 번째로 겪고 있다는 말이 된다. 하지만 어떻게 이런 일이 있을 수 있는가. 이게 정말 합리적인 판단이라고 할 수 있나.

"잔뜩 긴장한 얼굴이군 그래. 침착하라고, 침착해. 지금 당장 쏘지는 않을 거니까. 어차피 돈만 내면 다 끝나는 일이잖아. 안 그래?"

내 기억이 잘못된 게 아니라면, 돈을 낸다고 끝날 일이 아니다. 아니구나, 돈을 내면 끝나긴 끝난다. 내 인생이 끝난다는 게 문제긴 하지만.

"돈을 안 내면 어떻게 되죠?"

"그런 상황은 굳이 생각하고 싶지 않은데?"

다른 선택의 여지가 없다. 돈을 내지 않는 것보다 내

는 쪽이 낫다. 돈을 내고 나선 뒤도 안 돌아보고 택시에서 내릴 것이다. 내 기억이 맞다면, 앞서 택시기사는 "잘못된 선택"이라고 말했다. 돈을 돌려받기 위해 계속 택시에 타려 한 것을 잘못된 선택이라고 했던 것이다. 5만 원에 목숨을 걸 수는 없다.

"알겠습니다, 그럼."

나는 지갑을 꺼내 그 안에 있는 5만 원권 지폐를 보았다. 이 돈을 주고 그냥 택시에서 내리자. 이것저것 따지고 있을 때가 아니다.

"학생, 근데 이거 진짜 총인지 가짜 총인지 안 궁금해?"

"진짜 총입니다."

"단호한 말툰데? 학생이 그걸 어떻게 알지. 요즘엔 가짜 총도 진짜 총처럼 잘 만들어져 나오는데."

맞아봤으니까 알지.

어라? 잠깐. 정말로 총을 맞았다면 나는 왜 아직 살아있지. 총을 맞았으면 죽어야 하는 거 아닌가. 그것도 머리에 정통으로 맞은 것 같은데. 도대체 뭐가 어떻게 돌아가고 있는 거야. 이거 설마 몰래카메라 같은 건가. 실제 총을 봤을 때 사람들의 반응 같은 걸 카메라로 찍어서….

모르겠다. 현실감이 없다. 인터넷에서나 봤던 글록 17

이 눈앞에 떡하니 있다니. 이게 말이 되나. 애당초 택시를 탄 것부터가 잘못이다. 우선 내리고 나서 생각하자.

나는 택시기사에게 5만 원 권을 건넸다.

"이제 내릴게요."

나는 잠금 버튼 쪽으로 손을 뻗었다. 그렇게 모든 일이 끝날 줄 알았다.

"그렇게 쉽게 끝날 수 있을 거라고 생각하나?"

나는 다시 택시기사를 쳐다보았다. 이 사람은 또 무슨 말을 하고 있나.

"지금 이 상황이 잘 믿기지가 않겠지. 현실감이 없다고 느끼겠지. 근데 현실이란 게 그런 거야. 학생이 안 믿는다고 해서 금세 사라져버리는 게 아니거든."

"그게 무슨 말입니까?"

"이걸 봤는데도 순순히 내릴 수 있을 거라고 생각했나?"

그는 자신이 들고 있던 총을 흔들어 보였다.

"이 총이 내 품에서 나온 이상, 이대로 끝낼 수는 없어."

"그러면 제가 어떻게 하면 됩니까."

"선택을 해야지. 계속 택시를 타고 갈지, 아니면 정말 택시에서 내릴지."

다시 선택의 시간이 돌아왔다. 피할 수는 없는 건가. 선택지에 택시에서 내리는 게 있다면 왜 방금 그냥 내리게 내버려 두지 않았나. 꼭 이렇게 말로 선택해야만 하는 일인가.

"그럼 저는 내리겠습니다."

택시기사는 고개를 절레절레 저었다.

"기회를 줘도 안 되는구만."

그렇게 말하더니 갖고 있던 글록 17을 내 머리 쪽으로 들어올렸다.

"잠깐만요, 잠깐. 그럼 저 계속 택시 타고 있을게요."

"이미 늦었어."

그는 한 치의 망설임도 없이 방아쇠를 당겼다.

탕.


# 3


간혹 자신이 무슨 일을 하고 있는지 의식하지 못한 채 그 일을 하는 경우가 있다. 짧은 시간이지만 살짝 정신이 나간 상태로 어떤 일을 행한다. 정신을 차렸을 땐 이미 그 일이 벌어지고 난 후다.

그렇게 난 택시에 탔다.

아니다. 나는 내가 어떤 일을 하고 있는지 의식하고 있었다. 은행에서 나와 시간을 확인했고, 12:00, 때마침 자동차 번호판에 1200이 적힌 택시가 다가와 재밌는 우연이라 생각하며 그 택시를 바라보았다. 그런데 이상하게도 택시는 내 쪽으로 서서히 다가왔고, 나 역시 택시 쪽으로 천천히 걸어갔다. 갑자기 끼이이이이이이이잉, 하는 고주파수의 소리가 들려왔고, 어마어마한 두통이 몰려 왔으며, 정신을 차렸을 땐 이미 택시 안이었다. 어쩌면 어, 나 택시 안 탈 건데, 라는 생각을 했는지도 모르겠다. 나는 내가 어떤 일을 하고 있는지 정확하게 의식하고 있었다. 다만 그 일을 왜 하는지 알지 못한 채 행했을 뿐.

그나저나 머리가 몹시 아프다. 택시도 택시지만 난데없이 왜 이런 두통이 생긴 건가. 그리고 동시에 떠오르는 어떤 데자뷰, 혹은 어떤 기억. 나는 이 일을 경험한 적이 있다. 그것도 불과 일이십 분 전에.

"손님, 괜찮으세요?"

낯익은 택시기사의 목소리. 그의 얼굴을 보지 않고도 그의 얼굴을 떠올릴 수 있다. 검은 선글라스를 끼고 있고, 오른쪽 입가엔 칼자국이 나 있다. 회색 재킷을 입고 있으며 재킷 안엔 숄더 홀스터가 있을 것이다. 그리고 그 안엔 하이잭 스페셜로 유명해진 글록 17이 있을 것이다.

택시기사가 내 무릎을 톡톡 친다.

"손님, 왜 그래요? 어디 불편한 데 있어요?"

"아니요, 갑자기 머리가 너무 아파서…."

나는 말을 흐리며 그의 외양을 슬쩍 확인한다. 역시 내가 기억하고 있는 그대로다. 어째서인지는 알 수 없지만, 그리고 믿을 수도 없는 일이지만, 나는 이 경험을 반복하고 있다. 이제는 확실히 알 수 있다. 지금 나는 이 일을 세 번째 겪고 있다. 이것이 가장 논리적이고 합당한 인식이다. 또한 앞으로 나에게 일어날 일도 명확하게 기억하고 있다.

"저기, 저 그냥 여기서 내릴게요."

앞좌석에 있는 손님이다. 중성적인 목소리. 지금껏 남자라고만 생각했는데 여자일지도 모르겠다.

"아, 그럴래요? 그러는 게 낫겠구나."

"잠깐만요."

나는 이 택시에서 내려야 한다.

"혹시 너 성미 아니야?"

앞좌석에 있던 손님이 고개를 돌려 나를 본다. 남자인지 여자인지 단번에 파악할 수 없는 얼굴이다. 동시에 당황한 기색이 역력한 모습. 그는, 혹은 그녀는, 당연히 성미가 아닐 것이다. 성미는 내가 15분 뒤에 만날 내 여자 친구 이름. 갑자기 말을 내뱉다 보니 친숙한 이름이 나왔을 뿐이다. 대책 없이 저지른 일이다. 다음 시나리오를 어떻게 풀어야 할지는 이제부터 생각해야 한다. 이 사람이 아니라고 대답하고 나면 나는 어떻게 대처해야 하나.

"제 이름, 어떻게 아세요?"

내 예상은 틀렸다. 이번엔 내가 당황할 차례. 이런 상황에서 동명이인을 만나다니. 택시기사가 나와 그녀를 번갈아 본다.

"성미 맞구나. 목소리 듣고 혹시나 했는데. 나 기억 안 나? 그게 몇 년 전이었더라…."

빨리 지어내자. 빨리 지어내야 한다.

"나 일본에 워킹 홀리데이 가기 전이었으니까, 벌써 6년 정도 된 것 같네."

잠깐, 이게 말이 되나. 6년 전에 만난 사람을 목소리만 듣고 누구인지 알아챌 수도 있는 건가. 근데 상대방은 전혀 기억 못 하고.

"아니다. 그 이후였나 보다. 하도 옛날 일이라 언제였지 정확하게 기억이 안 나네."

"정말요? 어디에서 만났어요?"

그걸 왜 나한테 물어보냐. 너도 생각을 좀 해보라고.

나는 슬쩍 택시기사를 쳐다보았다. 그는 선글라스를 낀 채 입술을 삐죽 내밀고 있었다.

"홍대입구역 쪽에서. 맞다, 이제 기억이 나네. 거기 KFC에서 나 알바하고 있을 때."

KFC는 지금 내가 알바를 하고 있는 곳이다. 우선 떠오르는 대로 대답하긴 했지만 당시엔 거기에서 일하지 않았다. 심지어 서울에 있지도 않았다.

"그래서요? 전 거기에서 알바한 적 없는데."

자꾸 꼬치꼬치 캐묻지 마. 지금 중요한 건 그런 게 아니잖아. 택시에서 내리는 게 중요한 일이라고.

하지만 이건 내 입장이다. 이 사람 입장에선 다를 수도 있겠다. 생전 처음 보는 사람이 자신을 알고 있다고 하니 당황스럽겠지. 근데 나도 당황스러운 건 마찬가지야. 설마 당신 이름이 성미일 거라곤 상상치도 못했다고.

우선 대꾸부터 해야겠다. 이제부턴 굳이 열심히 머리 안 굴려도 된다. 실제로 몇 달 전에 있었던 일을 말하면 되니까.

"저녁 시간이었고, 내가 홀에서 바닥 청소하고 있었거든. 그때 네가 햄버거 들고 오다가 나랑 부딪쳤잖아. 그래서 네 콜라가 내 바지에 쏟아졌고 덕분에 내 바지가 콜라로 완전히 젖어버렸고. 짜증나긴 했는데 어쩌겠어, 이미 콜라는 쏟아졌고, 내 바지는 버렸고. 근데 네가 정말 죄송하다면서 네 연락처를 알려줬어."

"제가요? 왜요?"

"미안하니까 세탁비라도 줘야겠다면서. 근데 지금은 현금이 없으니까 안 되겠으니 조만간 연락 달라면서."

"그래서 어떻게 됐어요?"

"약속 잡고 며칠 뒤에 만났지."

"근데 전 왜 기억이 전혀 안 나죠?"

그쪽이랑은 상관없는 얘기니까 그렇지. 이건 지금 만나고 있는 여자친구 성미와 있었던 일.

그나저나 이제 뭐라고 대답해야 하나. 죄송합니다, 제가 사람을 잘못 본 것 같군요? 아니면 왜 날 기억 못 하냐면서 다시 잘 생각해 보라고?

"잠깐, 잠깐."

말없이 듣고만 있던 택시기사가 끼어들었다.

"옆에서 가만히 듣고 있으니, 남자 손님은 여자 손님을 알고 있는데 여자 손님은 남자 손님을 모르고 있는 것 같네. 맞지요?"

여자는 가만히 고개를 주억거렸다.

"아가씨, 혹시 기억상실증 있는 거 아니지?"

"저 기억 잘 하는 편이에요. 주변 사람들이 넌 왜 그렇게 자잘한 일까지 다 기억하냐면서 한마디씩 할 정도인데…."

"그래, 그런 것 같아. 내가 봤을 땐 남자 손님이 사람을 잘못 본 것 같아. 억지스러운 추측이긴 하지만, 얼굴도 비슷하고 나이도 비슷한 동명이인인데 착각을 한 거지. 그렇지 않고서야 여자 손님이 이렇게 기억을 못 할 리가 있나."

"저도 기사님 말이 맞는 것 같아요. 서울에 산 지 아직 2년밖에 안 됐고."

"분명히 성미 맞는 것 같은데."

"죄송한데, 그쪽이 착각하신 것 같아요."

저야말로 죄송합니다. 초면에 거짓말만 왕창 늘어놓았네요. 그나저나 이제 슬슬 내려야 하는데.

"이야기는 끝났죠? 전 그럼 이만 내릴게요." 여자가 말했다.

"잠깐만요."

당신 혼자 내리면 어떡해. 나도 같이 내려야 한다고. 여기 계속 있으면 난 총 맞아 죽는다고.

"아까 보니까 기사님이 그쪽한테 5만 원을 주던데, 그건 뭐죠? 택시 타면 손님이 기사님한테 돈을 줘야 하는 거 아닌가. 근데 기사님이 그쪽한테 돈을 줬잖아요."

그렇게 말하고 요금기를 확인해봤다. 50,300이라는 숫자가 찍혀 있었다.

"저는 모르는 일이에요. 전 이제 내릴 테니까 나머지는 알아서들 하세요."

"그러면 안 되죠. 저도 같이 내리겠습니다."

"잠깐!"

택시기사가 갑자기 고함을 쳤다. 나는 깜짝 놀라 택시기사 쪽으로 고개를 돌렸다. 여자도 내리려다 말고 택시기사를 쳐다보았다.

"둘 다 그대로 스톱해. 이 사람들이 지금 장난하나. 여기 요금기에 찍혀 있는 돈 안 보여? 5만 3백 원이잖아. 둘 중 한 명은 이 돈을 내야지. 그래야 나도 일한 보람을 느끼지 않겠어?"

"아저씨, 아까랑 말씀이 다르잖아요. 다음 손님 타면 제 돈 돌려준다고 했잖아요."

"그건 다음 손님이 탔을 때 얘기고."

"탔잖아요."

"내리려고 하잖아."

"전 내리게 해주세요. 돈도 돌려받았잖아요."

"나는 모르겠어. 둘이 합의를 보든지."

"엄밀하게 따지면 전 택시 타고 1미터도 안 갔어요.

그냥 앉아만 있었잖아요. 택시를 탄 게 아니라고요."

"그래서 안 내겠다는 거예요? 전 그냥 내리려고 했는데 그쪽이 절 다른 사람이랑 착각하고 붙잡았잖아요. 그때 내렸으면 이런 일도 없었을 거예요."

"기사님, 요금기 정지 버튼 좀 눌러주세요."

택시기사는 무심히 내 요구에 응했다.

"지금 보니까 제가 사람을 착각한 것 같아요. 죄송합니다. 그래도 이건 아니지 않나요? 제가 택시에 타고 있긴 했지만 전 1미터도 안 갔다고요. 반면에 그쪽은 택시를 탔잖아요."

"저 요금, 제가 탄 거 아니에요. 설마 제가 5만 원어치나 탔겠어요?"

"그건 저도 아는데, 그럼 설마 기본요금만큼도 안 탄제가 저 돈을 다 내야 합니까?"

여자는 아무 대답도 하지 않았다. 본인이 생각했을 때도 그건 부당한 일이라고 판단했을 것이다. 그렇다고 그돈을 본인이 전부 부담할 수도 없는 노릇일 것이다.

"저도 기본요금 거리밖에 안 탔어요. 근데 기사님이…."

"이봐 아가씨, 아가씨가 날 탓하면 안 되지. 이건 이택시의 법칙이라고. 그리고 아가씨도 선택했잖아. 조금 더 타서 돈을 안 내는 쪽을. 본인이 선택했으니 본인이 책임을 지라고."

여자는 생각에 잠긴 듯 입을 다물고 있다가 잠시 후 기사의 말에 대꾸했다.

"알았어요. 그럼 그쪽은 내리세요. 저는 조금 더 탈게요."

여자는 그렇게 말하더니 핸드백 안에서 지갑을 꺼냈다. 아무래도 돌려받은 5만 원을 다시 돌려주려는 것 같았다. 상황이 이렇게 되고 나니 나도 조금 곤란해진 느낌이다.

"저기, 잠깐만요."

여자는 내 말에 다시 내 쪽으로 고개를 돌렸다.

아무것도 하지 않은 채 그냥 내리려니 기분이 찝찝하다. 물론 난 총을 안 맞고 무사히 내릴 수 있겠지. 하지만 내가 내리고 나면 저 여자는 어떻게 되지? 택시는 다시 출발할 것이고, 누군가 택시에 합승하면 내릴 수 있겠지. 근데 만약 내가 맞아야 할 총을 저 여자가 맞게 된다면?

"보니까 그쪽이 저 요금 전부 내는 건 좀 아닌 것 같은데, 저랑 반반씩 낼래요?"

"그게 무슨 말이에요?"

"아니에요. 그냥 제가 다 낼게요. 그게 낫겠어요."

나는 지갑에서 5만 원 권을 꺼내 택시기사에게 건네려 했다. 하지만 이미 그의 손엔 5만 원 권이 들려 있었다. 여자가 이미 돈을 건넸던 것이다.

"이 사람들이 지금 뭐하는 거야. 방금까지만 해도 서로 안 내겠다고 하더니 이번엔 서로 내겠다고 난리네."

"기사님, 그 돈 저 여자분한테 돌려주세요. 요금은 제가 낼게요. 그리고 저희 둘 다 내리겠습니다."

"그래? 그럼 그렇게 할까?"

"아니에요, 아니에요. 저분이 왜 돈을 내요. 제가 낼게요."

"이 사람들이 지금 뭐 하자는 건지 모르겠네."

나도 지금 내가 뭐 하고 있는 건지 모르겠다. 우선 여기에서 내리고 나서 생각하자.

"알겠어요. 그럼 요금은 여자분이 낸 거라고 하고 저흰 이제 내리겠습니다."

"잠깐, 확실히 선택을 해야지. 여자 손님이 내는 거야 아니면 그쪽이 내는 거야."

또 선택이다. 어떤 식으로든 선택을 해야만 하나. 내가 내는 게 좋을까 아니면 저 여자가 내는 게 좋을까.

여자를 슬쩍 쳐다보았다. 여자는 말없이 정면을 바라본 채 앉아 있었다. 조금 떨고 있는 것 같기도 했다. 우선 저 여자 돈으로 요금을 지불하고 내려서 반씩 나눌까. 어떻게 하는 게 좋을까.

"선택하는 게 어려우면 내가 도움을 좀 줄까?"

택시기사가 말했다. 그러더니 재킷 안으로 손을 넣었다. 잠시 후 내 눈앞에 나타난 것은 아니나 다를까 글록 17. 여자가 고개를 창 쪽으로 돌렸다.

빨리 선택해야 한다. 내가 내봤자 총을 맞는다. 이건 이미 겪었던 일이다. 그렇다고 여자가 내는 게 정답이라고 할 수도 없다. 어쩌면 여자가 총을 맞을지도 모른다. 그렇다고 돈을 안 낼 수도 없다. 택시 요금이 이미 택시기사 손에 쥐어 있는 상황이다.

"그럼 저랑 여자분이랑 반반씩 내는 걸로 할게요. 이게 제일 공정한 것 같아요."

총구가 내 머리를 향했다.

"공정? 공정 같은 소리 하고 있네. 세상에 공정한 게 어디 있다고. 그리고 어차피 그건 잘못된 선택이야."

그의 입에서 '잘못된 선택'이라는 말이 나왔다. 그렇다면 이제 이어질 소리는 안 들어도 뻔하다. 소리가 난 이후 내가 어떤 상황에서 눈을 뜰지가 궁금할 뿐이다. 어마어마한 두통이 동반되겠지. 어쨌거나 그곳이 제발 택시 안이 아니길 바랄 뿐이다. 나는 눈을 질끈 감았다.

탕.

## 4

어디서 들려오는지 알 수 없는 끼이이이이이이이이이잉, 하는 소리. 사건이 반복될수록 하이톤의 소리도 점차 길어진다. 두통도 점점 참을 수 없는 지경에 이르게 된다.

나는 본능적으로 오른손을 오른쪽 머리에 갖다 댔다. 이러다가 머리가 터질지도 모르겠다. 머리가 너무 아프다. 다리가 후들거린다. 나는 지금 분명 어딘가에 서 있다. 얼른 정신을 차려야 한다.

잔뜩 인상을 쓴 채 손목시계를 확인한다. 11:59. 고개를 들고 주변을 두리번거린다. 아직 현금지급기가 있는 곳에서 나가지 않은 상황. 정확하게 말하면, 나가기 직전이다. 유리문이 바로 눈앞에 보인다. 다리에 힘이 빠져 몸을 벽에 기대고 서 있다.

됐다. 아직 택시를 타지 않았다. 12시가 지날 때까지 여기서 나가면 안 된다. 절대로 택시를 타선 안 된다. 시간이 가길 기다리자.

다시 시간을 확인했다. 12:00. 이제 곧 하얀 원피스를 입은 여자가 지나갈 것이다. 하지만 그녀를 쳐다보지 않을 수 있다. 새하얀 1200번 택시도 이곳을 지나쳐 갈 것이다. 택시를 타지 않을 수 있다. 이제 총에 맞지도 않을 것이고 무사히 약속 장소에 도착할 것이다.

다시 손목시계를 본다. 12:01. 이제 택시는 이곳을 지나쳤을 것이다. 하지만 조금만 더 있자. 신호등에 걸렸을 지도 모른다. 성급하게 나섰다가 그 택시와 맞닥뜨린다면 누군가 조종하는 인형이라도 된 듯 다시 거기에 탑승하게 될지도 모른다. 조금 더 기다려야 한다.

나는 이 세상에서 제일 느리게 흐르는 시간 속에 살고 있다.

1초, 1초가 아주 느리게 흐른다.

12시 05분이 돼서야 밖으로 나온다. 물속에 있다가 나온 듯 숨쉬기가 편하다. 공기가 정화된 것 같다. 세상이 달라진 것처럼 느껴진다. 나는 약속 장소로 발걸음을 옮긴다.

나에게 반복되어 일어났던 일들. 택시, 5만 원, 글록 17, 그리고 탕.

누군가의 삶이 이렇게 반복돼도 되는 건가. 내 삶이 반복됐다면, 다른 사람들의 삶도 반복됐던 것인가. 도대체 이게 있을 수 있는 일인가.

반복에는 어떤 의미가 있는 걸까. 왜 자꾸 같은 시간 동안 같은 일이 반복되는 걸까.

아니다. 이런 반복이 어떤 의미인지 파악하는 것이 중요한 게 아니다. 의미 같은 건 어떤 식으로든 만들어 낼 수 있다. 나에게 중요한 건 미로 같은 반복 속에서 벗어나는 일이다. 어떤 미로든지 입구가 있으면 출구가 있다. 출구를 찾기 힘든 이유는, 내가 미로 속에서 움직이기 시작하면 출구도 같이 움직이기 때문이다. 나는 택시를 타지 않았다. 아마도 이 반복은 끝이 날 것이다. 곧 출구가 나타날 것이다.

하지만 왜 자꾸 가슴이 두근거리는지 모르겠다. 가슴 깊은 곳에서 솟아나는 불안감의 원인은 무엇일까. 다시 한번 택시를 탈 것 같다는 이유 없는 확신은 어디에서 샘솟는 것일까.

나는 에스컬레이터에서 내려 앞으로 나갔다.

에스컬레이터?

정신을 차리고 주변을 둘러보았다. 눈앞에 지하철 개찰구가 보였다. 의식이 잡념에 빠져 있는 사이, 무의식이 몸을 상수역 안으로 끌고 온 듯했다. 시간을 다시 확인했다. 12:10. 아무래도 약속시간에 늦을 것 같았다. 지하철이 당장 오지 않는 이상 지하철을 타도 늦을 것이다. 핸드폰을 꺼내 성미에게 문자를 보내려 했다.

'5~10분쯤 늦을 것 같', 까지 쓰고 있는데 성미가 먼저 메시지를 보냈다.

[자기야 나 10분 정도 늦을 것 같아. 미안해. 금방 갈게♡]

나는 쓰던 메시지를 지우고 다시 메시지를 입력했다.

[아니야 나도 그 정도 늦을 것 같아서 문자 보내려던 참이었어 천천히 와~]

주머니에 핸드폰을 집어넣었다. 그럼 걸어가도 되겠구나.

상수역 1번 출구로 나오자 시끄러운 소리가 들려왔다. 바로 앞에서 공사를 하고 있었다.

몇 미터 앞에 있는 분식점엔 사람들이 늘어서 있었다. 이 일대에서 유명하다는 분식점이었다. 가게를 지나치며, 그곳 이름이 '삭'이라는 사실을 처음으로 알게 되었다.

일주일에 두세 번씩은 걸어 다니는 길이었지만 길가에 어떤 가게가 있는지 유심히 살펴본 적이 없었다. 가본 적이 있거나 가보고 싶었던 가게만 눈에 들어왔다. 이를테면 지금 바로 눈앞에 있는 로렌스 시계방. 한 달쯤 전, 지금 차고 있는 손목시계가 고장 나서 들렀던 곳이다.

이어서 경희 수 한의원이 나왔다. 나는 무심결에 경희

수 한의원, 이라고 입으로 소리 내어 말해보았다. 여태 단 한 번도 관심 가진 적 없는 곳이었다. 내 눈길은 그 옆에 있는 홀랄라 텔레콤으로 이어진다.

그 옆엔 천일 공인중개사가 있다. 그 옆엔 산양공사가 있다. 그 옆엔 퓨전 선술집 무넹기가 있다. 그 옆엔 튀김 치치 꼬치가 있다. 그 옆엔 BELLA TORTILLA가 있다. 그 옆엔 STANDING COFFEE가 있다. 그 옆엔 꿈꾸는 거북이가 있다. 그 옆엔 여기가 거기가 있다. 그리고 홍대 주차장 길로 이어지는 작은 골목이 나온다. 그 옆엔 옛날짜장 즉석우동이 있다. 그 옆엔 푸른별 미니포차가 있다. 그 옆엔 수 공인중개사 사무소가 있다. 그 옆엔 Kyo BAKERY가 있다. 그 옆엔 A BERGER가 있다. 그 옆엔 Nail&nail이 있다. 그 옆엔 커피집 시연이 있다. 그 옆엔 모두들 사랑한다 말합니다가 있다. (여긴 뭐하는 데지?) 그 옆엔 레게 치킨이 있다. 그 옆엔 최국희 약국이 있다. 그 옆엔 홍익 한사랑 의원으로 들어가는 입구가 있고, 이제 홍대 주차장 거리가 눈앞에 보인다.

동네 거리였음에도, 상가 간판을 일일이 보면서 걸으니까 처음 와본 길인 것 같다. 그리고 새삼, 내가 현실에 발을 붙이고 있다는 생각이 들었다. 더 이상 1200번 택시를 보지 않아도 된다. 그 택시에 합승할 일도 없을 것이다. 글록 17을 다시 볼 일도 없을 것이고, 그 총에 맞을 일도 없을 것이다. 나는 드디어 평온한 일상으로 돌아온 것이다.

홍대 주차장 거리 쪽으로 방향을 틀었다가 양화로6길, 그러니까 롤링홀이 있는 골목 쪽으로 접어들었다. 길가로 늘어선 벚나무가 가장 먼저 눈에 들어왔다. 벚꽃 잎이 진 자리에 녹색 잎이 무성하다.

길 폭이 좁아진 덕에 도로 양쪽에 있는 가게 간판들이 한꺼번에 보인다. 그 때문인지 오히려 간판 이름이 눈에 잘 들어오지는 않는다.

하긴, 이런 가게들, 가게 이름들이 무슨 의미가 있단 말인가. 아무 의미 없는 반복과 나열이다. 그리고 아무 의미 없는 택시 안에서의 반복.

그런데 나는 아까부터 왜 자꾸 의미에 집착하는지 모르겠다. 의미 같은 게 뭐가 중요하다고.

아니다. 의미는 중요하다.

어쨌거나 의미는 해석하기 나름이다.

리모델링 중인 건물이 보인다.

길 양쪽으로 띄엄띄엄 정차해 있는 승용차. 외제차도 제법 많다.

편의점 앞 테이블에 둘러앉아 맥주를 마시는 사람들

이 있다.

노천카페에서 노트북으로 작업을 하고 있는 사람들도 있다.

이제 할머니 분식이 보인다. 성미와 즐겨 찾는 분식점이다. 나는 시간을 확인한다. 12:23. 천천히 걸었더니 벌써 시간이 이렇게 됐다. 성미가 먼저 도착했을지도 모르겠다. 발걸음을 재촉하자. 1200번 택시는 눈에 띄지 않았고, 이제 반복은 멈췄다. 글록 17을 다시 볼 일도 없을 것이고, 총에 맞을 일도 없을 것이다.

합정역 5번 출구 앞에 도착한다. 12:25. 성미는 아직 도착하지 않았다. 핸드폰을 확인한다. 수신된 메시지는 없다. 곧 오겠지.

12:26.

왜 안 오지. 전화를 해볼까.

12:27.

이상하네, 아무 연락 없이 1분도 늦을 애가 아닌데, 라고 생각하는 순간, 눈앞에 낯익은 택시가 보인다. 하얀 택시다.

두근두근.

언제부터 와 있었지? 언제부터 저기 서 있었지?

두근두근.

침을 삼키며 택시 뒤쪽으로 다가간다. 번호판에 1200이라는 숫자가 보인다. 그 택시다. 씨발, 바로 그 택시가 다시 눈앞에 나타났다.

저게 왜 여기 서 있지? 어차피 이제 난 택시 탈 일 없다고. 거기 서 있어봤자 아무 소용없어. 난 이미 목적지에 도착했다고.

나는 택시와 조금 떨어진 곳에서, 느린 걸음으로 택시 옆쪽으로 다가간다. 택시 내부가 보인다. 뒷좌석엔 머리가 어깨까지 오는 여자가 타고 있다. 택시기사의 얼굴도 보인다. 이미 세 번이나 봤던, 바로 그 택시기사다.

내가 안 탄 택시에 저 여자가 탔고, 아마 나에게 있었던 일이 저 여자에게 벌어지고 있는 것 같다. 말하는 소리가 들리지는 않았지만 무슨 말을 나누고 있을지 들리는 듯하다. 그걸 제가 왜 내야 하죠, 그건 이 택시의 법칙이라고, 마지막에 남은 손님이 택시 요금을 다 내야 한다고, 그건 말이 안 되잖아요. 저 여자는 어처구니가 없어서 택시에서 그냥 내리려고 하겠지, 택시기사는 "잠깐"이라고 외치며 재킷 안에서 글록 17을 꺼내겠지.

그리고 마치 기다렸다는 듯, 방금 상상한 일이 눈앞에서 벌어지고 있다. 택시기사의 손에 글록 17이 쥐어져 있다. 아직 여자를 겨누고 있지는 않다. 나는 주변을 두리번거렸다. 가슴이 다시 두근거린다. 다급한 상황이다. 하지만 아무도 택시 안에서 벌어지는 일에 관심이 없다. 사람들아, 저 택시 안에서 기사가 총을 들고 있다고, 사람을 협박하고 있다고. 누구라도 좀 보라고!

우선 경찰에 신고해야 한다. 나는 손을 덜덜 떨며 주머니에서 핸드폰을 꺼낸다. 택시를 보며 상황을 확인하고, 다시 핸드폰을 바라본다. 잠금장치가 해제되고, 아니 잠깐. 나는 고개를 들어 다시 택시 안을 살핀다. 뒷좌석에 앉아 있는 여자, 여자의 옆모습, 다시 보니 낯이 익다. 어깨까지 내려오는 갈색 생머리. 머리끝이 바깥쪽으로 살짝 말려 있다. 성미와 비슷한 머리 스타일이다. 여자는 베이지색 바바리코트를 입고 있다. 성미가 즐겨 입는 코트다. 나는 택시 쪽으로 뚜벅뚜벅 걸어간다. 여자의 모습이 점차 선명하게 들어온다.

성미다. 성미의 옆모습이다.

나는 택시 쪽으로 단걸음에 다가가 택시 유리창을 두드린다. 여자가 유리창 쪽으로 고개를 돌린다. 화가 난 것 같기도 하고 겁에 질린 것 같기도 한 얼굴. 성미는 내 얼굴을 확인하더니 안에서 뭐라고 소리친다. 나는 다급히 손잡이를 잡아당긴다. 택시 문이 열리지 않는다.

"문 열어!"

나는 손잡이를 잡아당긴다. 성미는 다시 택시기사 쪽으로 고개를 돌린다. 택시기사는 능글맞은 미소로 나와 성미를 번갈아 본다. 손에는 여전히 글록 17이 쥐어져 있다.

어서 선택하라고, 라는 말하는 택시기사의 입 모양이 보인다. 나는 택시 유리창을 거세게 두드린다.

"문 열라고! 성미야, 대답하지 마! 빨리 문 열라고!"

나는 주변 바닥을 둘러본다. 유리창을 깰 만한 돌을 찾는다. 어서 저 유리창을 깨야 한다. 택시기사를 막아야 한다. 그렇지 않으면 무슨 일이 벌어질지 모른다. 내 눈앞에서….

그때 택시 안에서 한 방의 총성이 울린다.

탕.

결코 잊을 수 없는 소리. 다시 오른쪽 머리가 욱신거리기 시작한다.

나는 천천히 택시 쪽으로 고개를 돌린다.

차창엔 여러 갈래로 금이 가 있고, 금이 간 차창이 붉게 물들어 있다. 그리고 그 안엔….

헛구역질이 난다.

이 씨발 개새끼!

이 씨발 새끼!

# 5

끼이이이이이이이이이이이이잉.

머리가 터질 것 같아, 이 개새끼.

"… 택하지."

머리가 터질 것 같다고!

"이거 갑자기 왜 이러시나. 갑자기 아픈 척 엄살 떨어 봤자 소용없다고. 선택해야 할 땐 선택을 해야지."

이 새끼가 뭐라는…. 근데 여긴 또 어디야.

나는 인상을 잔뜩 찌푸리며 눈을 떴다. 검은색 자동차 시트. 눈앞에 보이는 자동차 운전학원 광고. 머리를 왼쪽으로 살짝 기울였다. 요금기엔 50,000이라는 숫자가 찍혀 있었다. 손목시계를 보았다. 12:14.

뭐야, 왜 또 여기에 있는 거야.

"뭘 그렇게 두리번거리나. 아픈 척은 이제 다 끝났고? 그럼 슬슬 선택을 하라고."

이 씨발 두통… 근데 방금 내가 봤던 장면들은 다 뭐지. 택시 안에 성미가 있었잖아. 그리고 성미가… 아닌가. 내가 지금 택시 안에 있으니까 성미는 아직 안 죽었다는 말이 되나. 뭐가 어떻게 돌아가고 있는 거야.

설마 그게 다 내 망상은 아니었겠지. 걸어오면서 봤던

가게들, 그게 전부 가짜였던 건가. 가게 이름까지 일일이 중얼거렸잖아. 망상을 그렇게 디테일하게 할 수는 없지. 그럼 지금 이건 도대체 어떤 상황이란 말인가.

"이거 좋은 말로 해선 안 되겠구만."

나는 고개를 들어 택시기사를 쳐다보았다. 그는 자신의 재킷 안에서 글록 17을 꺼내들었다. 글록 17의 총구는 곧 내 머리를 향했다.

"나도 이런 거 별로 쓰고 싶지 않다고. 근데 그쪽에서 자꾸 묵묵부답으로 나오면 어쩔 수 없다고."

"그럼 제가 어떻게 해야 합니까?"

"몇 번이나 말했잖아. 선택을 해야 한다고. 택시를 계속 타고 갈지, 아니면 여기에서 내릴지."

"죄송합니다만, 딱 1분만 시간을 주세요."

"이 학생이 지금 장난하나."

"제가 너무 혼란스러워서 그러거든요. 1분 뒤엔 무조건 선택을 하겠습니다. 1분이 지나도 선택을 안 하면 총을 쏘세요."

"허허, 그렇게까지 무섭게 나올 필요는 없다고. 그럼 지금부터 시간을 재지. 지금 시간이 보자, 이제 막 12시 16분이 됐구만. 그럼 딱 12시 17분까지만 기다리지."

두통도 이제 슬슬 가시기 시작한다. 어서 생각해야 한

다. 나는 지금 어떤 상황에 처해 있는가. 택시 안에서 글록 17의 총구가 겨누어진 상태로 선택하기를 강요받고 있다.

어째서?

그건 나도 모르겠다. 분명한 건, 방금 전에 봤던 이미지나 영상이 내 망상이 아니라면, 다시 한번 택시 안에서의 경험이 반복되고 있다는 것이다. 아마, 반복되는 게 맞을 것이다.

도대체 왜?

알 수 없는 노릇이다. 택시를 타지 않은 것으로 이 지긋지긋한 반복이 끝났다고 판단했다. 하지만 아니었다. 내가 타지 않은 택시에 성미가 탔고, 내가 맞아야 할 총을 성미가 맞았다. 그리고 나는 다시 택시 안에 있다. 그럼 성미는 아직 살아 있는 건가. 성미는 어떻게 된 거지.

맞다.

나는 외투 주머니에서 핸드폰을 꺼냈다. 성미에게 문자가 와 있었다. 12시 10분에 보낸 문자였다. [자기야 나 10분 정도 늦을 것 같아. 미안해. 금방 갈게♡] 하지만 나는 성미가 보낸 문자에 답문을 보내지 않았다. 아까 전엔 보냈는데, 이번엔 보내지 않았다. 이번뿐만 아니라 택시를 타고 있는 동안엔 한 번도 보내지 않았다.

하지만 중요한 건 답문을 보냈느냐 아니냐가 아니다.

"이제 10초 남았어. 슬슬 선택하라고."

벌써 10초밖에 남지 않았다. 난 어떻게 해야 하지. 어떻게 하면 이 반복을 막을 수 있지. 이 말도 안 되는 반복. 머리가 터질 것 같은 두통. 어떤 선택을 해야 반복을 막을 수 있나.

"5초."

돈은 아마 지불된 상태겠지.

"4초."

계속 택시를 타고 있어도 총에 맞고, 택시에서 내려도 총에 맞는다.

"3초."

애초에 택시를 타지 않아도 누군가 총을 맞는다.

"2초."

어떤 선택을 내려야 하나.

"1초."

답은 하나밖에 없는 것 같다.

"자, 시간 다 됐어. 이제 선택해."

나는 택시기사를 쳐다보았다. 글록 17의 총구가 나를 바라보고 있다. 어차피 총에 맞아도 난 죽지 않는다. 다시 또 비슷한 상황이 반복되겠지. 머리가 끊어질 것 같은 두통이 조금 두려울 뿐이다. 겁먹을 필요 없다.

글록 17을 유심히 살폈다. 택시기사의 두 번째 손가락은 방아쇠에 걸려 있지 않다. 생각해 보면 이 인간은 글록 17로 단순히 날 협박하는 동안엔 한 번도 슬라이드를 당긴 적이 없다. 말하자면 아직 장전이 되지 않은 상태. 죽기 아니면 까무러치기다. 아니, 난 죽지도 까무러치지도 않을 것이다.

나는 재빨리 손을 뻗어 택시기사의 오른쪽 손목을 붙들었다. 심장이 빠르게 뛰었다. 오른손에 쥐어 있는 글록 17을 뺏으려 했다.

"뭐, 뭐야 이 새끼."

처음으로 보는 택시기사의 당황한 얼굴. 그 틈을 타 몸을 앞좌석 쪽으로 내밀며 그의 얼굴에 주먹을 내질렀다. 퍽.

"미쳤나, 이 새끼가."

택시기사는 왼쪽 팔로 얼굴을 막으며 오른손을 힘껏 뒤로 뺀다. 오른손엔 글록 17이 들려 있었다. 내가 높은 위치를 점하고 있었다. 택시기사는 몸이 반쯤 뒤틀려 어정쩡한 상태였다. 나는 다시 한번 주먹을 날렸다. 그의 오른쪽 팔꿈치에 막혔다. 이 씹새끼가! 라는 외침과 함께 그의 오른손이 내 머리 쪽으로 날아왔다. 나는 왼쪽 팔을 들어 얼굴을 막았다. 팔꿈치에 강한 통증이 밀려들었다. 글록 17의 손잡이 부분으로 맞은 것이다. 그는 반복해서 오른손을 내 팔에 내리찍었다. 나는 양손으로 그의 오른손을 낚아채 몸을 뒤쪽으로 뺐다. 심장이 튀어나올 것 같았다. 택시기사가 몸을 똑바로 하기 전에 나는 앞좌석의 의자 목 받침 부분을 지렛대 삼아 그의 오른쪽 팔꿈치를 완전히 뒤로 꺾어버렸다.

"아악!"

택시기사의 손에서 글록 17이 떨어졌다. 나는 재빨리 총을 집어 들었다. 군대에서 K-2나 K-3는 몇 차례 다뤄봤지만 권총은 처음이었다. 느낌이 이상했다. 이미 몇 번이나 내 머리를 관통시킨 총이었다. 손잡이 부분엔 땀이 배어 있었다. 플라스틱이라 가벼울 거라 생각했는데 총알 때문인지 제법 묵직했다. 택시기사는 끙끙대는 소리를 내며 왼손으로 오른팔 팔꿈치를 만지작거렸다.

나는 택시기사를 향해 총구를 겨누었다. 슬라이드를 당겼다. 철컥, 장전되는 소리가 들렸다.

"저기, 학생. 잠깐만. 그 총 내려놔. 그거 진짜 총이라고."

"나도 알고 있어."

"총을 진짜로 쏠 생각은 없었다고. 그냥 위협만 하려

고 했어."

"시끄러워. 당신은 나한테 총을 쐈어."

"무슨 소리 하는 거야. 나는 총을 쏜 적이 없어. 총을 쐈다면 어떻게 학생이 아직 살아 있겠어."

설명이 불가능한 부분이었다. 나는 아무 대꾸도 하지 않았다.

"그러니까 그 총 내려놓고. 우리, 말로 하자고, 말로. 침착하게. 심호흡 좀 하자고."

"내가 어떤 선택을 하길 바랐지?"

"그거야 학생이 알아서 잘 했겠지. 난 아무것도 바라는 게 없었다고."

"내가 택시에서 그냥 내렸으면 당신은 이 총으로 날 쐈을 거야. 택시에 계속 타고 있었어도 당신은 이 총으로 날 쐈을 거고."

"도대체 무슨 소리 하는 거야. 내가 쐈을지 안 쐈을지 그걸 학생이 어떻게 알아?"

"맞아봤으니까 알지."

"맞아봤다니 그건 또 무슨 소리야. 맞았다는 사람이 이렇게 멀쩡할까."

"나도 지금 이 상황이 이해가 안 되는데, 어쨌거나 내가 할 수 있는 최선의 선택은 당신을 쏘는 일이란 걸 알게 됐어."

"아니, 잠깐 잠깐 잠깐. 무슨 소리 하는 거야. 나를 왜 쏴. 그게 어째서 최선의 선택이라는 거야."

나는 천천히 고개를 가로저었다.

"학생, 내가 잘못했어. 내가 괜한 짓을 한 것 같아. 그냥 돈 안 내고 내려도 돼. 아니다. 자, 방금 받은 돈 돌려줄게. 얼른 이 돈 받아. 방금 있었던 일은 없었던 걸로 하자고. 그리고 그 총 좀 제발 내려놓으라고. 우리 충분히 말로 할 수 있잖아."

"말로 할 수 있으면서 날 쐈어?"

"이거 봐. 도대체 무슨 소리 하는 거야. 내가 언제 학생을 쐈다는 거야."

아무래도 이 경험은 나만 반복하는 것 같다. 택시기사는 나에게 총을 쐈다는 사실을 전혀 기억하지 못하고 있다. 아니다, 애당초 기억이라고 할 수 없는 문제다. 지금 이 모든 일이, 이 사람에겐 처음 일어나는 일이다.

"자, 자. 이제 다 끝났어. 어서 이 돈 받으라고. 그리고 그 총은 돌려주고. 장전된 상태잖아. 까딱 잘못했다간 큰일 난다고."

총을 돌려주면 안 된다. 그를 쏴야 한다.

하지만 나는 쉽사리 방아쇠를 당길 수 없다. 여기서

만약 그를 죽인다면 어떻게 될까. 내 예상이 맞는다면 더이상의 반복은 없을 것이다. 하지만 그렇게 반복이 끝나게 된다는 건, 그러니까 그 상황 자체가 계속 이어진다는 건, 결국 내가 살인을 저지르게 된다는 말이 된다. 당연히 정상참작이 될 것이다. 이 총에는 택시기사의 지문이 묻어 있을 테니까. 택시기사가 어디에서 어떻게 총을 구입했는지도 알아낼 수 있을 것이다. 죗값이 그렇게 크지는 않을 것이다.

하지만 나는 평생 살인자라는 딱지를 안고 살아야 한다. 법적인 처벌도 처벌이지만, 누군가를 죽였다는 죄책감은 죽을 때까지 나를 짓누를 것이다.

내가 겪은 일은 누구에게도 설명할 수 없다. 누구도 내 진술을 이해하지 못할 것이다.

제가 그 사람이 쏜 총에 몇 번이나 맞았거든요, 그래서 몇 번이나 똑같은 경험을 반복하게 돼요, 택시에 계속 탄다고도 말해봤고 내린다고도 말해봤어요, 제가 택시 탔을 때 타고 있던 여자 분, 이름이 성미인데요, 제 여자친구 이름도 성미인데 되게 재밌는 우연이에요, 어쨌거나 이 분이랑 반반씩 나눠서 요금을 내려고도 해봤어요, 하지만 그때마다 택시기사는 글록 17로 저를 쐈어요, 운 좋게 택시를 안 탈 수도 있었지만 그땐 제 여자친구가 저

대신 총을 맞았어요, 저에겐 이 사람을 죽이는 것 말고는 다른 선택 사항이 없었어요.

미친놈이라 생각할 것이다. 정신병원에 입원하게 될 것이다. 내 인생은 완전히 끝장나게 된다.

나는, 앞으로 벌어질 그 모든 상황을, 정말로, 감당할 수 있을까.

눈앞에 택시기사의 얼굴이 들어온다.

"자, 어서. 뭘 그렇게 고민하시나. 고민할 거 없다고. 이 돈 받고, 학생은 원래 가려던 길 가면 돼. 나는 다른 손님을 태우면 되는 거고."

이 사람 말이 맞다. 나는 내 돈만 돌려받고 내리면 된다. 하지만 총은 돌려주지 않을 것이다. 경찰서에 넘겨야 한다. 그러면 이 지긋지긋한 반복은 완전히 끝이 나게 된다. 이 지긋지긋한 반복은, 그렇게, 완전히, 끝이 나게, 되는 걸까?

"아무래도 당신을 죽여야 할 것 같습니다."

"잠깐만, 잠깐만. 학생 갑자기 또 왜 이래. 지금 그걸 들고 있어서, 그 뭐냐, 제대로 판단을 못 하는 것 같은데, 내 말 좀 들어봐. 다 모르겠고, 학생 말대로 그 총을 쏜다고 치자. 그럼 난 죽는다. 내 인생은 그걸로 끝이야. 좀 아쉽긴 하겠지. 어쨌거나 이건 다 내 사정이야. 자, 그럼 자네 사정은 어떨까."

"살인자가 되겠죠."

"그, 그, 그렇지. 자, 잘 알고 있구만. 자네는 살인자가 된다고. 이 좁아터진 한국에서. 무슨 말인지 알겠어? 살인자가 되는 게 어떤 의미인지는 알고 있어?"

"인생 종치는 거죠."

"맞아. 완전 아작 나는 거야. 왜 그런 선택을 해? 자넨 아직 젊잖아. 아까 여자친구 만나러 간다고 하지 않았나? 자네가 살인자가 되면 자네 여자친구는? 자네 부모님도 있을 거 아니야."

여자친구. 부모님.

"아직 자네 미래는 창창하잖아. 이제 곧 본격적으로 사회생활 하면서 돈도 벌고 돈 모으는 재미도 만끽하면서 말이지. 결혼도 해야 할 거 아니야. 그러고 나서 아이도 키우고. 부모님이 얼마나 기뻐하겠어. 자네한텐 이런 미래가 남아 있다고. 근데 그걸 다 포기하고 살인자가 되겠다고? 에이, 말도 안 되지."

"말도 안 되네요."

"그렇지, 그래. 이제야 말이 좀 통하는구만. 자자, 이 돈 받아. 얼른. 어서 받으라고. 아니다, 아니다. 이걸로 부족하겠구나. 내가 지금 갖고 있는 돈 다 줄게. 그리고 그냥 아무 일 없었던 것처럼 내리면 돼. 우리 사이엔 아무 일도 없었던 거야. 그 총도 안 돌려줘도 돼. 그냥 가지고 내려. 어디다 버리든지 기념으로 갖고 있든지 그건 알아서…"

탕.

고막이 터질 것 같은 소리. 총알이 격발될 때 손목부터 어깨까지 느껴지는 강력한 반동. 택시기사의 입은 '어' 모양에서 멈춰 있다. 이마엔 붉은 점이 생겼다. 택시 앞 유리창은 여러 갈래로 금이 갔고 옆 유리창엔 붉은 피가 튀어 있다. 피와 뇌수가 섞여 있다.

나는

결국

마침내

기어이

택시기사를

쐈다.

더 이상 끼이이이이이이잉, 하는 소리도 없을 것이고, 머리가 부서질 듯한 두통도 없을 것이다. 총성이 들렸으니 조만간 경찰이 출동할 것이다. 이미 택시 주변에선 웅성거리는 소리와 비명소리가 섞여서 들린다. 다들 허리를 굽힌 채 바닥에 붙어 있다.

택시기사는 즉사했다. 이로써 반복은 끝났다. 전부 내가 예상했던 대로다.

시간이 흐른다.

경찰차와 구급차의 사이렌 소리가 들린다.

글록 17을 옆에 내려둔다.

확성기 소리가 들린다.

나는 문을 열고, 양손을 머리 위로 올린 채, 천천히, 택시에서 내린다. +

호세
알프레도를
찾아서

다음에 나올 인물은 콜레히오 데 메히코에서, 그중에서도 주로 문학을 전공하는 학생들 사이에서 요즈음 자주 이야기되는 작가다. 이 작가에 대한 이야기는 콜레히오 데 메히코 대학원에서 알폰소 레예스를 전공하다가 방학을 틈타 잠시 귀국한 친구 호르헤가 해주었다.

호르헤와는 몇 년 전 인터넷 블로그를 통해 알게 되었다. 당시 이 친구의 닉네임이 호르헤였고, 직접 만나 실명을 알기 전부터 호르헤라고 불렀기 때문에 지금까지도 닉네임으로 부르는 게 더 익숙하다. 언젠가, 닉네임으로 사용할 만큼 좋아하는 작가 호르헤 루이스 보르헤스를 왜 전공하지 않느냐고 묻자 그는 이렇게 답했다.

"정말 좋아하는 작가는 연구할 수가 없겠더라고. 그냥 즐겨야지."

좋아하는 작가나 소설 취향이 비슷하다보니 직접 만나서든 블로그를 통해서든 꾸준히 친분을 유지할 수 있었다. 최근엔 인스타그램을 통해 간간이 연락을 주고받았다.

호르헤와 1년 남짓 만에 만나 자주 가던 술집에 갔다. 그는 그동안 콜레히오 데 메히코에 다니며 있었던 일들에 대해 썰을 풀고 있었다.

"한국에서는 공부 잘하고 머리 좋은 애들 대부분 의대나 법대 가잖아? 근데 이 나라는 전부 국문과 오는 것 같아. 그러니까 멕시코문학과. 애들이 진짜 다들 천재야, 천재."

"도대체 머리가 얼마나 좋길래?"

"예를 들면, 선생님이 다음 수업 때까지 후안 룰포의 전 작품을 읽어오라고 하잖아? 어차피 룰포는 작품이 많지 않아서 일주일이면 읽을 시간이 충분하거든. 그래서 그런지 애네들은 다 읽어오는 건 물론이고 단편 몇 편 정도는 통째로 외워버려. 그리고 수업 시간에 줄줄 읊고 있다니까. 어이가 없어서. 룰포 관련 논문들도 싹 다 훑고 오는 것 같더라고. 진짜 무슨 괴물 같다니까. 지금 거기서 박사 과정에 있는 선배 한 명도 처음엔 그런 상황이 적응

안 돼서 혼났다나봐. 자기도 딴에는 공부 좀 했다고 멕시코로 넘어갔는데 거긴 온통 천재들밖에 없으니까."

나는 어처구니없다는 듯 웃음을 터뜨리며 대꾸했다.

"근데 넌 그런 데서 어떻게 공부하고 있냐?"

"나도 미쳤지. 어쩌자고 거기까지 갔는지 모르겠다. 그리고 이건 예전에 인스타그램에도 올린 적 있는데, 얘네들 외국어 서너 개 정도는 껌 씹는 것처럼 쉽게 한다니까. 스페인어, 영어, 불어 정도는 전부 모국어처럼 능숙하게 해. 거기다 라틴어나 그리스어, 아니면 독일어나 이탈리아어 하는 애들도 있고. 취미 삼아 중국어나 에스페란토어 배우는 애들도 있고. 무슨 괴물들 숲에 있는 것 같아."

이런 이야기를 하던 와중, 최근 학생들 사이에서 가장 자주 언급되는 작가라며 호르헤는 한 인물에 대해 말하기 시작했다.

"원래 그 사람 이름은 호세 알프레도 센데하스 피나다야."

"이름 한번 엄청 기네."

"그래서 보통 호세 알프레도라고 줄여서 불러. 대략 오륙 년쯤 전부터 시작되는 이야기야."

호세 알프레도는 온라인 아마존닷컴의 멕시코 지부에

서 문학 분야 책 판매를 담당하는 사람이었다. 그쪽 일을 하다 보니 자연스레 출판계나 문학계 사람들과의 접촉도 잦아졌다. 그는 취미로 독서 블로그를 운영했는데 그의 글솜씨를 눈여겨본 어느 문학 잡지 편집자가 그에게 서평을 한 편 써달라며 메일을 보내왔다. 처음에 호세 알프레도는 그 편집자의 제안에 의아해했다. 평론가나 교수나 작가들의 글만 취급하던 꽤 보수적인 문학 잡지였기 때문이다. 나중에 알고 보니 같은 출판사에서 조만간 대중문화 전반을 다루는 월간지를 창간할 예정이라며 거기에 서평을 써달라는 것이었다. 호세 알프레도는 큰 고민 없이 그러겠다고 답 메일을 보냈고 그 후 그는 편집자가 매달 추천해 준 두세 권의 책 중 하나를 골라 서평을 썼다. 시간이 지나자 잡지를 읽는 사람들이 조금씩 그의 글에 반응하기 시작했다. 서평을 쓴 지 반년 만에 팬레터 형식의 메일을 받기도 했다.

그즈음 호세 알프레도는 서른을 목전에 앞둔 나이였다. 소년이라 불리기엔 무리가 있었지만 야망만은 소년 못지않았다. 비록 지금은 온라인 서점에서 책을 팔고 한 달에 한 편씩 서평을 쓰고 있지만 언젠간 라틴 아메리카 문학의 정상에 우뚝 서고야 말겠다는 야망이었다. 누구에게도 보여주지 않고 그 어떤 곳에도 발표하지 않았지만 꾸준히 소설을 쓰고 있기도 했다. 그의 꿈은 몇 년에 걸쳐 확고해지고 있었다. 그러다가 서른을 기점으로 하여 더 늦기 전에 소설에 매진해야겠다는 열망을 분출하고 말았다. 5년 넘게 다니던 직장에 사표를 던진 것이다. 비록 맥콘도 그룹이나 크랙 그룹 작가들처럼 주목 받으며 문학 생활을 할 수는 없을지언정, 라우라 에스키벨처럼 멋진 데뷔작을 써서 멕시코 문단의 빛나는 신인이 될 것이라는 확신만은 가득했다. 그리하여 언젠가는 카를로스 푸엔테스의 『가장 청명한 땅』이나 로베르토 볼라뇨의 『야만스러운 탐정들』처럼 끝내주는 멕시코 소설을 써내고 말겠다는 꿈으로 부풀어 올랐다. 열정과 열망에서 기인한 일이 대부분 그러하듯 뚜렷한 근거는 없었다.

하지만 처음부터 호세 알프레도의 삶은 그가 계획했던 것과는 조금 다른 방향으로 흘러갔다. 직장을 그만두자 마치 그의 생계를 걱정하기라도 한 듯 두세 군데 잡지에서 그에게 연락을 해왔다. 서평을 써달라는 것이었다. 당시 그는 이런 원고 청탁에 대해 부담감을 느끼지 않았다. 어차피 하루 종일 소설을 쓸 수도 없는 노릇이고, 소설을 쓰는 와중에도 책을 볼 터이니, 시간을 조금 더 들여 서평을 쓴다고 한들 자신이 애초에 계획했던 일이 어긋날 것이라고는 예상하지 못했다.

여러 위대한 작가들이 그러했고 그러하듯, 호세 알프레도도 오전에만 집중적으로 집필하기로 마음먹었다. 오후엔 독서나 조깅을 하며 시간을 보내면 될 것 같았다. 처음 2주 동안은 비교적 계획한 대로 생활해 나갔다. 청탁받은 서평 원고 세 개 중 두 개를 완성시켰고, 쓰고자 했던 소설도 무리 없이 진행시켰다. 호세 알프레도는 일을 그만두기를 잘했다고 스스로를 대견해 했다.

3주째 접어들면서 그의 생활 패턴은 바뀌기 시작했다. 30년간 단 한 번도 겪은 적 없던 불면증이 찾아온 것이다. 그달 쓰려고 했던 서평 하나가 화근이었다. 신자유주의적 정치관을 내세운 당시 대통령을 비판하면서 인기를 얻은 어느 정치 평론가가 쓴 정치 교양서에 대한 서평을 써야 했는데 어떤 식으로 풀어나가야 할지 실마리를 찾지 못했던 것이다. 결국 이틀 동안 밤을 새서 원고를 썼고, 사흘째부터 불면증이 시작되었다. 호세 알프레도는 이해가 되지 않았다. 고작 이틀 밤새웠다고 밤에 잠이 오지 않다니. 결국 해가 뜰 무렵이 돼서야 잠이 들었고 그런 상황은 그날 이후로 반복되었다. 괴로운 마음에 수면제를 먹어볼까 생각하기도 했다. 그러나 약의 힘을 빌리기보다는, 차라리 밤에 글을 써보는 것도 나쁘지 않을 거라고 마음을 고쳐먹었다. 오전에 소설을 써야 한다는 강박감이 이런 상황을 초래했을지도 모른다는 생각이 들었던 것이다. 4주째부터 그는 밤에 소설을 썼다. 하지만 기대했던 것만큼 잘 써지지는 않았다. 데킬라를 조금씩 홀짝거리기 시작한 건 그 무렵부터였다.

일을 그만둔 지 세 달이 지났을 때 호세 알프레도가 한 달 동안 고정적으로 써야 할 서평 원고의 수는 다섯 개로 늘어나 있었다. 매달 들어오는 원고료도 그만큼 불어났다. 아마존에 다닐 때 받았던 월급에 비하면 반도 안 되는 수준이긴 했지만, 한 달 생활비로 쓰기엔 크게 모자람이 없었다. 굳이 적금 통장을 깨지 않아도 생활이 가능했다.

팬 메일도 조금씩 늘어났다. 그가 쓴 모든 서평엔 자신의 이름과 함께 메일 주소가 적혀 있었다. 글을 잘 봤다는 내용이 대부분이었지만 간혹 그의 의견에 동의하지 못하겠다는 메일이 오기도 했다. 그는 일일이 대꾸하지 않았다.


"멕시코도 우리나라랑 상황이 많이 다르지 않아."

호르헤가 계속해서 말했다.

"매달 폐간되거나 새로 창간되는 잡지가 부지기수거든? 폐간되는 잡지 중에는 호세 알프레도에게 원고를 받는 잡지도 있었고. 근데 희한하게도 써야 할 원고 수가 줄어든 바로 그다음 달에, 어떻게 알았는지 새로 창간될 잡지에서 그 사람한테 원고를 청탁하는 일이 반복해서 일어났던 거야."

"누가 그 호세 뭐시기라는 사람의 생활비 절대량을 조절하기라도 하는 것처럼?"

"신기하지?"

"이거 설마 <트루먼 쇼> 아니야?"

"짐 캐리 나온 거?"

"호세 뭐시기가 걸작을 집필하지 못하게 하려고 멕시코 문단이 계략을 쓴 거지."

잠시 정적이 흘렀다. 내가 다시 말을 덧붙였다.

"우리의 도 선생 도스토옙스키가 이런 말을 했잖아. 헛소리를 자꾸 하다 보면 진리에 다다를 수 있다고."

호르헤는 내 말을 무시하고 하던 말을 이어나갔다.


호세 알프레도는 매일 새벽 잠들기 전 데킬라를 서너 잔씩 마셔야만 했다. 가끔 한두 잔씩 홀짝이던 정도였으나 어느 순간부터 데킬라 없이는 잠을 이룰 수 없었던 것이다. 그의 머릿속에 알코올 중독이라는 말이 반복해서 떠올랐다. 정신과 치료라도 받아봐야 하는 게 아닌지 걱정하기도 했다. 하지만 걱정만 할 뿐 병원에 갈 생각은 하지 않았다. 굳이 데킬라를 끊으려고 하지도 않았다. 그에게는 맬컴 라우리의 『화산 아래서』가 있었고, 찰스 부코스키의 『여자들』이 있었다. 둘 모두 위대한 작가이자 동시에 알코올 중독자였다. 무엇보다 그들은 걸작을 써냈다. 호세 알프레도는 마음을 급하게 먹지 말자고 되뇌었다. 카프카도 말했듯이 초조해하는 것은 죄야. 어차피 일이 년 만에 완성되는 걸작은 없잖아. 매일 조금씩 쓰고 다시 고쳐 쓰다 보면 소설 한 편을 완성할 수 있어. 하지만 그는 매달 대여섯 편의 서평을 쓰는 데 진을 뺐고 막상 써야 할 소설은 한 줄도 쓰지 못했다. 주기적으로 자책감에 시달렸고 그때마다 그가 마시는 데킬라의 양은 조금씩 늘어났다.

1년이라는 시간은 의외로 빨리 흘렀다. 호세 알프레도가 매달 고정적으로 써야 할 서평 원고는 여섯 개였고 그가 쓰기로 마음먹었던 소설은 처음 일을 그만두고 한 달여 동안 썼던 분량에서 멈춰 있었다. 어느덧 그의 생활 패턴도 매주 한두 개씩 있는 마감 날짜에 맞춰져 있었다.

뭔가 잘못 돌아가고 있어.

원고를 쓰기 위해 워드 프로그램을 켤 때마다 그는 구시렁거렸다. 한 달 내내 서평 원고 마감에 시달리기 위해 잘 다니던 직장을 그만둔 건 아니었다. 그는 멕시코 문단의 빛나는 별이 되고 싶었다. 하지만 어디서부터 어떻게 바로잡아야 할지 알 수 없었다. 더 이상 원고 청탁은 받지 말아야 한다는 사실을 알고 있었고, 기존에 쓰고 있는 원고 수를 줄여야 한다는 것 또한 알고 있었다. 다만 행동으로 옮길 수 없을 뿐이었다. 담당 편집자들은 대부분 아마존에서 일할 때부터 친분을 쌓아온 사람들이었고 호세 알프레도는 매정함과는 거리가 먼 성격이었다.

그 무렵부터였다. 이따금 원고 담당 편집자들과 만나 술을 마실 때마다 호세 알프레도는 이런 말을 듣곤 했다.

"호세, 소설 작업은 잘 진행되고 있어?"

"호세, 요즘 어떤 이야기 쓰고 있어? 되게 보고 싶은데."

"호세, 첫 소설 완성하면 나한테 제일 먼저 보여줘야 해!"

그들은 마치 소설 쓰기로 결심하고 1년 정도만 지나면 소설 한 편 정도는 뚝딱 써내야 마땅하다는 듯 그렇게 말했다. 무엇보다 그들은 서평 원고를 청탁한 사람들이었다. 호세 알프레도는 심경이 복잡했다.

너희들 원고 마감 날짜 맞추느라 내가 소설을 못 쓰고 있잖아!

하지만 그는 차마 그 말을 내뱉을 수 없었다.

"소설 쓰는 게 생각만큼 쉬운 일이 아니더라고요. 쓰기 전에는 뭐든 다 쓸 수 있을 것 같았는데."

그 후로도 한두 달에 한 번씩 잡지 편집자들과 술 마실 때마다 호세 알프레도는 한결같은 질문을 들어야만 했다. 그는 편집자들이 나쁜 의도로 그러는 게 아님을 잘 알고 있었다. 그에 대한 관심의 표현이나 마찬가지였다. 그러나 의도야 좋건 말건 그는 스트레스를 받았다. 쓰고 있는 소설이 있다면 받지 않았을 스트레스. 그럼에도 불구하고 호세 알프레도는 마음을 강하게 다잡지 못했다. 원고 청탁을 거절하지 못했던 것이다. 속으로만 끙끙 앓았다.

호세 알프레도는 점차 이런 생활에 익숙해졌다. 어느 덧 그가 써온 원고의 양도 책으로 묶을 수 있을 만큼 쌓였다. 두어 군데 출판사에서 책을 한번 내보지 않겠냐는 제안을 받기도 했다. 소설가나 평론가로 데뷔하지 않았음에도 그는 이미 나름의 독자층을 확보하고 있었던 것이다. 그의 글은 그만큼 매력적이었다. 더군다나 그가 서평에서 다룬 책은 판매량에 어느 정도 영향을 미쳤다. 출판사에선 자신들의 책 서평을 써달라며 그에게 책을 보내줬고 따로 연락해서 잘 부탁한다는 말을 건네기도 했다. 멕시코 문단에서 싸움닭으로 유명한 어느 문학 비평가 또한 호세 알프레도의 문학 서평이 웬만한 문학 평론가들의 평론보다 소설 읽는 데 도움이 된다는 식의 에세이를 쓰기도 했다. 그렇게 그의 이름은 점차 책깨나 읽는다는 사람들의 입에 오르내리기 시작했다.

호세 알프레도는 결국 평소 호감을 갖고 있던 출판사 측의 책 출간 제의에 동의했고, 그로부터 반년쯤 지난 후 처음으로 책을 출간하게 되었다. 서평집이었다. 그는 엄청나게 기뻐했고 말로 표현할 수 없을 만큼 슬퍼했다.

호세 알프레도가 자신도 의식하지 못하는 사이 거짓말을 늘어놓게 된 건 그의 서평집이 출간되고 얼마 지나지 않았을 때였다. 책을 담당한 편집자와 그밖에 다른 출판 관계자들 몇 명이 첫 책을 낸 호세 알프레도를 축하하기 위해 마련한 자리에서였다. 그는 이런 축하 자리가 즐겁기도 했으나 다른 한편으로는 스트레스이기도 했다. 분명 누군가 요즘 소설 잘 쓰고 있는지 눈치 없이 물어볼 게 뻔했기 때문이다. 그리고 그의 예상은 풍차를 향해 돌진하는 돈키호테의 창처럼 정확했다.

"호세 알프레도 씨, 소설 쓰신다고 들었는데 어떤 소설 쓰고 있는지 물어봐도 될까요?"

몇 달 전부터 원고를 쓰기 시작한 잡지의 편집자였다.

호세 알프레도는 억지웃음을 지으며 어디에 눈을 맞춰야 할지 몰라 주위를 두리번거렸다. 이번엔 어떤 식으로 둘러대야 하나.

그러다 문득 건너편 테이블에 앉아 있는 커플이 눈에 들어왔다. 덤덤한 표정을 짓고 있는 남자와, 이와는 대조적으로 굉장히 슬픈 눈빛의 여자였다. 헤어지기 직전의 연인이거나 어긋난 사랑에 슬퍼하는 커플임이 틀림없었다. 불과 10초도 채 되지 않는 시간이었으나 호세 알프레도의 머릿속에선 빠른 속도로 그들의 스토리가 그려졌다. 호세 알프레도는 눈치 없는 편집자를 보며 천천히 입을 뗐다.

"요즘은, 사랑 이야기를 구상하고 있어요."

술자리에 있던 사람들이 일순 호세 알프레도의 말에 주목했다. 잠시 정적이 흘렀고, 고요함을 참지 못한 누군가가 물었다.

"어떤 내용이에요?"

"사랑의 어긋남에 관한 이야기예요."

그러고 나서 호세 알프레도는 잠시 뜸을 들인 뒤 일사천리로 말을 이어갔다.

"한 여자가 한 남자를 사랑해요. 베라크루스에 살던 그 여자는 남자를 만나기 위해 멕시코시티로 오죠. 여자는 자신의 마음을 꼭꼭 숨기고 있고, 남자는 여자의 마음을 짐작하고 있지만 모른 척해요. 둘은 멕시코시티를 거닐면서 데이트를 합니다. 차풀테펙 공원에서 시작해서 라포르마 대로를 따라 걸어요. 그리고 소나 로사를 거쳐 쿠아우테목 기념상에서 지금 우리가 있는 부카렐리 가 쪽으로 향하죠. 그러는 동안 이야기의 복선이 담긴 이런저런 대화가 오고가기도 하고요. 그러다 저녁이 되고, 어느 바에 도착합니다. 지금 우리가 있는 이 바가 소설 배경이 되어도 괜찮을 것 같네요. 거기서 결정적인 사건이 발생하고 여자는 슬픈 눈으로 남자를 쳐다보죠."

"오, 괜찮을 것 같은데요?"

호세 알프레도의 책을 담당했던 편집자가 가장 먼저 반응했다.

이후 잘 한번 써보라는 둥, 실비아 오캄포나 아돌포 비오이 카사레스식의 환상이 곁들어지면 훨씬 재밌을 것 같다는 둥, 바에서 결정적인 사건이 일어나기 전까지 지루하지 않게 이야기를 끌어나가는 게 중요할 것 같다는 둥의 코멘트가 이어졌다.

호세 알프레드로선 그들의 말이 얼마만큼 진심인지 알 수 없었다. 그냥 예의상 하는 말일 수도 있었다. 그럼

에도 불구하고 그는 기분이 좋았다.

그날 이후 그런 일이 몇 차례 더 반복되었다. 출판 관계자들은 어디서 누구한테 들었는지 "요새 재미있는 소설 쓰고 있다면서요?"라는 식으로 물어왔고, 그때마다 호세 알프레도는 주위를 스윽 한번 둘러보고는 짤막한 이야기를 만들어냈다.

이야기가 떠오르지 않아서 곤혹스러웠던 적은 한 번도 없었다. 일단 입을 떼고 나면 청산유수로 이야기를 이어나갔다. 개중에는 호세 알프레도 본인이 말해놓고 뭐가 그리 재미있는지 혼자 빵 터져 주위 사람들을 무안하게 만든 경우도 있었다. 하지만 그렇게 즉흥적으로 떠오른 이야기는 오래 기억되지 않았다. 그 모든 이야기는 호세 알프레도가 집에 도착해 노트북에 기록하려는 순간, 마치 꿈속에서 본 장면인 듯 까마득히 사라져버렸다.

그렇게 다시 1년 정도의 시간이 흘렀다. 수면 시간은 들쑥날쑥했다. 호세 알프레도는 가끔 그가 처음 쓰려고 했던 소설 파일을 열어봤다. 하지만 몇 번을 반복해서 읽어봐도 당시 자신이 왜 이런 이야기를 쓰려고 했는지 짐작할 수 없었다. 어디를 어떻게 손봐야 할지도 알 수 없었다. 차라리 완전히 새로운 소설을 쓰는 게 나을 것 같았다.

"이렇게 지내던 와중에 사건이 벌어져."

호르헤의 목소리 톤이 조금 바뀌었다.

"그날은 새롭게 원고 청탁을 해온 어느 문학 잡지의 편집자와 술 약속이 있었어. 호세 알프레도는 원고 수를 더 늘이고 싶지 않았어. 근데 그 문학잡지가 멕시코뿐만 아니라 중남미 전체에서도 다섯 손가락 안에 들어갈 정도로 규모가 컸거든. 그만큼 독자 수도 많았고. 호세 알프레도 입장에선 욕심이 생겼겠지. 자신의 고정 독자 수를 늘일 수 있는 좋은 기회이기도 했고. 근데 호세 알프레도가 그 원고 청탁에 응한 진짜 이유는 다른 데 있었어."

"담당 편집자가 여자였지?" 내가 물었다.

"어떻게 알았어?"

"그리고 엄청 미인이었겠고."

"하하, 그것도 맞는 말이긴 한데, 그런 거랑은 조금 다른 이유였어."


호세 알프레도에게 연락해온 편집자의 이름은 파울라 마스트였다. 하지만 출판계나 문학계에선 본명보다는 애니 윌크스라는 닉네임으로 더 유명했다. 바로 스티븐 킹의 『미저리』에 나왔던 여자 주인공의 이름. 그녀는 다른 편집자들과 비교해 유독 적극적으로 작가들의 작품에 관

여했다. 이 부분에선 문장을 줄이거나 늘리라든지, 이야기의 흐름을 빠르게 하라거나 천천히 하라든지, 심지어 캐릭터 설정을 바꾸라는 식으로 간섭하기까지 했다. 함께 일을 했던 작가들은 그녀의 과도한 개입에 불만을 표했다. 작가를 우습게 봐도 유분수라는 식이었다. 그러는 와중에 그녀에게는 애니 윌크스라는 별명이 자연스레 들러붙었다. 하지만 작가들의 불만은 늘 술자리의 투덜거림에 머물렀는데, 왜냐하면 그녀가 편집을 담당한 작품은 반드시 일을 냈기 때문이었다. 베스트셀러 목록에 오른다든지, 로물로 가예고스 상이나 세르반테스 상과 같은 스페인어권 유수의 문학상을 수상했던 것이다. 그녀에겐 원석을 볼 줄 아는 눈이 있었고, 그것을 진주로 만들어낼 수 있는 능력까지 있었다. 애니 윌크스와 일을 해본 작가라면 그녀를 증오하지 않을 수 없었고, 동시에 사랑하지 않을 수 없었다.

호세 알프레도 역시 애니 윌크스에 대한 소문을 잘 알고 있었다. 그리고 그런 유명하면서도 유능한 편집자가 왜 자신에게 직접 연락을 해왔는지 궁금했다. 명목상으로는 서평 원고를 청탁하기 위한 것이었으나 분명 다른 이유가 있으리라 추측했다.

설마 내가 여기저기 하고 다닌 이야기 중에 마음에 드

는 게 있는 건 아닐까. 그래서 같이 소설 작업을 해보자고 제안하는 건 아닐까. 만약 그렇다면 어떻게 대처해야 하지. 솔직하게 말해야 하나. 그동안 했던 이야기들은 즉흥적으로 떠올린 것뿐이라고, 실제로는 단 한 편도 쓰지 못했다고 고백해야 하나.

호세 알프레도는 이런저런 망상의 나래를 펼치며 애니 윌크스가 보낸 메일을 반복해서 읽었다.

호세 알프레도는 원고 청탁 수락 메일을 보내고 나흘 뒤 애니 윌크스를 만났다. 렐로치노 근처에 있는 바에서였다. 둘은 소페스와 엔칠라다로 요기를 하고 나서 맥주를 마셨다. 그들은 시종일관 일과 관련된 대화는 하지 않았다. 문학에 대해서만 이야기를 나누었다. 좋아하면서 동시에 싫어하는 멕시코 현대 문학에서 시작하여, 이미 모든 문학적인 실험을 시도했다고도 할 수 있는 18세기 영국 문학과 황금보다 더욱 빛나는 17세기 스페인 문학을 거쳐 무조건적으로 찬양을 보내는 그리스 비극에 이르기까지, 둘의 대화는 쉴 틈 없이 이어졌다. 테이블 아래위로 맥주병이 차곡차곡 쌓여갔다.

중간에 호세 알프레도는 의아한 점을 발견했다. 대화가 로렌스 스턴의 『트리스트럼 섄디』에서 세르반테스의 『돈키호테』로 넘어가던 무렵이었다. 화장실에 다녀오다가 호세 알프레도는 애니 윌크스의 자리 아래에 유난히 물기가 많다는 걸 알아챘다. 그리고 잠시 후, 그녀가 술을 마시는 척하며 술을 바닥에 조금씩 버리는 모습을 목격했다. 바 안이 어두운 편이라 그때까지 눈치채지 못했던 것이다. 술 마시기 싫으면 안 마셔도 되는데 왜 굳이 버리지? 궁금하기는 했으나 물어보지는 않았다. 중요한 문제가 아니라고 생각했다.

그 이후에도 둘은 비슷한 속도로 술을 마셨다. 정확하게 말하자면 호세 알프레도는 술을 마셨지만 애니 윌크스는 술을 바닥에 버렸다. 호세 알프레도만 조금씩 취해 갔다.

만난 지 세 시간쯤 지난 후 그들은 바에서 나왔다. 호세 알프레도는 기분이 좋았다. 최근 일이 년 동안 이렇게 즐겁게 누군가와 술 마시며 대화를 나눈 건 처음인 듯했다. 시간이 어떻게 흘러갔는지, 그 많은 술이 어디로 다 들어갔는지 알 수 없을 만큼 즐거웠다. 무엇보다 애니 윌크스는 단 한 번도 자신에게 요즘 어떤 소설을 쓰고 있느냐고 묻지 않았다.

둘은 콜럼버스 기념상이 있는 쪽으로 천천히 걸어갔다. 가던 중 술에 취해서인지 돌부리에 걸려서인지 호세 알프레도가 기우뚱했고 그런 그를 잡아주느라 애니 윌크스는 그의 팔을 잡았다. 그리고 콜럼버스 기념상에 도착할 때까지 그녀는 낀 팔짱을 풀지 않았다.

둘은 택시를 잡아타고 레포르마 대로를 달렸다. 택시 안에서도 팔짱을 끼고 있던 애니 윌크스는 술에 취한 듯 호세 알프레도의 어깨에 자신의 얼굴을 기댔다. 호세 알프레도는 이게 뭐지? 하는 의아함이 들었으나 술도 취했고 기분도 좋아 깊이 생각하려 하지 않았다.

잠시 후 택시는 파라과이 가 가운데에서 섰다. 호세 알프레도의 집은 그보다 조금 북쪽에 있는 코스타리카 가에 있었고 애니 윌크스의 집은 그보다 조금 남쪽에 있는 니카라과 가에 있었다.

"오늘 만나서 정말 반가웠습니다. 신나게 대화하느라 막상 일 얘기는 전혀 못했네요." 호세 알프레도가 먼저 입을 뗐다.

"저도 좋았어요. 일 얘기는 나중에 메일로 하죠." 애니 윌크스가 말했다.

"신호등이 녹색으로 바뀌었네요. 그럼 조심해서 들어가세요."

호세 알프레도는 그렇게 말하고 그녀를 바라보았으나 그녀는 깜빡이는 불을 바라보기만 할 뿐 움직일 생각은 하지 않았다.

"호세 알프레도 씨가 먼저 가세요. 저는 가시는 거 보고 들어갈게요."

"아니에요. 파울라 마소트 씨가 먼저 가세요."

"아니에요. 먼저 가세요. 그래야 제 마음이 더 편해요."

"그래요? 그럼 뭐, 제가 먼저 가겠습니다."

호세 알프레도는 그렇게 말하고 자신이 가야 할 쪽에 있는 신호등을 바라봤다. 적색이었다. 둘은 신호등 색이 바뀌길 기다리며 말없이 있었다. 호세 알프레도는 잠시 어색한 기분이 들었다. 곧 신호등이 녹색으로 바뀌었다.

"그럼, 저 먼저 갑니다."

호세 알프레도는 살짝 목례하고 길을 건너려 했다.

"잠시만요!"

애니 윌크스가 다급하게 그에게 소리쳤다. 호세 알프레도는 몸을 그녀 쪽으로 돌렸다.

"생각해 봤는데, 제가 먼저 가는 게 좋을 것 같아요."

호세 알프레도는 살짝 미소를 지었다.

"봐요. 제가 먼저 가시라고 했잖아요."

둘은 다시 반대편 신호등이 바뀌길 기다렸다. 신호등은 금세 녹색으로 바뀌었다.

"오늘 즐거웠습니다. 조만간 다시 연락할게요."

호세 알프레도는 애니 윌크스에게 인사를 했다. 하지만 그녀는 움직이지 않았다. 녹색 신호등만이 무심히 깜빡였다. 신호등이 적색으로 바뀌고 나서야 애니 윌크스는 입을 열었다.

"저기, 혹시 괜찮으시면 저희 집에 가서 차 한잔하지 않으실래요?"

"아, 진짜 답답하네."

답답한 이야기 전개에 답답해진 내가 호르헤에게 말했다.

"호세 알프레도는 왜 그렇게 여자 마음을 모르냐. 눈치 없게."

그러나 호르헤는 내 말에 아무 대꾸도 하지 않은 채 맥주를 한 모금 들이켰다.

"그래서 어떻게 됐어? 같이 그 편집자 집에 갔어?"

"사실은 여기가 사람들 사이에서도 의견이 분분한 지점이야."

"왜? 뭐가?"

"실은 호세 알프레도가 게이라는 말이 있었거든."

"그래?"

"근데 다른 한쪽에선 게이가 아니라 바이라는 말도 나

왔어."

"그래서 둘이 같이 밤을 보낸 거야 어떻게 된 거야?"

"넌 그런 것밖에 관심 없냐? 여기서 중요한 건 그런
게 아니라고."

"야, 세상에 운우지정만큼 중요한 게 어디 있다고."

"당연히 있지. 애니 윌크스와 만나고 나서 호세 알프
레도가 사라져버렸으니까."


그날 이후 호세 알프레도는 멕시코시티에서 사라진
다. 잡지 편집자들에게는 미안하다는 짤막한 메일만을 남
긴 채 원고를 펑크 내버린다. 그리하여 잡지 지면에서도
그의 이름은 사라진다. 잡지 편집자들은 어리둥절했지만
그가 어디로 사라졌는지 알아낼 방법이 없었다.

호세 알프레도를 마지막으로 만난 애니 윌크스에 의
하면 그가 멕시코 북부의 비야비시오사에 간 것 같다고
했다. 대화 도중에 얼핏 그 지역에서 살고 싶다는 식으로
말했다는 것이다. 하지만 그곳에서도 그의 흔적을 찾을
수는 없었다.

시간이 지나면서 캄페체나 아카풀코 등의 해안 마을
에서 호세 알프레도의 모습을 봤다는 소문이 들리기도
했다. 식당을 차렸다는 말도 있었고 임대업을 한다는 애

기도 있었다. 하지만 이 모든 소문은 사실이 아니었다. 누군가 경찰에 실종 신고를 하기는 했지만 경찰이 호세 알프레도를 찾을 거라 기대하는 사람은 아무도 없었다. 그가 어디에서 무얼 하는지 아는 사람은 멕시코에 단 한 명도 없는 것 같았다.

그렇게 호세 알프레도가 사라진 지 1년쯤 지난 후부터 이상한 소문이 돌기 시작했다. 호세 알프레도가 애니 윌크스에게 전화를 걸어와 지금 작품을 쓰는 중이라고 했다는 것이었다. 누가 그 소문을 전하느냐에 따라 호세 알프레도가 쓰고 있다는 작품의 내용은 천차만별로 달라졌다. 소노라 사막을 배경으로 한 유토피아 소설을 쓰고 있다는 사람도 있었고 스페인에 정복당하지 않았을 상황을 상상하며 대체역사 소설을 쓰고 있다는 사람도 있었다. 그 외에도 전투 로봇을 발명한 미치광이 과학자가 미국을 침공하는 내용의 SF 소설이나 멕시코 전역의 노인들을 죽이고 다니는 사이코패스를 다룬 범죄 소설 등 여러 가지였다.

하지만 소문의 진상을 파악하기 위해 한 문학 기자가 애니 윌크스에게 알아본바, 그녀는 호세 알프레도가 사라진 이후 단 한 번도 그와 연락을 주고받은 적이 없다고 했다. 도대체 왜 자신을 대상으로 그런 근거 없는 소문이

퍼지는지 알 수 없다는 말도 덧붙였다.


"그럼 그 애니 윌크스랑 호세 알프레도랑 그날 밤에 무슨 일이 있었는지는 아무도 모르는 거네?"

"그 여자 말로는 그냥 술만 마시고 헤어졌대. 호세 알프레도가 사라지기 직전에 만난 사람이 자기인 건 맞는데, 맹세코 아무 일도 없었다고. 좋아하는 작가들에 대해서 즐겁게 수다 떨다가 유쾌하게 헤어졌다고."

"설마 애니 윌크스가 『미저리』 주인공처럼 호세 알프레도를 외진 곳에 가두고 글 쓰게 하는 건 아니겠지?"

"사실 몇 달 전부터 '호세 알프레도를 찾아서'라는 제목의 홈페이지가 운영되고 있거든? 예전부터 호세 알프레도 글을 좋아했던 우리 학교 애 한 명이 이 사건에 흥미를 느껴서 만든 거야. 호세 알프레도가 쓴 글은 물론이고 이 사람이 쓰려고 했던 소설 이야기들도 많이 올라와 있어. 근데 그중에 어떤 게 진짜 호세 알프레도가 쓰려고 했던 건지는 아무도 몰라. 출처가 분명하지 않으니까. 어차피 전부 입소문이라 출처라는 게 있으나 마나지. 다들 자기가 아는 사람이 호세 알프레도에게 직접 들었다는 식으로 얘기하니까. 자기 얘기가 진짜라고 우기기만 하지. 근데 요즘은 그런 이야기를 대상으로 2차 창작까지 이뤄지고 있어. 호세 알프레도가 쓰려 했던 이야기의 결말을 상상해서 써본다든지, 아니면 이 사람이 쓰려 했던 이야기들을 짜깁기해서 새로운 소설을 쓰는 거지. 그리고 홈페이지엔 이 사람과 관련된 소문들도 꼼꼼하게 나와 있거든? 그중에 방금 네가 말한 그런 소문도 있기는 해. 애니 월크스의 숨겨진 별장은 존재하는가, 뭐 이런 식으로. 근데 현실성이 없지. 애니 월크스의 동선이나 하루 일과 정도는 쉽게 확인할 수 있으니까."

"그럼 그 호세 알프레도란 사람이 사라진 이유는 아무도 모르는 거네?"

"현재로선 그렇지."

"어떻게 사람이 그렇게 하루아침에 사라질 수가 있냐? 그것도 아무 이유도 없이."

"뭔가 이유가 있긴 있겠지. 우리가 모를 뿐이지."

"이미 죽었을 가능성도 있겠네?"

"어쩌면 그럴 수도 있고."

나는 맥주를 한 모금 마시고 나서 호르헤에게 다시 물었다.

"근데 호세 알프레도가 실제로 존재했던 인물이기는 한 거야?"

"사실 호세 알프레도라는 인물에 대해서 의문을 갖는

사람들도 꽤 있어. 요즘 같은 세상에 어떻게 사람이 그렇게 완벽하게 사라질 수 있느냐면서. 기성 작가가 호세 알프레도라는 필명으로 글을 썼던 게 아니냐고."

"내가 하고 싶은 말도 그거야. 납득이 안 돼."

"그 외에도 의문점이 있긴 하지만 문제는 그의 실존 여부 같은 게 아니야."

"그럼 뭔데?"

"지금 문학 공부하는 사람들 사이에서 호세 알프레도가 열광적인 지지를 얻고 있다는 점이지. 우리 학교에서 시작되기는 했지만 다른 학교로 점점 퍼져나가는 추세고. 심지어 진지한 연구 대상으로 생각하는 사람들도 있어."

"허구일지도 모를 인물이?"

"심지어 제대로 된 작품은 단 한 편도 없는 사람이 말이지."

"부러워해야 하나."

"실종되고 싶어?"

"문학 공부하는 사람들에게 전설적인 작가로 오르내릴 수 있다면야."

"전설의 작가라니."

호르헤는 고개를 절레절레 저었다. 나는 피식 웃으며

말했다.

"하긴, 말이 안 되는 소리잖아."

그 후 우리는 한동안 아무 말도 하지 않았다. <sup>+</sup>

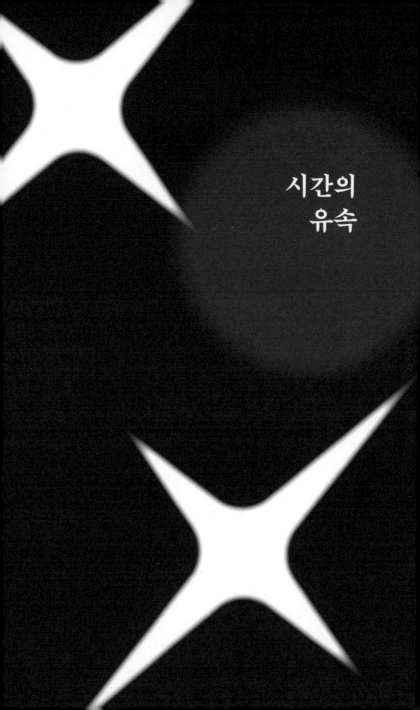

시간의
유속

공기 중에 뜨겁게 부유하고 있는 교성. 미치기 딱 좋을 만큼 화창한 가을. 햇살. 미세먼지의 공세에 억눌렸던 산책 욕구를 마음껏 발산하고 오자. 좋아하는 시 구절을 암송이라도 하는 듯 "시간의 유속이 절반쯤 느려진 것 같아, 시간의 유속이 절반쯤 느려진 것 같아" 반복해서 중얼거리는 그녀. 훌리오도, 알렉스도, 파트리샤도, 탄식과 신음과 환희가 뒤섞인 채, 마르타, 어서 여기로 와, 마르타, 마르타, 아, 아, 마르타, 너 완전 끝내줘, 하아, 하아, 마르타, 마르타!

걸음의 속도를 조금 높여본다. 공기 품질 지수가 30 이하로 떨어진 서울의 하늘을 허파 가득 품어본다. 어떤 때라도 잊을 수는 없겠지, 십여 명의 남녀가 발가벗은 채 한데 모여 내지르던 그 찬란한 교성을, 방안 가득 응축되어 있던 그 들큼한 체취를.

푸마르? 라고 말을 걸어왔던가, 마르타 너는. 푸마르? 라는 너의 목소리를 들은 그날, 가슴 한구석에 갇혀 있던 정념들이 쏟아져 나온 그날, 주체할 수 없는 충동적인 기분으로 숙소에서 빠져나와 카탈루냐 광장을 한참 동안 빙글빙글 돌다가 마침내 방향 감각이 사라졌을 즈음 제자리걸음을 멈추고 코르테 잉글레스를 지나치고 카사 델 리브로를 지나치고 카사 밀라를 지나쳤다가 그즈음에서 다시 걸음을 왼쪽으로 꺾었던가 아니면 오른쪽으로 꺾었던가, 그도 아니면 이대로 계속 갔다가는 길을 잃을지도 모른다는 본능이 작동해서 왔던 길로 다시 되돌아갔는지도 모르겠지만, 어쨌거나 한참을 한참을, 발걸음이 이끄는 대로 가다 보니 사람들이 웅성대는 소리와 함께 크레인 몇 대가 우뚝 솟아 있는 사그리다 파밀리아 성당에 다다랐고, 오오, 여기가 그 유명한 사그리다 파밀리아 성당이구나, TV에도 나온 바로 그 성당이구나, 오오, 오오, 고개를 쳐들고 연신 감탄하다가, 문득, 근데 여기가 어디쯤인지, 지금 어디에 있는 건지, 왜 스마트폰도 내팽겨 둔 채 바르셀로나 도심을 다 훑어보기라도 하려는 듯 발바닥이 부르터라 걷고 있는 건지, 숙소에서 나선 지 몇 시간이나 흐른 뒤에야 새삼스레 찾아온 각성.

너 철학자구나! 마르타가 외쳤지, 그날 밤, 오후에 바르셀로나 이곳저곳을 그곳이 어디인지도 모르고 넋이 빠진 채 걸어 다녔다고 말했을 때. 포르 케? 라고 묻자, 나는 하루가 멀다 하고 매일같이 걷는 사람을 좋아해, 시간을 정해두고 무모하다 싶을 만큼 규칙적으로 걷는 사람, 컨디션이 좋을 때면 하루에 여덟 시간도 거뜬히 걷는다고 허세를 부리는 사람을 좋아해, 라고 대답하는 마르타. 포르 케 소이 필로소포? 라고 다시 묻자, 예컨대 저 옛날의 플라톤에서부터 헤겔이나 칸트나 니체 같은 사람들을 내가 좋아하는 이유는, 이제는 기억도 잘 나지 않는 그들의 철학 때문이 아니라 그들이 줄기차게 걸었기 때문에, 건강을 위해서든 사상을 위해서든 있는 힘껏 걸었기 때문이고, 그런 철학자들처럼 너 역시 오늘 하루 다리가 후들거려서 발기가 안 될 정도로 걸었으니까, 너 역시 철학자야, 라고 대답하는 마르타. 그리고 그 말이 끝나기가 무섭게, 포르 로 탄토 메 구스타스 투, 라고 말하며 입을 맞추던 마르타.

휴일, 도림천변에는 이게 뭐야 이게 뭐야 세상 모든

것이 궁금한 아이에게, 저건 자전거야 자전거, 저건 청둥오리야 청둥오리, 저건 비둘기야 비둘기, 저건 분수야 분수, 두 번씩 반복해서 알려주는 부모와, 근데 오늘 여기사람 너무 많네, 그래도 맑고 시원하고 분위기도 좋잖아, 같이 있어서 더 좋은 거지, 대화를 주고받으며 느릿하게 걷고 있는 연인과, 다리 아래 울림 좋은 공간에서 색소폰을 불거나 기타를 치는 사람들, 타이즈와 헬멧을 착용하고 일렬로 줄지어 자전거를 타는 사람들, 달리거나 걷는사람들, 사람에게 끌려다니거나 사람을 끌고 다니는 강아지들, 한가득, 그 사이를 걷는다. 걸음만큼은 누구 못지않게 잘할 수 있다는 마음으로. 누구에게도 뒤지지 않으리라는 부질없는 승부욕을 발동하여.

그 사람보다 오래 걷지는 못하겠지. 그 사람보다 빨리 걸을 수는 있을지언정. 그 어떤 시간의 유속에도 연연하지 않는. 고집스러운 걸음이라기보다는 초연한 걸음이라는 표현이 더 어울리는. 마르타와 만났던 그날도 어쩌면, 아니, 그날은 진실로, 걷지 않고서는 못 견딜 만큼 답답했으리라. 눈을 뜨자마자 목도한 것이 그 사람의 죽음이었으니까.

어디로 향했더라. 사그리아 파밀리아 성당에서 잠시 머뭇거린 것까지는 기억이 나는데. 인적이 드문 곳이었

나. 길가에 높다란 가로수가 빼곡한 곳이었던가. 보이지 않는 전선을 앞에 두고 대치한 장수처럼 5미터쯤 떨어진 채 강아지 두 마리가 서로 노려보고 있는 모습을 보기도 했었지, 맞아, 그리고 걸어서 걸어서, 자동차들이 달리는 대로를 건너서, 걸어서 걸어서, 어디로 향하는지도 모르고서 마침내 도착한 곳은 시우타데야 공원. 시간의 유속이 절반쯤 느려진 것 같은 공간.

일몰 시간이 늦은 바르셀로나였음에도, 헤매다 헤매다, 마침내 숙소 근처로 찾아갔을 땐 이미 어둑해진 하늘, 가로등 불빛, 그럼에도 람블라 거리를 가득 메운 인파. 그녀가 푸마르? 라며 말을 걸어왔던 건 두어 번의 헛걸음 끝에 겨우 숙소가 있는 골목길로 접어들었을 무렵. 바르셀로나 현대 미술관 앞 공터에서 스케이트보드라도 탔는지 담벼락에 롱 보드를 세워두고 조금은 상기된 얼굴로 가로등 아래에 서 있던 그녀. 잠시, 가슴까지 내려온 갈색 머리칼을 흩날리며 보드를 탔을 그녀의 모습을 상상하다가, 고개를 절레절레 가로저으며, 담배 끊은 지가 언젠데, 노노, 노 텡고, 라고 말했지만 그녀 역시 노노노, 재빨리 말하며 싱긋 웃더니, 푸마 마리후아나? 라고 바꿔 물었다.

마리화나?

씨, 씨. 키에레?

질문을 받았지만 외계 생명체라도 본 듯 머릿속의 사고 흐름이 멈춰버려 긍정의 뉘앙스도 부정의 뉘앙스도 풍기지 않은 채 멍하니 그녀의 입술을 바라보며 그저 키에로 키에레스 키에레 케레모스 케레이스 키에렌이라고, 스페인어 케레르의 의미가 원하다가 맞는지 아니면 케레르의 동사 변형을 까먹은 건 아닌지 확인이라도 하듯 중얼거리고 있노라니 그녀가 덥석 팔목을 잡고, 씨가 메 씨가 메, 라고 말하며 자기 쪽으로 살짝 끌어당겼다. 결국 그것이 필요했던 걸까. 그것? 마리화나? 하지만 대답을 채 하기도 전에, 어, 어, 어, 긍정도 부정도 아닌 발성이 부지불식간에 터져 나오며 그녀에게 이끌리는 발걸음. 결국 오후 내도록 바르셀로나 거리를 거닐었던 건 그녀를 만나기 위해서였던 걸까.

메 야모 마르타. 데 돈데 에스따? 하포네스?

노노, 코레아노.

아아, 코레아! 라고 외치더니 왼팔에 들고 있던 롱 보드를 잠시 바닥에 놓아두고 양손으로 격렬하게 세수하는 듯한 몸동작과 함께 잔 스텝을 밟으며 파이어! 라고 노래 부르던 그녀. 도림천에서 갑자기 날개를 펴고 푸드득 날아오르는 왜가리를 보며 세상에 그보다 우스운 일이 없다는 듯 깔깔대며 웃는 아이의 모습이 그만큼 해맑을 수 있겠지. 그렇게 티 없이 웃는 마르타였으니, 마리화나와 부시밀즈에 취해 한 시간이 넘도록 훌리오와 알렉스와 파트리샤와 번갈아가며 섹스를 할 수 있었겠지.

봉림교와 관악교 아래를 지나고 신대방역 아래를 지난다. 옆에는 보라매고가가 있다. 구로역과 구로디지털단지역 아래를 지난다. 어두컴컴한 곳 한곳에 모여 술을 마시거나 윷놀이를 하거나 바둑을 두는 장년층 남자들. 대림역 아래를 지나고 신도림 고가차도와 도림교 아래를 지나서 얼마간 걷다 보면 서부간선도로와 안양천이 나온다. 안양천의 신정잠수교 아래에는 붕어, 잉어, 숭어 등 다양한 종류의 물고기들이 무리 지어 있다. 물의 흐름에 몸을 맡기거나 때로는 물의 흐름을 거스르며. 논병아리나 가마우지, 쇠백로, 중대백로, 해오라기 등의 공격에 혼비백산하며.

무슨 말을 하고 있는지 알아들어? 한국어와 영어와 스페인어가 마구 뒤섞인 말인데, 마르타, 가져다 준 마리화나를 네다섯 모금 정도밖에는 빨지 않았던 것 같은데, 마르타, 취했던 걸까, 고작 그걸로 취했던 걸까, 마르타, 뿌연 연기에 붉은 빛 조명으로 음침할 것만 같은 공간이기는커녕 밝기 조절이 가능한 LED 전등이 은은하게 비치는, 마리화나를 빠는 사람보다 다른 사람을 만지고 빠는 사람이 더 많은 공간에서, 마르타, 한참 동안 방구석에 있는 접이식 매트리스에 앉아, 이곳은 천국일까 지옥일까 그도 아니면 연옥일까, 지금 들리는 소리는 신음일까 화음일까, 여기에 있는 사람들 전부 미쳤어, 다들 정신이 나갔다고, 마르타, 그래도 행복해 보이는데, 잔뜩 찌푸린 얼굴에는 도저히 견딜 수 없는 쾌락이 완연히 드러나고, 마르타, 왜 이런 곳에 데리고 온 거지, 마르타, 맥락도 없이, 어서 여기에서 도망쳐야 하지 않을까, 마르타, 왜 자꾸 그 사람이 생각나는 걸까, 이미 죽은 사람이, 계통도 없이, 마르타, 왜 이런 곳에 오게 된 걸까, 그것도 처음 보는 사람 손에 이끌려서, 그 사람이 오토바이 사고로 죽었다는 사실을 알게 됐기 때문일까, 마르타, 오토바이라니, 원래 오토바이 타는 거 좋아하는 사람이었나, 오토바이보다는 걷는 걸 좋아하는 사람이었는데, 마르타, 개연성도 없이, 베케트! 라고 외치며 부시밀즈를 가져다주는 파트리샤, 그라시아스, 데 나다, 입술에 갖다 대고, 혀를 적시고, 목구멍을 태우며 부드럽게 넘어가서, 따스하게 위장을 감싸주는, 파트리샤, 아니 부시밀즈, 아니 마르타, 어, 마르타, 언제 옆에 와 있었어, 방금까지만 해도 훌리오와 아니 알렉스와 아니….

테 요간 로스 오호스, 라고 말하며 볼을 타고 내리는 눈물을 닦아주는 마르타. 그러려고 그랬던 건 아닌데, 누구나 그런 것처럼, 울려고 그랬던 건 아닌데, 신정잠수교 아래로, 물고기들이 있는 안양천을 향해, 뚝, 뚝, 떨어지는 눈물 몇 방울. 누가 볼 새라 빠르게 고개를 들고, 눈물을 훔치고, 코를 들이마시고, 흠흠흠, 목소리를 가다듬는다. 그러려고 그랬던 건 아닌데, 누구나 그런 것처럼, 그를 떠올리려고 그랬던 건 아닌데, 저거 있잖아, 팔을 뻗어 손가락으로 가리키며, 지금 막 물고기 잡아먹은 새, 너 운 좋네 저런 장면을 기다리지도 않고 보다니, 아무튼 저게 쇠백로야, 중대백로보다는 크기가 작고 발 색깔도 달라, 되게 예쁘지, 라고 말하는, 새를 사랑하는, 새만큼이나 걷는 것을 사랑하는, 마르타 말대로라면 진정한 철학자, 여덟 시간은 물론이거니와 열여덟 시간이라도 걸을 수 있을 것 같았던 사람, 그의 목소리, 아련하게 떠오르는.

약은 먹었어? 병원에라도 가봐야 하는 거 아냐? 이거 심각한 문제야, 다른 걸 떠나서 이렇게 며칠 동안 몸에 열이 나면 고환염이 생겨서 정자 생산 능력이 급감한다고, 그의 목소리, 애인이랑 헤어져서 슬픈 데다 아프기까지 하니까 더 슬프고 억울하고 누구한테 하소연하고 싶지만 하소연할 수도 없고 할 사람도 없고 할 필요도 없고 때마침 살짝 정신을 잃을 정도로 열이 나니까 이참에 잘 됐다 그냥 죽어버리자 살아서 뭐 하나 헤어진 사람한테 복수나 해야지 이런 생각 드는 거 다 아는데, 나도 다 아는데, 그의 목소리, 어차피 너 못 죽어, 안 죽어, 그의 목소리, 나한테 일전에 했던 약속 아파서 취소해야겠다고 문자 보낼 정도의 정신력이 있는 사람이라면 그렇게 쉽게는 안 죽지, 그럴 리가 없지, 이렇게 누워만 있을 게 아니라 우선 일어나서 내가 사 온 죽이라도 몇 숟갈 떠먹어 그러고 나서 같이 병원 가자 가서 주사 맞자 그럼 이까짓 열 따위 금세 떨어지니까, 그의 목소리, 그리고 아까 했던 말 진짜야, 나 몇 년 전에 병원 갔을 때 진찰해 준 의사가 아는 형이었는데, 그 형이 똑 부러지게 말했다니까, 앞으로 또 몸에 열나면 미련하게 참지 말고 진료받으러 와 고열이 며칠 지속되면 고환염 생겨서 정자 생산 능력도 떨어지니까, 이렇게 말했었다고, 그의 목소리, 아련하게 떠오르는, 테 요간 로스 오호스, 그녀의 목소리.

그녀의 손에 이끌려 높다란 철문을 통과해 다다른 곳은 천장과 벽에 벽지를 바르지 않아 시멘트가 그대로 드러난 스무 평 남짓의 공간이었다. 은은하게 빛나는 천장의 LED 불빛 아래 이미 몇 개의 나체가 몸을 섞고 있었다. 왼쪽 구석 L자형 민트색 소파 위에서는 두 명의 여자가, 오른쪽 구석 킹사이즈 침대 위에서는 두 명의 남자와 한 명의 여자가 동시에. 상상치도 못한 광경을 목격하고 완전히 얼어붙은 그때, 전등 바로 아래 상아색 러그 위에서 발기한 성기를 서로 매만지며 키스하고 있던 나체의 남자 두 명이 거의 동시에 우리를 발견하고는, 오, 마르타! 외치며 다가온다. 마르타는 한쪽 한쪽을 가리키며, 에스토 에스 훌리오, 에스토 에스 알렉스, 알려준다. L자형 민트색 소파와 킹사이즈 침대 위에서 터져 나오는 신음을 들으며, 붉게 상기된 얼굴만큼이나 붉게 달아오른 성기가 덜렁거리는 두 남자와 나눈 악수. 땀으로 젖은 손. 뻣뻣하게 굳은 시선. 그런 곳일 줄은, 그런 곳이라고는.

다리에 힘이 풀렸다. 힘이 풀릴 만도 하지, 몇 시간을 물 한 모금 마시지 않고 걸어 다니다가 마침내 도착한 곳이 난교 파티의 현장이었으니. 훌리오, 알렉스와 악수를 끝내고 곧장 반대쪽 구석 책꽂이 옆에 있던 군청색 접이식 매트리스에 퍼질러 앉았다. 잠시 후, 분위기에 압도되어 들리지 않았던 멜로디가 귓가를 파고든다. 익숙한 선율이 들려온다. 거친 진성과 농염한 가성의 낯익은 목소리. memories of secret handshakes, you, it speak my language, sees, I cease to believe, you're gonna leave, we wished for, heaven, it now only seems like torture.[4] 그 사람이 좋아하는 가수. 좋아했던 가수. 안부 인사를 나누는 줄로만 알았던 마르타와 훌리오와 알렉스는, 어느 순간부터 서로의 손을 잡고, 서로의 등을 쓰다듬고, 서로의 허벅지를 어루만지며, 스킨십의 수위를 조금씩 높여 갔다. 그런 그들을, 아니 마르타를, 원망스러운 표정으로 쳐다보았다.

(이게 도대체 무슨 상황이야?) (보면 알잖아.) (그러니까 이런 곳에 왜 데리고 왔냐고.) (아까 어떤 얼굴을 하고 있었는지 봤어야 해.) (어떤 얼굴이었는데?) (곧 죽을 것 같은 사람 얼굴이 딱 그렇지.) (전혀 아닌데.) (무의식이 얼굴에 들어난 모양이지.) (그거랑 이거랑 무슨 상관이 있는데?) (그거랑 이거라니?) (곧 죽을 것 같은 거랑 그룹 섹스하는 거랑 무슨 상관이 있냐고.) (아무 상관 없는데?) (근데 왜?) (뭐가?) (이런 데 왜 데리고 왔냐고.) (혼자 어두운 방구석에 틀어박혀 있는 것보단 환한 불빛 아래에서 여러 사람이랑 같이 어울려 있는 게 낫지 않아?) (틀어박히기는 무슨, 오늘 하루 종일 걸어 다녔는데.) (그럴 예정이었잖아.) (앞으로 뭘 할지 네가 어떻게 알아?) (뻔하지.) (아는 척하지 마.) (몇 년 전에 나도 그런 얼굴로 방에 틀어박혀 있었으니까.) (너랑은 달라.) (멀리서 보면 다 똑같아.) (말꼬리 잡지 마.) (뒷발질에 차일라.) 하. (도대체 뭘 바라는 건데?) ((으쓱)) (원래 마리화나 주려고 여기 데리고 온 거

—
4  Scott Matthew, 「Language」, 2006.

아니야?)

한창 키스에 열을 올리던 마르타는, 훌리오와 알렉스 사이에서 빠져나와 침대 옆 탁자에 올려둔 마리화나 한 대에 불을 붙이더니 몇 모금 빨아 당기고 나서 다가왔다. 푸마, 라고 말하는 마르타에게 마리화나를 건네받고, 지체 없이 한 모금 빨아 당기고, 후우, 내뱉었다. 다시 한 모금, 후우, 다시 한 모금, 후우, 다시 한 모금, 후우. 그러자 어깨를 다독이는 마르타. 데스파시오 데스파시오, 그녀의 목소리, 아련하게 떠오르는, 천천히 천천히, 그의 목소리, 내가 조금만 걸음의 속도를 높일라치면 나오는, 천천히 천천히.

오후 세 시 무렵 합정동에서 시작된 그와의 동행이, 절두산 순교성지를 지나고, 양화대교를 건너, 여의도 한강공원에 다다를 때까지, 두어 시간에 걸쳐, 아주 느릿하게 계속되고 있었다. 혼자라면 한 시간이면 주파할 수 있는 거리. 걸음의 속도가 절반쯤 느려진 셈이군. 애초에 왜 이 사람과 같이 걷고 있는 걸까. 이 동행은 언제까지 이어질까. 처음엔 그저, 시간 괜찮으면 잠시 한강 산책이나 할래요? 라는 그의 제안에 그러자고 했었지, 설마 이렇게까지 길어질 줄은. 아니 그 전에, 애초에 왜 이 사람 집에서 잠을 잔 걸까, 아무리 홍대에서 신림까지의 택시비가 아까웠던들, 그는 전날 저녁 술자리에서 처음 만난 사람이었잖아.

아! 원래 그런 인간이구나! 처음 만난 사람의 제안을 덥석덥석 잘 받아들이는 인간이구나! 아무 의심도 없이. 몇 년이 지나도록. 아무 두려움도 없이. 그 후로 어떤 일이 벌어질지에 대해서는 상상도 하지 않은 채.

늦가을이라 이미 어둑해진 하늘. 한강철교를 지나 한강대교로 가던 중 별안간 멈춰선 그, 그의 목소리. 오랜만에 여기 왔으니 그거 보고 가야겠다, 여기 지하철 지나가는 거, 나름 서울의 비경이거든요, 나 혼자만 그렇게 생각하는지 모르겠지만, 하하. 늘 그렇게 웃었지, 그 사람은, 괜히 어색한 상황에서든, 옆에서 누가 배꼽을 잡고 웃음을 터뜨리든, 짧고 담백하게, 하하, 예의를 차리는 동시에 생기 있게, 하하.

잠시 후, 노량진역에서 출발한 지하철이, 철컥철컥, 거대한 소음을 일으키며 한강을 건너기 시작했다. 그와 동시에 지하철 차량에서 새어나온 하얀 불빛이 한강에 반사되었다. 수면 위를 유영하는 뱀처럼 점점 길어진 하얀 불빛은, 무심히 서쪽으로 흐르는 한강의 물살에도 아랑곳하지 않은 채, 남에서 북으로, 천천히 천천히, 한강을 가로질렀다. "시간의 유속이 절반쯤 느려진 것 같아, 시간의

유속이 절반쯤 느려진 것 같아." 그렇지, 마르타? 저절로
그 말이 나올 법한 광경이지? 근데 언제부터 우리는 언어
에 구애받지 않고 대화할 수 있게 되었을까? 카탈란어도
아니고 스페인어도 아니고. 다급하게 마리화나를 빨아대
고 정신이 몽롱해진 그때부터였을까? 영어도 아니고 한
국어도 아니고. 그보다는 시간이 지나서, 네가 훌리오와
알렉스와 파트리샤와 한 시간이 넘도록 섹스를 하고 나
서, 테 요간 로스 오호스, 라고 말하며 눈물을 닦아주던
그때부터였지. 그때부터 네가 하는 말을 온전히 이해할
수 있었어. 그때부터 네가 하는 말을 똑똑히 귀담아들을
수 있었어.


　오랜만에 다시 보러 갈까, 한강 철교 아래, 승천하듯
한강을 가로지르는 그 하얀 불빛. 그때로부터 몇 년이나
흐른 걸까. 4, 5… 벌써 7년인가. 4년 전 이맘때, 그 사람
이 죽었다는 소식을 문자 메시지로 받았던 그날 오전. 오
토바이. 과속. 죽음. 그 사람과는 도통 어울리지 않는 단
어들. 1년 만에 접한 그 사람에 대한 소식이 그의 부고라
니. 하필이면 한국보다 해가 여덟 시간이나 늦게 뜨는 스
페인 바르셀로나에서. 귀국하는 날까지는 아직 사흘이나
남았는데. 당장 비행기 티켓을 구할 수도, 아니, 혹여 구

한다고 해도, 구한다고 한들, 장례식에 찾아가는 것 말고
는 할 수 있는 것도 없는데.

꼬르르르르륵, 하는 소리가 옆에 있던 마르타는 물론
이고 가장 먼 대각선 방향 구석 L자형 민트색 소파에 있
던 훌리오의 귀에도 들릴 만큼 우렁차게 터져 나왔다. 하
하하하, 고개를 뒤로 젖히며 웃다가, 도대체 얼마나 굶었
기에 배에서 탱크 지나가는 소리가 나지? 라고 묻는 마르
타. 그 사람과는 확연히 다른 웃음소리. 열 시쯤 눈을 떴
나, 그 사람 죽었다는 메시지 받고 계속 멍하게 있다가,
두세 시간쯤 그렇게 있었나, 침대 위에서 꼼짝도 하지 않
고, 그러다가 세수도 안 하고 옷도 안 갈아입고 밖으로 나
가서 걷기 시작했으니, 몇 시간이나 지난 거지. 잠깐만 기
다려봐 먹을거리가 좀 있을 테니, 라고 말하고 나서 접이
식 매트리스에서 일어나 맞은편 싱크대 찬장을 뒤적이는
마르타. 시리얼 한 상자를 꺼내더니 냉면을 담아 먹으면
딱 좋을 만한 크기의 스테인리스 사발에 가득 붓고 냉장
고에 있던 우유도 양껏 부어 숟가락과 함께 가져오는 마
르타. 같이 먹자, 나도 저녁을 좀 일찍 먹은 데다 보드까
지 탔더니 배가 고프네, 라고 말하는 마르타.

그 사람과도 종종 이렇게 나눠 먹었어. 라면 같은 거.
노란 양은냄비에 끓여서. 주로 그가 살던 원룸에서. 처음

만난 날부터 자그마한 침대 위에 나란히 누워 잠을 잤던 곳. 일주일에 한 번쯤 만나기는 했지만 데이트라고 할 것도 없어. 별 대화도 없었어. 그래서인지 그 사람이 했던 말은 유독 기억이 잘 나지만. 책꽂이는 물론이고 책상 위에도 책들이 가득하던 곳. 라면을 먹고 나면 옥상에 올라가서 함께 담배를 피웠어. 항상 옥상에 올라가서 피웠어. 그리고 그 사람은 자기 암기력을 뽐내기라도 하듯 "점심을 먹고 나서 다시 옥상으로 간다, 이번엔 사람들이 더 많다, 기자가 묻는다, 옥상에서 사건이 일어났다고 하던데요, 그러게 말입니다, 어떻게 된 일인지 아십니까, 그렇게 말입니다, 기자는 입을 다문다, 나는 입을 다문 기자를 뚫고 날 막아섰던 경찰들을 뚫고 간신히 옥상으로 통하는 문을 주시한다, 하나, 둘, 셋, 시선을 거둔다, 경찰들과 기자들을 거둔다, 옥상을 거둔다" 같은 구절이라든지, "그녀는 마침내 결심을 하더니 잔디밭을 질주하며 손에 들고 있던 캐러멜 팝콘 봉지를 뜯어 사방으로 흩뿌리고 냄새를 맡은 녹색 고슴도치들은 움직이는 듯 움직이지 않는 듯 주변을 살피며 땅바닥을 훑고 있는데 구두 수선을 마치고 뒤늦게 도착한 그는 고슴도치 가시에 박힌 캐러멜 팝콘들을 보며 천진하게 웃고 있는 그녀를 향해 나는 네가 좋아 나는 네가 좋아" 같은 시인지 소설인지 모를 구절들을, 마치 고백이라도 하는 것처럼 암송해. 자기만의 호흡으로. 천천히 천천히.

스테인리스 사발에 담긴 우유 속 시리얼이 눅눅해지다 못해 너덜너덜해지는 줄도 모르고. 기억의 흐름에 휩싸여 쏟아내는 이야기. 그 이야기를 동그랗게 뜬 눈으로 경청하는 마르타.

좋아했었구나? 그 사람.

사랑했었는지도 모르겠고.

무심결에 튀어나온 사랑이라는 말에 스스로 화들짝 놀라며, 그 놀람을 마르타에게 들키지 않으려 애써 목소리를 가다듬고, 먹자 이제, 라고 말하고 나서 시리얼을 한 숟갈 입에 떠 넣는다. 입 안의 시리얼이 채 목구멍으로 넘어가기도 전에, 입술 가에 묻은 우유 흔적을 핥아주는 마르타. 그렇게, 그녀와 두 번째로 입을 맞춘다. 입 안의 시리얼을 가까스로 삼키며 그녀의 입술을 받아들인다. 그녀의 혀를 맞이한다. 그 사람과 만나는 동안 단 한 번도 하지 않았던 키스를, 처음 만난 마르타와 나눈다.

하고 싶은 적이 있었을까, 그 사람과. 하고 싶은 적이 있었을까, 그 사람은. 헤어질 때마다 지하철 개찰구나 버스 정류소 앞에서 가볍게 포옹 정도는 했지만. 언젠가부터 쿵쾅대는 심장 박동이 그 사람에게 들리지 않길 바라

면서. 혹은, 두근거리는 심장박동이 그 사람에게 전해지
길 바라면서.

　가늠할 수도 없는 시간이 흐른 뒤, 어렸을 때부터 죽
음의 기운 같은 걸 잘 느꼈던 것 같아, 라고 입을 뗀 마
르타는, 누군가와 대화를 나누고 있노라면, 이라고 이어
서 말하며, 그 사람의 내면에 침잠해 있던 죽음의 기운 같
은 게 그 사람이 내뱉는 몇 마디 말 속에 담겨 공기 중으
로 빠져나오는 게 느껴졌어, 라고 말하며, 그리고 며칠이
지나면 반드시, 확실하게, 가차 없이, 라고 강조해서 말하
며, 그 사람이 죽었다는 소식을 전해 들었어 자살인 경우
도 있었고 아닌 경우도 있었어 낙담하고 실의에 빠졌어
내가 할 수 있는 건 아무것도 없구나 누군가가 얼마 후에
죽는다는 사실을 빤히 아는데 죽음 앞에서 내가 할 수 있
는 일이라고는 아무것도 없구나, 라고 말하며, 하지만 사
람은 어떤 상황에서든 적응하기 마련일까 아니면 너무
많은 죽음과 내 무능함을 그러려니 받아들이게 된 걸까,
라고 말하며, 어느 시점부터 내 감각은 더욱 발달해서 이
제는 대화를 나누지 않고 그저 누군가의 얼굴을 보기만
해도 그 사람의 낯빛에 스며든 죽음의 기운을 느낄 수 있
을 정도가 됐음에도, 까지 말하고 나서 잠시 입을 다물었
다가, 아무런 번민도 일어나지 않았어 아무런 번민도 일

어나지 않았어, 라고 반복해서 말했다가, 대신 이런 것들
에 빠져들게 됐어 술이랑 담배랑 마리화나 그리고 키스
와 섹스, 라고 말하더니 다시 입을 다물었다.

　지하철이 한강철교를 다 건너고 나서, 그 사람은 무슨
말을 꺼내려다 급히 입을 다물더니 잠시 후 또렷한 목소
리로, 나는 지니라고 불러주시면 될 거 같아요, 라고 말
했다. 네? 라고 되묻자, 아, 아니 아니, 제가 좋아하는 소
설 구절인데 갑자기 생각나서요, 이렇게 시작해요, 라고
말하며 암송을 시작했다. "나는 나도 모르는 사이에 그에
게, 나는 지니라고 불러주시면 될 거 같아요, 하고 여태까
지는 오글거려서 레알 주변 사람들 아무한테도 말 못했
던 내 닉네임을, 신기하게도 알려줘 버렸다, 나는 아직 이
때 내가 내 머릿속에 있는 말을 그대로 입 밖으로 뱉어낸
건지, 그래서 그 말이 벌써 상대방 귀에 들어간 건지, 아
니면 실은 내가 아직 안 뱉고, 그래서 그의 귀에 안 들어
가고, 그냥 내 머릿속으로만 말을 한 건지 잘 모르고 있
었다."[5] 우물쭈물하고 갈팡질팡하는 화자의 어투, 재밌지
않아요? 라고 묻더니 내 대답도 듣지 않은 채 혼자 하하,
라고 웃던 그 사람. 그 천진난만한 눈을 보며 아니라고 말

---

5　오카다 도시키 지음, 이홍이 옮김, 『우리에게 허락된 특별한 시간의 끝』 (알
　마, 2016) (일부 단어를 변형해서 인용)

할 수도 없어서 그저 아, 네, 라고 말을 얼버무렸던 기억. 그러고 보니 처음부터 그랬구나. 하고 싶은 말을 암송하는 구절에 담아서 말하는 습관이라니. 좋아하는 구절을 암송하는 것뿐이라는 듯 능청스럽게 웃음 짓다니. 어차피 이제는 다시 볼 수 없는 얼굴이지만. 그저 기억 속에서 되새길 수밖에 없는 목소리지만.

근데 이상하지, 오늘, 그러니까 어제저녁, 너를 봤을 때, 네 얼굴에도 죽음의 기운이 서려 있었거든, 하루에 열두 번도 더 보는 그 죽음의 기운, 근데 이상하지, 그 죽음의 기운 바로 위에, 하얀빛이 있었어, 천정에서 빛나고 있는 저 LED 전등처럼 은은하게 빛나는 하얀 빛, 네 몸 안에서 머리 위를 뚫고 나와 자꾸만 길어져서 하늘 위로 상승하는 그 하얀 빛을 보고 있노라니, 근데 이상하지, 시간의 유속이 절반쯤 느려진 것 같았어, 시간의 유속이 절반쯤 느려진 것 같았어, 아니 절반이 뭐야, 정지에 가까운 속도로, 압도적으로, 느려지는 것 같았어, 카메라 연사 기능을 사용한 듯 네가 걷는 모습 하나하나가, 걸음걸이에 따라 미묘하게 바뀌는 네 표정 하나하나가, 진자처럼 앞뒤로 움직이는 네 팔의 운동 하나하나, 그 하나하나들이 모조리 내 머릿속에 박혀 들어 왔어, 첫눈에 반한다는 말로는 표현이 안 되는, 그런 말과는 완전히 다른 맥락으로,

네 안에서 솟아오르는 빛을 멍하니 바라봤어, 근데 이상하지, 실제로 빛난 건 고작 몇 초에 불과했지만, 결국 사라지고 말았지만, 근데 이상하지, 어떤 식으로든 너를 붙잡아야 할 것 같았어, 거기에 나의 문제를 해결해 줄 방법이 있을 것만 같았어.

너 눈물 난다, 라고 말하며 마르타의 오른쪽 볼을 타고 흘러내리는 눈물을 닦아주었다. 접이식 매트리스 등받이에서 등을 떼고 상체를 앞으로 빼내 반대쪽 마르타의 왼쪽 볼을 타고 흘러내리는 눈물도 닦아주었다.

다시 등받이에 등을 기댄 채, 마찬가지로 옆에서 등받이에 등을 대고 있는 마르타를 본다, 마르타의 얼굴을 본다, 무엇을 보고 있는지는 모르겠지만, 어쩌면 그저 초점 없이 멍한, 정면으로 향한 마르타의 시선. 그 시선을 따라가 보니 눈에 들어오는 방 안의 모습들. 소파에, 침대에, 러그에, 바닥에, 아무렇게나 널브러져 있는 사람들. 자는 듯 마는 듯, 속삭이면서, 혹은 숨을 가다듬으면서, 혹은 얇게 코를 골면서. 물안개가 피어 있는 듯 뽀얗게 차오른 방 안의 젖은 숨결들. 그 둔중한 느른함을 뚫고 전해지는 쾌락과 안도의 기운들.

그래서 어때? 해답을 찾은 거 같아?

인생이 그렇게 쉬웠으면 우리가 오늘 이렇게 오랫동

안 키스하는 일도 없었겠지.

섹스도 안 하고 말이지?

이제 농담할 기운도 있나 보네! 그건 네 물건에 문제가 있어서 그런 거잖아! 하하하하.

언제 눈물을 보였냐는 듯 가성의 높은 목소리로 웃음을 터뜨리는 마르타.

그 웃음소리에 누군가의 코 고는 소리가 잠시 멈칫, 한다.

그 웃음소리에 훌리오 아니면 알렉스 아니면 파트리샤 아니면 이름을 알 수 없는 누군가가 우리 쪽으로 슬쩍, 고개를 돌린다.

그 웃음소리를 기점으로 방 안의 습기가 조금쯤 옅어진다.

어느덧 유리창 커튼 틈 사이로 새어든 서광.

새벽을 맞이하려는 미세한 꿈틀거림들.


돌아가자 이제. 안양천 야구장에서 유니폼을 맞춰 입고 야구 시합을 하고 있는 초등학생들의 모습을 바라보다가 생각했다. 돌아가자 이제. 야구장 펜스 그물 바로 곁에 서서 아이들의 시합을 관람하고 있는 부모들의 모습을 바라보다가 생각했다. 어디로 돌아갈까. 왔던 길을 다

시 거슬러 돌아갈까. 아니면 안양천변으로 내려가서 오금
교 아래를 지나고 고척 스카이돔을 지나쳐 광명대교 근
처에 있는 버스 종점에서 5528번 버스를 타고 집으로 돌
아갈까. 그날은 어떻게 했더라. 한강철교 아래에서 한강
을 가로지르며 솟아오르던 하얀 빛줄기를 보고 나서는.

깡.

알루미늄 배트에 맞은 야구공이 호쾌한 포물선을 그
리며 외야 깊숙한 곳으로 날아간다.

쌀쌀한 가을바람을 타고.

분홍빛으로 노을이 진 하늘 위로 비행기가 천천히 솟
아오른다.

아이들과 부모들의 환호성.

분홍빛 노을 진 하늘 위 비행기 천천히 솟아오른다.

뒤섞이는 탄성과 교성.

분홍빛 노을 하늘 비행기.

솟아오르는.

분홍빛.

너의 입술.

길고 길었던.

"시간의 유속이 절반쯤 느려진 것 같았어, 시간의 유
속이 절반쯤 느려진 것 같았어."

끝나지 않을 것만 같은 여정.

안양천변을 따라 내려간다.

하얀 빛.

마르타.

당신.

한강대교에서 올라와 상도터널 앞에 있는 버스정류소로 향했다. 집으로 돌아갈 시간이었다. 옆에는 이제껏 본적 없이 우물쭈물하고 있던 그 사람이 서 있었다. 저기, 핸드폰 좀 잠깐만. 그의 목소리가 들린다.

네?

연락처 찍어줄게요.

기다리던 버스가 한강대교 남단교차로를 가로지르며 다가오고 있다. 바지 주머니에서 핸드폰을 꺼내 그에게 건넨다. 그는 핸드폰을 건네받더니 빠르게 번호를 누른다. 잠시 후, 그의 바지 주머니에서 벨소리가 울린다. 안녕하세요 적당히 바람이 시원해 기분이 너무 좋아요 끝내줬어요 긴장한 탓에 엉뚱한 얘기만 늘어놓았죠 바보같이.[6] 단숨에 머릿속을 훑고 지나가는 노랫말. 내가 블로그 배경음악으로 걸어둔 노래. 화들짝 놀라며 자신의 핸드

---

6  익스, 「잘 부탁드립니다」, 2005.

폰을 꺼내 종료 버튼을 누르는 그의 모습. 핸드폰을 돌려주며, 이걸 진동 모드로 안 해놨네, 구시렁구시렁, 발개진 그의 얼굴.

501번 버스가 정류소 앞에 선다. 정류소에 있던 사람들이 버스 입구로 다가간다. 연락할게요, 나중에 밥이나 한번 먹어요. 그의 목소리. 네, 그럼 다음에, 라고 말하며 가볍게 목례를 하고 마지막으로 버스에 오른다. 버스 안에서, 버스 정류소에 서 있는 그를 바라본다. 그가 머리 옆으로 손을 들고 살며시 흔든다. 그와 눈을 마주치며, 목을 살짝 숙이며, 잘 부탁드립니다, 소리 내지 않고 말해본다. +

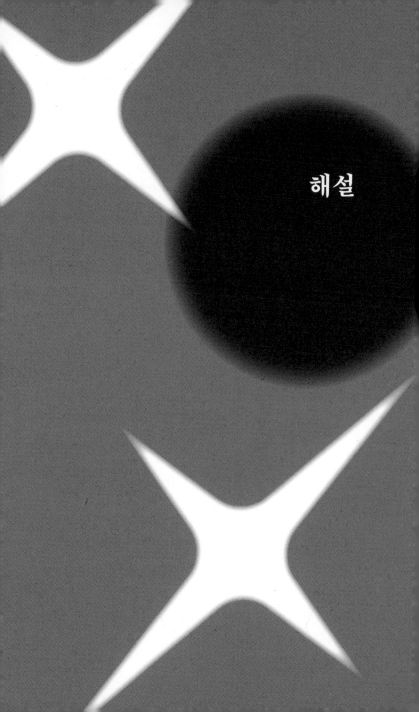

해설

## 정직한 소설 : 박대겸의 소설

### 강덕구(비평가)

　박대겸의 소설집은 교훈적이다. 이처럼 단도직입적인 평가에 독자와 작가 모두 예민하게 반응할 수 있다. 그러나 나는 박대겸의 소설을 읽고 그렇게 느꼈고, 그렇게 쓴다. 그는 매우 정직하다. 이는 예술가라는 교활한 존재의 성격에서 멀리 떨어진 특성이다. 예술가란 본디 속임수를 미학적 규칙으로 삼는 자들이므로, 박대겸의 정직성은 오늘날 현대 문학에 그다지 어울리지 않다고도 평가할 수 있다. 그는 소설가에게 극히 위험한 도박을 하는 셈이다.

　박대겸 소설의 교훈적 메아리를 제일 잘 드러내는 작품은 「나비의 속도」일 터다. 「나비의 속도」는 과학자를 꿈꾸는 아이가 들려주는 간명한 교훈에 관한 이야기다. 이 소설에서 이른바 '플롯'과 '이야기'는 존재감이 턱없이 부족하다. 내용을 낱낱이 뒤져봐도 이야기의 정체를 속 시원하게 알기 어렵다. 소설 도입부는 어린아이로 취급받는 것을 싫어하는 '나'의 독백으로 시작한다. 아이는 타키온이라는 새로운 '이동장치'를 연구하는 과학자를 꿈꾼다. 보통의 소설이라면 타키온과 나의 관계가 하나의 단초가 되어 에스에프적인 전개로 나아갈 것이다. 그러나 작가는 그런 방향을 선택하지 않는다. 그는 타키온에 대해 부연 설명을 하지만("… 처음 개발된 건 내가 태어난 12년 전이지만", 123쪽), 타키온을 내러티브를 이끌고 가는 장치로 사용하지 않는다. 그러면? '나'는 순간이동을 시켜주는 이동장치 '타키온'을 연구하는 연구원이 '택시'를 이용한다는 사실에 흥미로움을 느끼고, 그 사실을 알려준 엄마에게 묻는다. "그 사람들이 택시를 왜 타?"(122쪽)

엄마가 대답한다. "꼭 어디 가려고 택시를 탄 건 아니니까… (하략) …"(122쪽)

타키온이 소설 속에 존재해야 할 이유는, 그것의 편의성이 압도적임에도, 훨씬 더 느리고 불편한 택시를 타야 할 당위성을 부연하기 위해서다. '나'는 택시를 타는 이유를 궁금해한다. '나'의 궁금증에 대답하는 건, 뜻밖에도 택시가 아니라 '나비'다. 나비는 삐뚤빼뚤하고 마구잡이로 움직이는 것처럼 보인다. 그러나 알고 보면 나비는 하나의 목적지를 향해 움직이는 것이라 한다. 천적들에게 잡아먹히는 것을 방지하기 위해 느린 속도로 비틀거리며 움직인다. 즉, 소설 속 표현대로 '생존본능' 때문에 나비는 그렇게 나는 것이다. 이는 거북이와 토끼 경주, 수프를 먹는 두루미와 여우 등 이솝우화의 에피소드를 연상케 한다. 소설이 얘기하는 메시지는 명확하고 간단하다. 단 하나의 방향으로 빠른 속도로 나아가기를 고집하는 것보다, 좌충우돌하며 혹은 느리게 움직이는 편이 인생의 어느 순간에는 더 낫다는 것이다.

소설은 우리가 아는 세상을 설명하는 교과서인 동시에, 눈에 보이는 세계를 가공해 이국적 정취의 시공으로 변환하는 마술이다. 그러나 박대겸은 이러한 두 가지 특성과는 전혀 다른, 동화적이고 우화적인 구성을 취한다. 박대겸에게 사물은 교훈을 끌어내는 도구라는 점이 중요하다. 「글록 17」의 글록 권총, 「부러진 안경」의 안경 등이 그러하다. 그럼에도 박대겸의 모든 단편소설이 「나비의 속도」처럼 직설적이지만은 않다. 「글록 17」은 한 남자가 택시에 탑승하면서부터 일어나는 루프물인데, 반복되는 상황은 약간씩 달라지지만 택시 기사가 품속에서 급작스럽게 권총을 꺼내 남자를 쏜다는 것은 동일하다. 여기서 박대겸은 지루할 만큼의 반복적 구조를 통해 '남자가 맞닥트린 공포'를 강조한다. 남자는 선택을 해야 한다. 택시 기사가 총을 쏠 것을 알기 때문에, 그를 죽여야 자신이 살 수 있다. 박대겸은 택시 기사를 살해하는 선택을 유예한 후, 소설의 절정이자 마지막 부분에야 배치한다. 이는 소설 구조상 상쾌한 카타르시스를 이끌어내기 어렵다. 대신 독자는 공포를 회피하기보다, 그에 맞서야 한다는 교훈을 얻는다. 이러한 교훈은 앞서 본 「나비의 속도」의 직설적인 메시지와는 사뭇 다르다. 박대겸의 소설은 우리 인간이 불가해한 세상에서 오는 공포를 어떻게 다뤄야 하는지 논한다. 그래서 오컬트적 감각으로 가득 차 있다.

「부러진 안경」이나 「그날 있었던 일」에는 작가가 소설적 속임수를 더욱 적극적으로 활용하는 대목들이 보인다. 예컨대 「부러진 안경」은 새로 맞춘 안경을 기다리고 있던 '나'가 동창을 우연히 만나면서 생기는 에피소드다. 소설은 '나'의 자질구레한 과거의 인생사, 성찬희와의 만남에서 생긴 현재진행형 에피소드가 엮이면서 진행된다. 박대겸은 이 소설에서 급격한 전환을 막판에 심어놓는다(박대겸은 항상 소설 마지막 대목을 전환이 일어나는 장소로 사용한다). 동창 성찬희와 만나 그가 다니는 사이비 종교의 교당에 방문한 '나(승호)'는 성찬희와의 만남에서 시작해, 지나간 자신의 인생을 회고한다. 보통 독자라면 소설의 한 복판에서 어떤 변화가 일어나기를 바란다. 그것이 자신의 인생에서 일어나는 변화라도 되는 것처럼 말이다.

박대겸은 독자의 바람을 끝끝내 거부한다. 그는 마지막까지 성찬희와의 만남에서 비롯된 사건과 나의 회고를 병치하면서 명확한 결론을 내리지 않는다. 더 정확히 말하자면, 우리는 박대겸이 이 이야기를 왜 시작했는지, 이야기의 끝에는 무엇이 있는지 재촉할 수밖에 없다. 이 순간, 박대겸은 사이비 종교인이 승호의 콧대를 누르고 그를 실신시키는 장면으로 이끈다. 전환은 이때, 마지막에, 일어난다. 마지막까지 승호였던 '나'는 갑자기 '성찬희'가 된다. 이야기는 맨 처음으로 돌아가 '성찬희'인 '나'가 승호를 만나는 것으로 변주된다. 마치 「글록 17」에서 결론처럼 그는 맨 처음으로 돌아간다. 그렇게 자아가 변신한다. 나는 '승호'에서 '성찬희'로 변하고 이야기는 첫 번째 음으로 돌아가면서, 전연 다른 음조를 띄게 된다.

그런데 이러한 속임수는 왜 필요한 걸까? 독자는 이 오컬트적 특성이 장르소설에선 의미 있을지 몰라도, 지금까지 동창과 나의 이야기를 차분한 어조로 펼치던 이 이야기에서 어떤 효과를 가지고 있을지 의문을 표할 수밖에 없다. 박대겸이 플롯을 거의 포기하고, 극적 구조를 평

탄히 만들고, 소설을 두 명의 '나' 이야기로 좁힌 이유는, 그가 갖고 있는 공포를 보여주려는 데 있다. 그는 '나'로서 끊임없이 두려움을 느낀다. 박대겸 소설은 오늘날 한국 문학에서의 대부분 화자와 달리 남성이다. 그는 과거 속에서 빠져나와 현재에 어떤 귀감을 주는, 영웅적 존재도 아니다. 그는 앞서 말했듯, 대부분의 내러티브에서 공포에 질려 있고, 공포를 마주한 후에 자신의 삶을 평범히 살아가는 종류의 인간일 뿐이다.

괴담의 형태로 시작해 '나' 자신을 위한 교훈으로 끝나는 박대겸의 소설은, 매일같이 공포를 대면하는 우리의 인생을 보여준다. 우리는 아무것도 아니다. 동시에 공포도 아무것도 아니다. 「그날 있었던 일」은 아마, 작가 본인의 서울 생활을 기초로 삼는 것 같다. 주인공은 독서실 총무로 지내며 생활비를 벌고 있다. '나'는 소설 쓰기를 그만 둔 뒤 은둔하고 있는 '백성민'이라는 소설가를 우연히 본다(서술을 보고 있노라면 백성민은 소설계에서 홀연히 사라졌다 십수 년 후 복귀한 백민석을 연상시킨다. 이 소설은 박대겸이 겪은 실화일까?). 그 남자는 '나'가 독서실로 돌아가는 길에도 나타나며 '나'의 공포를 촉진한다. 박대겸의 여느 소설이 그렇듯, 「그날 있었던 일」도 이 공포를 어떤 이야기의 곡절로 활용하지 않는다. 독서실 총무인 나는 백성민과 만남 이

후 독서실에 간신히 도착한다. 그러고는 전등이 나갔다는 문자 메시지를 받고 남자 샤워실로 향한다. 전등을 교체하러 가는 '나'는 어둠 속의 거울에서 엄청난 공포를 느낀다. 무엇인가 일어날 것 같고, 통제할 수 없을 것 같은 공포가 엄습한다. 그러나 아무 일도 일어나지 않는다. '나'는 평범한 일상으로 돌아간다.

박대겸의 소설만큼 교훈적이라는 수사가 잘 어울리는 소설도 없을 것이다. 나는 도입부에서 박대겸이 정직하다고 썼다. 박대겸이 정직한 까닭은 필시 통합적인 결론에 이르러야 하는 전통적인 내러티브의 구조를 택하지 않았기 때문이다. 또한 그는 자전적 서술, 상처를 치료해 주는 감상주의적 서사, 짐짓 지성적인 제스쳐를 취하는 실험소설 같은 근래의 한국 문학 트렌드와 동떨어져 있기도 하다. 물론 「빛의 암호」에서는 페렉처럼 주어를 '너'로 두는 실험을 시도하고, 전쟁에서 패배한 후, 우주 미아가 된 비행사의 이야기 「마치 내가 빛이 된 듯이」에서 언어를 쪼개는("는가?"로 시작해서 계속 의문문을 던지는) 실험을 보여준다. 또한 「시간의 유속」에서 바르셀로나와 서울을, 현재와 과거를, 기억과 현실을 오간다. 그러나 그는 이 모든 것을 실험이나 문학의 이름으로 말끔히 통합하지 않는다. 그의 이야기에선 이음새들이 곳곳에서 눈에 띈다. 내가 문학평론가였다면 이 이음새들이 흠결로 보였을 터지만, 나는 다르다. 나는 그가 그저 자신의 이야기를 하고 있다고 느낀다. 그는 속이려 들지도 않는다. 그는 교훈을 말하고 있다. 기억에 대해 말한다. 사랑에 대해, 사랑했던 사람의 형상에 대해 말한다. 그처럼 말하는 행위에, 가공할 만한 무게를 부여하는 박대겸의 소설은 정직하다. 박이소가 빌리 조엘의 노래 "Honesty"의 가사를 한국어로 번역해 부른 "정직성"에는 아래와 같은 가사가 담겨 있다.

> 정직성, 정말 외로운 그 말.
> 더러운 세상에서.
> Honesty, 너무 듣기 힘든 말.
> 너에게 듣고픈 그 말.

박대겸 소설의 정직성에 이제 모두 고개를 끄덕일 수 있을 것이다. 수많은 기교와 교활함, 속임수 가운데서 어떤 정직성이 출현한다. 박대겸의 소설은 그로기 상태의 복서가 꿋꿋이 마지막 라운드까지 버티는 모습을 연상시킨다.

논외로 하나만 말하고 싶다. 나는 『픽션으로부터 멀리, 낮으로부터 더 멀리』에서 「호세 알프레도를 찾아서」

를 가장 가장 좋아한다. 이 소설은 내가 제일 좋아하는 단편소설인 로베르토 볼라뇨의 「고메스팔라시오」를 묘하게 연상시킨다. 두 소설을 일일이 비교해서 뭐가 똑같고 틀린지 말할 필요는 없을 것이다. 나조차도 정확히 뭐가 비슷한지 모르니까. 두 소설은 플롯을 밑바닥에 두고 이야기를 건축하지 않는다. 단지, 두 소설에는 단순한 슬픔이 있다. 사라진 사람들이 있고, 그들을 회상하는 눈이 있다. 글을 쓰려는 열망이 있고, 사그라드는 야망이 있다. 볼라뇨가 그렇듯, 박대겸의 정직성은 문학보다는 우리 인생에 대해 말한다. 나는 박대겸 소설의 그런 면이 좋고, 이 책을 읽은 다른 이들도 비슷한 감상을 느끼리라 생각한다.

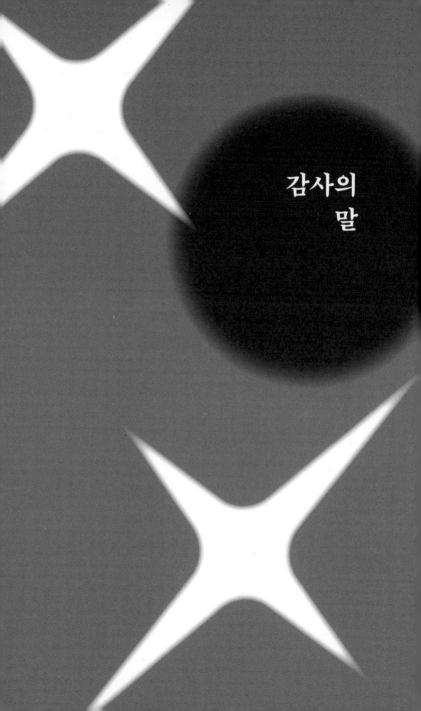

감사의
말

가깝게는 2021년에서 멀게는 2011년까지, 약 10년에 걸쳐 쓴 단편들을 운 좋게 한 권에 엮게 되었습니다. 그동안 충분히 전하지 못했던 감사의 말을 이곳에 남기려고 합니다.

우선 이번 단편집을 정리하고 구성하면서, 기저에 어떤 통일성은 담보한 채 제가 가진 다양한 색깔을 드러낼 수 있는 단편들로 엄선하고 또 각 단편을 수정하는 데 힘써주신 편집자 정진리 씨께 감사의 인사를 드립니다. 또한 편집상의 여러 가지 요구사항을 수용하고 책 제목에 회심의 아이디어를 제안해 주신 편집장 박정은 씨께 감사의 말을 전합니다.

몇 년 동안 원고 상태로 묻혀 있던 『그해 여름 필립 로커웨이에게 일어나 소설 같은 일』의 가능성을 발견하고 책으로 만드는 데 결정적인 힘이 되어준 편집자 임명선 씨께 감사의 인사를 드립니다.

더이상 얼어붙을 수 있을까 싶을 만큼 얼어붙은 출판 시장에서, 별달리 내세울 만한 수상 경력 하나 없는 저의 소설을 출간하기로 결정해 준 호밀밭 출판사 대표 장현정 씨께 감사의 말을 전합니다. 더불어 직접 대면한 적은 없지만 『픽션으로부터 멀리, 낮으로부터 더 멀리』와 『그해 여름 필립 로커웨이에게 일어난 소설 같은 일』을 만드는 데 다방면에서 힘써주신 호밀밭 출판사 관계자들께 감사의 말을 전합니다.

　『그해 여름 필립 로커웨이에게 일어난 소설 같은 일』이나 『픽션으로부터 멀리, 낮으로부터 더 멀리』와 관련하여 추천사, 해설, 리뷰 등의 글을 작성해 주신 분들, 평론가 김녕 씨, 번역가 박세형 씨, 번역가 정민재 씨, 비평가 강덕구 씨, 소설가 김화진 씨, 번역가 김윤하 씨를 비롯하여 여러 블로거들께 감사의 말을 전합니다.

　조금 더 거슬러 올라가 보면.

　2019년, 조금 특이한 탐정소설 「미세먼지 살인 사건 - 탐정 진슬우의 허위」를 재밌게 읽고 안전가옥 앤솔로지 『미세먼지』에 수록하는 데 목소리를 내주신 스토리 PD 윤성훈 씨, 그리고 작품 속 사실관계 오류를 확인하는 등 꼼꼼하게 읽어주신 편집자 이혜정 씨께 감사의 말을 남깁니다.

2017년, 주변에 내 소설을 좋아하는 사람이 단 한 명도 없는 것 같다는 생각에 한창 쓸쓸하고 고독한 시간을 보내던 시기 마치 구원처럼 손을 내밀어 준 두 분, 몇 년 동안 『영향력』이라는 멋진 문예지를 만들고 작품 활동까지 병행한 김정애 씨와 은미향 씨께 감사의 말을 전합니다. 또한 그해 여름과 가을, 매주 열린 사뮈엘 베케트 낭독 모임으로 잊지 못할 기억의 풍경을 남겨준, 독립서점 아무책방과 책방 대표였던 원주신 씨께 감사의 인사를 전합니다.

2016년, 서문학을 전공하지도 않았고 스페인어 실력도 변변치 않았음에도, 투고한 샘플 번역 원고를 긍정적으로 검토하여 니카노르 파라의 『시와 반시』를 번역할 기회를 준 당시 일다 출판사 대표 최성웅 씨, 그리고 많이 부족했던 번역 원고를 읽을 만한 수준으로 끌어올려 준 편집자 장지은 씨께 감사의 말을 남깁니다.

한창 '문학청년'이던 시기, 자주 어울려 다니며 웃고 떠들던 후장사실주의 구성원들, 그중에서도 '문학하기의 기쁨과 슬픔'에 대해 가까이에서 절실하게 알려준 서평가 금정연 씨, 소설가 정지돈 씨, 소설가 이상우 씨께, 뒤늦게나마 감사의 인사를 전합니다. 덧붙여 「그날 있었던 일」의 이전 버전 단편을 지지해 준 소설가 박솔뫼 씨께, 항상 감사의 마음을 안고 있다는 말을 남깁니다.

오랫동안 가만히 지켜봐 주고 묵묵히 응원해 주신 부모님께 깊은 감사의 인사를 올립니다.

마지막으로, 딱히 선생님이 없던 저에게 창작 선생님처럼 다가와 준 수많은 작가들(과 더불어 그들의 문장을 한국어로 옮겨준 번역가들), 그중에서도 이 단편들을 쓰던 10여 년의 시간 동안 변함없이 문학적 스승이 되어준 로베르토 볼라뇨 선생님, 그리고 소설적 멘토가 되어준 마이조 오타로 선생님께 감사의 인사를 보냅니다.

2024년 3월

박대겸

세상 모든 것에 감탄하는
지혜로운 사람들의 공간
**호밀밭**

## 픽션으로부터 멀리, 낮으로부터 더 멀리

ⓒ 2024, 박대겸

| | |
|---|---|
| **초판 1쇄** | 2024년 03월 28일 |
| **지은이** | 박대겸 |
| **펴낸이** | 장현정 |
| **편집장** | 박정은 |
| **편집** | 정진리 |
| **디자인** | 손유진, 김희연 |
| **마케팅** | 최문섭 |
| **펴낸곳** | 호밀밭 |
| **등록** | 2008년 11월 12일(제338-2008-6호) |
| **주소** | 부산광역시 수영구 연수로 357번길 17-8 |
| **전화** | 051-751-8001 |
| **팩스** | 0505-510-4675 |
| **홈페이지** | homilbooks.com |
| **전자우편** | homilbooks@naver.com |

ISBN 979-11-6826-179-2 (03810)

※ 이 책 내용의 전부 또는 일부를 재사용하려면 반드시 저작권자와
　출판사의 동의를 받아야 합니다.

※ 가격은 뒤표지에 표시되어 있습니다.